【劉再復文集】⑨〈人文思想部〉

人論二十五種

劉再復 著

題贈知己摯友再復兄

古今中外，洞察人文。
睿智明澈，神思飛揚。

——高行健，著名作家，諾貝爾文學獎獲得者。

煌煌大著，燦若星辰。
光耀海南，特此祝賀。

——李澤厚，著名哲學家、思想家。

一枝巨筆，兩度人生。
三十大卷，四海長存。

——劉劍梅，劉再復長女，香港科技大學人文學部教授。

出版說明

劉再復

香港天地圖書有限公司即將出版我的文集，二零二二年出齊三十卷，這是何等見識、何等作為、何等氣魄呵！天地出「文集」，此乃是香港文化史上的盛舉，當然也是我個人的幸事、大事，我為此感到衷心的喜悅。

我要特別感謝天地圖書有限公司。「天地」對我一貫友善，我對天地圖書也一貫信賴，我曾為天地圖書的傳統題詞：「天地遼闊，所向單純，向真，向善，向美。 圖書紛繁，索求簡明，求質，求精，求好。」天地圖書的前董事長陳松齡先生和執行董事劉文良先生都是我的好友。和我情同手足的文良好兄弟雖然英年早逝，但他的夫人林青茹女士承繼先生遺願，繼續大力支持我的事業。此文集啟動之初，她就聲明：由她主持的印刷廠將全力支持文集的出版。三四十年來，「天地」歷經多次風雲變幻，對我始終不離不棄，不僅出版我的《漂流手記》十卷和《潔白的燈芯草》、《尋找的悲歌》等，還印發了《放逐諸神》和八版的《告別革命》，影響深遠。現在又着手出版我的文集，實在是情深意篤。此次文集的策劃和啟動乃是北京三聯前總編李昕（現為商務顧問）和天地圖書的董事長曾協泰二兄，他們怎麼動起出版文集的念頭我不知道，但我知道他們都是性情中人，都是出版界老將，眼光如炬，深知文集的價值。協泰兄和李昕兄商定之後，請我到天地圖書和他們聚會，決定了此事。讓我特別高興的是協泰兄拍板之後，天地圖書的全部脊樑人物，全都支持此事。天地圖書總經理陳儉雯小姐（陳松齡的女兒）直接代表天地掌管此事，編輯主任陳幹持小姐擔任責任編輯。其他參與「文集」編製工作的「天地」同仁經驗豐富，有責任感且好學深思，具體負責收集書籍、資料和編輯、打字、印刷、出版等事宜，讓我特別放心。天地圖書全部精英投入此事，保證了「文集」成功問世，在此我要鄭重地對他們説一聲謝謝。

閱讀天地圖書初編的文集三十卷的目錄之後，我的摯友、榮獲諾貝爾文學獎的著名作家高行健特寫了「題贈知己摯友再復兄：古今中外，洞察人文。睿智明澈，神思飛揚。」十六字評價，一言九鼎，讓我高興得好久。爾後，著名哲學家李澤厚先生又致賀，他在「微信」上寫道：「煌煌大著，燦若星辰。光耀海南，特此祝賀。」我的長女劉劍梅（香港科技大學人文學部教授）也發來賀詞：「一枝巨筆，兩度人生。三十大卷，四海長存。」我則想到四五十年來，數十卷書籍，至今之所以不會過時，多年不衰，值得天地圖書出版，乃是因為三十卷文集都是純粹的學術探索與文學創作，而非政治與時務。政治以權力角逐和利益平衡為基本性質，即使民主政治也改變不了政治的這一基本性質。我的所有著述，所有作品都不涉足政治，也不涉足時務，所以站得住腳，贏得相對的長久性。

我個人雖然在三十年前選擇了漂流之路，但我一再説，我不是反抗性的政治流亡，而是自然性的美學流亡。所謂美學流亡，就是贏得時間，創造美的價值。今天我對自己感到滿意的就是這一選擇沒有錯。追求真理，追求價值理性，追求真善美，乃是我永遠的嚮往。我對此無愧無悔。我的文集分兩大部份，一部份是學術著述，一部份是散文創作。無論是人文學術還是文學創作，我都追求同一個目標，持守價值中立，崇尚中道智慧，既不媚左，也不媚右；既不媚上，也不媚下；既不媚俗，也不媚雅；既不媚東，也不媚西；既不媚古，也不媚今。所謂中道，其實是正道，是直道，是大道。

最後，我還想說明三點：一是本「文集」，原稱為「劉再復全集」，後來覺得此名不符合實際，因為收錄的文章不全。尤其是非專著類的文章與訪談錄。出國之前，特別是上世紀七十年代末與八十年代初的文字，因為查閱困難，幾乎沒有收錄集子之中。所以還是稱為「文集」較好，可留有餘地。待日後有條件時再作「全集」。二是因為「文集」篇幅浩瀚，所以成立了一個編委會，我們不請學術權威加入，只重實際貢獻。這編委會包括李昕、林崗、潘耀明、陳松齡、曾協泰、陳儉雯、梅子、陳幹持、林青茹、林榮城、劉賢賢、孫立川、李以建、葉鴻基、劉劍梅、劉蓮。「文集」啟動前後，編委們從各自的角度對「文集」提出許多很好的意見，所有的意見都非常珍貴。謝謝編委們！第三，本集子所有的封面書名，全由屠新時先生一人書寫完成。屠先生是《美中郵報》總編。他是很有才華的追求美感的書法家。他的作品曾獲國內書法比賽中的金獎。

「文集」出版之際，僅此說明。

於美國科羅拉多州波德
二零一九年十二月三日

目錄

論中國文化對人的設計

劉再復、林崗

人論二十五種

劉再復

前言

劉再復

我的著作多數太「重」，太嚴肅，《人論二十五種》此書則很「輕」，至少可以說是「以輕馭重」，以嬉笑取代歌哭。因為自己覺得「別具一格」，就想讓國內的朋友也看看笑笑。此書寫於出國後的第三年和第四年，即一九九一年和一九九二年。那時我已結束了內心的「窒息感」，從苦悶中跳出。很奇怪，身心一放鬆，「幽默」也隨之產生，《人論二十五種》正好補充了我論著中「輕」（幽默）的闕如。

此書初版由香港牛津大學出版社製作和推出，這一出版社一向只出英文著作，《人論二十五種》算是它的第一部中文書籍，這要感謝林道群兄的「破格選拔」。書出版後頗受歡迎，半年後就出第二版。李澤厚兄讀後（一九九三年）評價說：「這是你最有特色的一本書。」有朋友肯定，我就更自珍自惜了。

但是此書畢竟寫於出國初期，當時雖然已調節了一些心理「傾斜」，但還沒有完全放下激憤情緒，「輕」中還是帶「刺」，這與我近年來的「從容」筆觸有所不同，現在此書在國內出版，我擔心會無意中傷及他人。倘若有讀者感覺不對，請多鑒諒。好在我的各論都是「對事不對人」，沒有具體指涉對象，換句話說，這是「精神現象」批評，不是「人身抨擊」之書。幽默的特點本就沒有攻擊性與侵略性，只是為了讓自己解脫也讓讀者輕鬆一些而已。

二零一零年十一月初於美國

自序：國無人

屈原在《離騷》的末段中云：

亂曰：
已矣哉，
國無人——
莫我知兮，
又何懷乎故都？
既莫足與為美政兮，
吾將從彭咸之所居。

屈原在這首卓絕千古的長詩中最後感慨「國無人」，說的是國中沒有賢者、識者能與他的心靈相通。這自然不是說國中沒有普通意義上的人，而是說國中沒有傑出人才。舉國無人，這是多麼深的感慨！屈原已感到楚國大廈將崩，能夠支撐「美政」的精華，死的死，走的走，有的被囚禁，有的被殺害，連他也被放逐，國中真是沒有人才了。一個朝代滅亡之前，總是要為自己掃清通向墳墓的道路，而這種清掃，就是掃除自己的精英。

中國是個人治的國家，國中有無人才，變成一個很突出的問題。古學者早已論斷：人存政舉，人亡政息。人與政的關係極大。中國歷來的家政國政主持者最擔心的就是能否「得人」，是否有像樣的「接班人」。他們最憂慮的就是「斷後」，即「後繼無人」。我寫過一篇短文叫做《賈府的斷後現象》，正是說昌盛一時的賈府最後走向衰敗，並不在於它被「抄檢」，而在於它的「斷後」。「抄檢」固然傷了元氣，但是，只要有人，還可以重整乾坤。遺憾的是，到了寶玉這一代，府中已無人矣。以榮國府而論，府中多半是一些美麗而無治家之才的女子；男子中本可以支撐局面的賈珠偏偏夭折，唯一可用的賈璉又「腐化墮落」，忙於尋花問柳，而寶玉雖有好性情卻無好本事，剩下的賈環則是「劣種」，屬妄人和末人。最後可算「好苗子」的賈蘭，雖還努力，但年輕輕就成了套中人，講的是一派「酸論」，能否成才還是個問題。對於賈府的「斷後」現象，王熙鳳最敏感地意識到。她早就看到賈府上下個個不中用，難成大氣候。《紅樓夢》第五十五回中，她在平兒面前分析了榮國府中的人說：

> 我正愁沒個膀臂。雖有個寶玉，他又不是這裏頭的貨，縱收伏了他也不中用。大奶奶是個佛爺，也不中用。二姑娘更不中用，亦且不是這屋裏的人。四姑娘小呢。蘭小子更小。環兒更是個燎毛的小凍貓子，只等有熱灶火坑讓他鑽去罷。……再者林丫頭和寶姑娘他兩個倒好，偏又都是親戚，又不好管咱家務事。況且一個是美人燈兒，風吹吹就壞了；一個是拿定了主意，「不干己事不張口，一問搖頭三不知」，也難十分去問他。倒只剩了三姑娘一個……

在賈府中，王熙鳳算是一個猛人。平兒雖是她的知己，但不是她的幫兇，本可能墮落成為虎作倀的「倀人」，卻偏偏成了對一切人都好的賢人。王熙鳳在知己面前，清醒地分析了賈府的人才危機，看到人雖多而不中用的問題，看得真是透徹。

這種「斷後」現象，在今天的中國社會中也很嚴重。常聽到人們嘲笑八九十歲高齡的老人繼續操勞國政，而我卻未曾抨擊此事，因為這實在是無可奈何，「後人」多半不太中用。這不是說中國沒有人才，而是人才被歷次的政治運動掃蕩得差不多了。現在還能稱得上人才的，往往是掃滅之後又恢復了名譽的幸存者。而這些幸存者，鋒芒尚在的也有，但多數成了被閹割掉肝膽的閹人，或被吞沒了真性情的籠中人和套中人。而新產生的年青精英，因生長的人文環境不好，身在故鄉卻有如異鄉人，而一旦出國深造，則準備長期紮營海外。所以在異邦看到中國人才濟濟（僅美國，就可稱為中國的人才庫），而在故土中卻看到人才空空蕩蕩，特別是能延續民族生機的「棟樑之才」。

說「國無人」，是說國中少有傑出之才，而像賈環這種「凍貓子」，倒是很多很多的。我寫《人論二十五種》正是感慨中國一面少有傑出人才，一面卻繁殖了大量的特殊人種，如傀儡人、閹人、肉人、巧人、酸人、畜人、倀人、讒人等，這些人面目雖不同，但有一點是相通的，就是奴性十足，均屬奴人，自然也常常轉化為奴人的總管或分管。大陸二十世紀下半葉的情況大約是八十年代較好，八十年代之前的三十年中，階級鬥爭太偏激，政治運動太頻繁，這些政治運動強迫知識者洗心革面，其結果是把人才變成奴才，即閹割其銳氣才氣，注入奴氣，把他們改造為「馴服工具」。到了八十年代末，因風雲變幻，人才再次被掃蕩，國又無人，此時，唯一的辦法，是重用奴才，把奴才當做人才甚至旗幟，這樣，原先的「把人才變成奴才」的公式此時就變成「把奴才當做人才」的公式。所謂「國無人」，絕不是指國中沒有奴才這種人。

我所描寫的肉人、倀人、讒人種種，其實是「古已有之」，中國的智者和異國的智者早已給他們命了名。所以，我所描寫這些人，並非杜撰。但是，在新時代中他們都有了新的內涵，而且種種人性均有發展。所以，我在描述這些人的「社會相」時，盡可能把它的新面貌勾勒出來。當然，其中也有我給予命名的，如酸人，但也不是杜撰，倘若不是謳歌文學太盛，詩中的酸味太重，故作小兒態的人事太多，我是決不會想到這個美名的。

我對孕育我自身的人類永遠不會失去信念。但是，我對近年來大陸的許多類型的人感到絕望，覺得從上到下，畸形人太多，也可以說是病態、變態的人格太多。「五四」運動時，文化先覺者們曾高揚人的旗幟，揭露和描述病態的社會與病態的人格，所以才有阿Q這種畸形兒文學形象的產生。沒想到，社會發展到二十世紀下半葉，這種畸形兒，反而大量繁衍，韓少功、殘雪筆下就寫了好些畸形兒。我不是小說家，只能用另一種文字形式來敍述，也給畸形兒們留個記錄。在記錄與思索中，我感到更可怕的是，阿Q在他那個時代還是一個平民百姓，其畸形性格還不足以擺佈社會。可是到了下半世紀，阿Q翻了身，各種畸形人成了社會的管理主體，傀儡人壟斷傀儡戲；點頭人成了領頭人；交白卷的末人成了舉紅旗的先鋒；無賴成了指路明燈；倀人成了堅定的革命戰士；酸人成了詩人；妄人成了思想解放的前衛分子。這些情況使社會優劣不分，並且使人感到，在自然界固然常常是「優勝劣敗」，而在社會界，似乎正相反：常常是「優敗劣勝」。這種退化現象使社會喪魂失魄，一時六神無主。我寫《人論二十五種》，除了感慨「國無人」之外，還感慨「國無魂」。

雖然《人論二十五種》寫的主要是人的荒謬和人的病態，對人開始絕望，但我仍然在反抗荒謬，反抗絕望。我確信人生的意義存在於反抗荒謬與反抗絕望之中。我寫「末人」，自然是希望教育機器不要再製造末人；我寫肉人，是希望社會不要再掏空人的精神，或要求心靈的國有化；我寫傀儡人，更是為社會呼喚新鮮的、活潑的，屬於自己的靈魂。我還特別寫了怪人論、癡人論、逸人論和論隙縫人等，為這些人辯護，為人的個性辯論，為人的執着性辯論，為人的自由權利辯護，並呼籲給人的自由意志以存身之所。倘若不允許「怪人」存在，一有個性就加以撲滅，有點特異的思想，就興師動眾地加以批判，一點隙縫也不給，連隱逸之所、避難之所也都搗毀，政治烏雲籠罩一切，那還能有人才的孕育之地嗎？

我寫的這些人，側重於展示中國的社會相，但它又不只是屬於中國。其中的許多低劣人種，其實是人類普遍的人性惡的表現，可以說是跨文化的現象。東方有酸人，西方也有酸人，只是酸味不大一樣；東方有肉人，西方也有肉人，而且肉人發達的盛況絕對不在東方之下。只要有錢，正如可買到肉豬、肉牛、肉羊一樣也可以找到肉人。到處都有肉人的市場，恰恰是西方社會危機的一種徵兆。中國有套中人，西方更是早已有之，套中人的概念本來就是俄國契訶夫的概念。末人、犬儒人、點頭人等概念也是來自域外。我描寫這些人種固然是對中國「無人」的感慨，也是對人類社會精神可能退化的擔憂，並未陷入中國的政治視角。我用的倒是審美的視角。因此，描述的主要不是人性之惡，而是人性之醜。我以自己審醜的結果，奉獻給乾淨的孩子們和尚未被社會污染的純潔心靈，願他們與種種病態人格保持精神距離，讓自己的人生具有別一種境界。

《人論二十五種》在《明報月刊》發表了一部份之後，傳到國內，許多心情憂鬱的朋友贏得一笑，他們笑後寫信給我說，沒想到你這兩三年倒幽默起來了，而且不是化兇殘為一笑。確乎如此，到國外，我確實輕得多，已從「重人」慢慢變為「輕人」，但在輕鬆背後仍然有負重與期待。不過，能讓朋友高興高興就好。當然，另有些人讀了自然很不高興，說我含沙射影，太刺激了。我應當承認，寫作時，我自然想到一些具體人，如寫酸人時，自然想到故作小兒態而放聲歌唱的詩人；寫到倀人、畜人、讒人時，也閃過正兇惡地批判和誹謗我的論客，但只是「一閃念」而已，絕沒有時間去理會他們，更不會被他們的面目所限。我寫的乃是人類的普遍現象，即人類不成熟時的不幸現象，也就是說，我超越了我的憎惡。我的眼珠正遨遊於四海之間，自然不會老轉到那些並不美麗的嘴臉上去。

論傀儡人

中國很早就有傀儡戲，也叫做木偶戲。我的家鄉福建閩南一帶，至今還有木偶戲，而且常常出洋演出，為國爭光。我自己非常喜歡傀儡戲，小時候曾操着小刀，想製造幾個傀儡，然而，不但沒有成功，還差些削掉自己的小指頭。

大約由於童年的經歷，長大後總是特別關注傀儡戲。恰巧我工作的文學研究所，有一位著名的老學者孫楷第，就是研究傀儡戲的專家，他所作的《傀儡戲考原》、《近代戲曲的唱演形式出自傀儡戲影戲考》、《傀儡戲影戲補載》等，都是我很喜歡讀的學術論文。

從孫先生的論文中，我不僅了解了傀儡戲，而且了解了傀儡人。未讀這些論文之前，我以為傀儡戲即木偶戲，傀儡人即木偶人，讀了之後才知道，這也是簡單化。其實，傀儡的種類很多，有杖頭傀儡、懸絲傀儡、藥發傀儡、水傀儡、肉傀儡等，真正具有傀儡人資格的，乃是肉傀儡。現在還流行的木偶戲中的木偶人，屬木傀儡，它雖有人形，但不是人，還算不得傀儡人。按照孫先生的標準，我故鄉那些為國爭光的木偶，可能就夠不上傀儡人的資格。

孫先生是一個執着的學者，他在論證宋元以來之戲文雜劇乃是出自宋代的傀儡戲與大影戲時，對傀儡戲的發展過程做了一番考察，認為傀儡戲經過三個發展段落，第一段落可稱為「木偶人」段落，他說：

宋之傀儡戲，其人物初以木偶為之。木偶人不能自動，故須以線提，以杖擎，由藝人耍弄之，使像真人活動之狀。木偶人不能自語，故須另有人代之道達宣揚，此傀儡戲之最初形式也。

這種初級階段的木偶人的特點是不能自動，不能自語，須有人在他的背後牽線和為他說話。第二階段則是「小兒傀儡」階段，這是以兒童代替木頭，以肉傀儡代替木傀儡，此乃是傀儡戲的一大變革。孫先生說：

其後改為肉傀儡，其傀儡以小兒[1]為之。此時藝人所擎者為真人而非木人，固已近乎後之扮戲矣，然小兒之舞轉，仍須地上人為之助，且不得有語，其贊導者另有之，此為傀儡戲之第一變化。

這種肉傀儡，不是「木人」，而是兒童，算是一大進步。但是，既然是真人（兒童）所扮，為甚麼還稱為傀儡呢？這是因為他仍然帶有傀儡的特點，一是「不得有語」，即沒有自己的話語；二是不能自立，即必須由他人所托舉，受制於後台的「贊導者」。但這種「小兒」是真人，所以孫先生稱之為「肉傀儡」，也就是初等傀儡人。

1 現代漢語稱為兒童——引者註。

我是很佩服這種「小兒傀儡」的，他們明明是真人活人，卻不得説話。不得説本來也罷，他們卻又得擺着説話的樣子，以傳達貫徹操作者的精神。咱們設身處地想想，這種肉傀儡是多麼辛苦啊。如果請現代的很嬌氣的兒童來扮演這種角色，他們恐怕是不會幹的。

根據孫先生的考證，這種「小兒傀儡」只能算是初等傀儡人，這之後，傀儡戲又發生了第二次大的變革，即以「後生」代替「小兒」，也就是以少年代替兒童。這種「後生」不僅形象比「小兒」高大，而且「動作由己，不須人擎」。但他所以仍然是傀儡人，據孫先生説，關鍵還是他「仍不得有言」，而且仍然是「其贊導者另以他人司之」。也就是説，這種「後生傀儡」雖有成人樣，也有自己的行為動作，但仍然具有傀儡的兩個根本特徵，即不會説自己的話和受制於背後的「他人」，用孫先生的話説，就是「仍遵守不言之律」和「以贊導之事付之人」。

傀儡戲再往前發展，便進入最後階段，在這一階段裏，後生成熟了，既會動作又會説話，突破「不言之律」，「動作言語皆由己出」，這與後來的「扮戲」很相似，但是，因為扮者雖然會説話，但不會説屬於自己的話，只能説贊導者的話，類似現代的傳聲筒，「所言者就是贊導之詞，所歌者就是傀儡兒詞」，所以仍屬傀儡戲範圍。但是，到了這個時候，傀儡戲已接近戲劇，而傀儡人因為能動能言而成了高等傀儡人了。在表面上，高等傀儡人和真正的人已沒有差別，但在深層的精神面上，他們與真正的人仍有巨大的區別，這就是它沒有人之所以成為人所必需的獨立人格和表現這種人格的屬於自身的語言，即雖會説話，但不會説屬於自己的話。綜上所述，我們便可以知道所謂傀儡人，乃是被他人所操縱所掌握而沒有自己的靈魂和沒有自己的話語的人。

傀儡人，本來是戲台上的人。但中國近代的思想家們卻發現當時中國的土地上，從上到下，到處都是傀儡人：君係傀儡君，臣係傀儡臣，民係傀儡民。由於組成國家共同體的細胞都是傀儡，所以國也就成了傀儡國。發現這一現象，並給予揭露的，首先是梁啟超。

梁啟超辦《清議報》時，曾以「哀時客」的筆名，發表了《傀儡說》（一八九九年三月二十二日），哀嘆中國已經傀儡化——「傀儡其君，傀儡其吏，傀儡其國」，即從皇帝到平民全成了傀儡。當時光緒皇帝是慈禧太后的傀儡，而官吏和人民又是愛新覺羅王族的傀儡官吏和傀儡百姓。

梁啟超所道破的近代中國的一個重大社會現象，就是國家失去靈魂，國君失去靈魂，國吏失去靈魂，國民失去靈魂，從光緒到平民全都成了無魂之物，都不會說自己的話。對於這種普遍性的傀儡現象的強烈感受，是當時知識分子所共有的，所以，當梁啟超及時地說出來之後，留學生們和改革者們都恍然大悟，大聲疾呼要拯救將死的國魂和將死的民魂，改變國君、國吏、國民乃至國家的傀儡形象。當時《浙江潮》創刊號的開篇，就叫做《國魂篇》。此文認為，要招國魂，首先就是不能當傀儡人。他們說：「五官具，四肢備。圓其顱，方其趾。則謂之為人矣乎？而或者，是非人也。傀儡也。何以故？曰無魂故，是以戮之斬之勿知痛。」他們的意思是說，傀儡雖有人的四肢五官，但沒有人的靈魂，要救人救國，首先要改變傀儡人的形象。

梁啟超和其他志士們的這些鞭撻「傀儡」的文章，最使我難忘的是他們的自審精神。他們認為，當時中國之所以會傀儡化，並不是某一個人（如慈禧太后）的責任。慈禧固然把光緒變成她的傀儡皇帝，使大臣們也成了傀儡大臣，但是，如果從皇帝到老百姓都有自己的靈魂，都能自立、自愛、自尊、自言，敢說自己想說的話，敢維護自己的人格，清末的傀儡系統能夠成立嗎？慈禧太后這位老太太能有足夠的力量操縱數億有獨立人格的臣民嗎？所以梁啟超說：「中國者，傀儡之頎而碩者也，一人之力不足以舉之，則相率共傀儡之。」他十分感慨地說，由於大家「相率共傀儡之」而不自知，或自知而不自愧自省，所以中國最後變成一個巨大的佈滿傀儡人的傀儡場，億萬官民都在表演被他者所掌握的傀儡戲，真是悲慘之極！梁啟超悲憤地說：

嗟呼！必自傀儡，然後人傀儡之。中國之傀儡固已久矣，乃今不思自救，猶復傀儡其君，傀儡其民，竭忠盡謀，為他人效死力，於是，我二萬方里之地，竟將為一大傀儡場矣。

梁啟超所說的「必自傀儡，然後人傀儡之」，是很有道理的。清代所以會形成那樣一種自上而下的大傀儡場，實在是每個國民都為這個傀儡場提供了一個細胞，一種條件，一塊基石。所以要擺脱傀儡地位，最要緊的乃是要以每一個人的自省為起點，不再做傀儡人，這樣，傀儡的贊導者就不能隨意擺佈，為所欲為。梁啟超這種精神，正是我國這代人的一種非常寶貴的憂國懺悔精神。

這種自審自救的精神，近現代的思想家們，如陳獨秀、魯迅等，都以各種不同的文化形式表達過，這已是人所共知的事實了。而有一本直接以懺悔充當傀儡人為主旨的《懺悔錄》，則鮮為人知。這就是出版於一九二零年的黃遠生先生所作的《遠生遺著》。這本書中特別收入他的一篇《懺悔錄》。他懺悔的正是自己成了傀儡人，他感慨自己「既不能為真小人，亦不能為真君子」。黃先生是一個很正直的知識分子，戈公振先生的《中國報學史》稱他為「報界之奇才」。他二十一歲時就中了光緒甲辰進士，之後又東渡日本留學，辛亥革命後便投身新聞界，並很快地成為著名報人。但是，當時中國正風雲變幻，各種勢力都想利用他的名聲。他雖有獨立之人格，但在強大的壓力下也常常難以支撐住。特別使他痛心的是他在袁世凱稱帝時，也不得不受命做了一篇似是而非的讚揚帝制的文章。但他很快地進行自救，決然逃離北京，隱居於上海，聲明「此後當三思做人，以求懺悔居京數年墮落之罪」（《致甲寅雜誌記者》），並寫作《懺悔錄》。他的《懺悔錄》一開始就是對充當傀儡的自責，他說「似乎一身，分為二截，其一為傀儡，即吾本身，另自有人撮弄，做諸動作。其一乃他人之眼光，偶然瞥見此種種撮弄，時為作嘔」。他為自己受他人之「撮弄」而做諸動作感到羞恥，對自己曾經充當「非我」的傀儡形象，真誠而深刻地自恨自譴，竟「恨不能宰割之，棒逐之」。這種精神，比那些身居高位而甘心被他人所撮弄的權勢者們，不知道要高貴多少倍。

五四新文化運動的先驅者們也感受到「人而傀儡」的不幸以及人與傀儡不能相容。要做人，就不能當傀儡。所以他們在提倡人的尊嚴而批判「非人」觀念時，就特別喜歡易卜生的戲劇和思想，喜歡逃離「玩偶之家」的娜拉。「五四」運動的改革者們大約不會想到，在他們「革命」之後，中國仍然產生出無數的玩偶，而且是穿着革命服裝的玩偶。這種玩偶雖然服裝不同，但仍然具備「不能自語」這一根本特點，即只會重複「最高指示」的話，使人感到政場、文場、會場的話都出自說話人背後的同一張嘴巴。大約因為如此，偶爾聽到某個知識者或領導者說了一句自己的話，言語中透露出一點幽默感或情趣，就會感到非常驚喜，覺得這是非傀儡人的氣息。今天，想到自己前幾年提出「主體性」和「懺悔意識」的命題，可能也是因為對傀儡現象及自己也曾是一個傀儡分子的反感，企圖阻止傀儡的繁殖，用心實存良苦，但這不過是「螳臂當車」，幾篇文章怎麼能敵過傀儡潮流呢？

論套中人

在中國，喜歡文學的人，大約都讀過汝龍先生翻譯的契訶夫的《套中人》。我的這篇文章，嚴格地說，只是《套中人》的讀後感。不過，我着意把契訶夫時代與我們今天這個時代的套中人做個比較。

契訶夫的《套中人》，寫的是一個名字叫做別里科夫的中學希臘語教員，這個人所以與眾不同，就是因為他生活在各種各樣的套子中。出門上街，哪怕天氣很好，他也總是套着雨靴，帶着雨傘，而且一定穿着暖和的棉大衣。他的一切都裝在套子裏：臉藏在豎起的衣領裏，眼睛藏在黑色的眼鏡裏，耳朵塞着棉花，一坐上出租馬車，就吩咐車夫把車篷支起來。連自己用的雨傘、懷錶、小刀等等，也都小心翼翼地藏在各種小套裏。家裏的睡衣、睡帽、護窗板、門閂，都有一整套的清規戒律。臥室像個箱子，床上掛着蚊帳，睡覺時連頭也蒙在被子裏。「千萬別出甚麼亂子」，這是他的口頭禪，也是他的座右銘。就像我們當代的中國人說「千萬不要忘記階級鬥爭」一樣，既嚴肅又謹慎。由於他念念不忘出亂子，所以講話總是「發表純粹套子式的論調」，而且這種套論很正經也很厲害，把同事們都壓服了，不僅教員，連校長都怕他，整個中學被他捏在手心裏竟足足有十五年。契訶夫這篇小說的主要情節，是寫這位套中人做了一件人們想不到的事，「你猜怎麼着，他差一點結了婚！」一個不問甚麼天氣總是穿着雨靴和棉套的人，居然能愛上一個甚麼人，真使人驚訝。他差點結婚的對象是一個新來的史地教員柯瓦連科的姐姐名叫瓦連卡的，套中人四十多歲，她三十歲。瓦連卡雖屆三十，但活潑愛笑極了，簡直不是一個姑娘，而是蜜餞水果。不過她和弟弟老吵架，急着建立自己的小窩，而且年紀也到了沒有選擇對象的餘地，好歹得嫁出去，無論嫁給誰，只要能嫁出去就算。再加上很有閒工夫的校長太太和其他太太的熱心介紹，她真的也差一點願意和別里科夫結婚。只是這個套中人還是以過去的那一套對待自己的「終身大事」，總是怕以後出甚麼亂子，結果他為此事鬧得自己六神不安，一夜一夜無法入睡。這樣，他不僅沒有成功，反而把自己鬧進最後的一套子——棺材裏去。

契訶夫這篇小說，寫於一八九八年，距現在已將近一百年。奇怪的是，他寫的這個套中人已進了棺材，而人類社會中新的時髦的套中人卻不斷湧現。這個世紀的套中人與上一個世紀的套中人相比，不僅數量增多，而且質量也提高了。現代的套中人的「套子」真是「今非昔比」，不僅愈來愈精緻，而且愈來愈輝煌，至於命運，也比別里科夫好得多。關於套中人將不斷繁殖，天才的契訶夫在小說中早已做了預言，他讓小說中人物說：

> 真的，別里科夫下葬了，可是另外還有多少這類套中人活着，而且將來還會有多少！

契訶夫的預言沒有錯，套中人不僅活着，而且多得難以計數，只是不斷變形而已。不過，契訶夫未必想到，他說的「將來」，也就是我們「現在」的「套中人」會活得如此快活如此自在，絕不像別里科夫那樣拘謹，那樣怕風怕雨。他們當中的許多人可是善於在不斷變幻的社會中叱咤風雲的人物。

當然，現代「套中人」畢竟也是套中人，他們與別里科夫一樣，也生活在套中。他們不是像別里科夫那樣不問甚麼天氣都穿雨靴、棉套，而是另有一些具有中國特色的套式，例如在六十、七十年代，他們都要穿一律的黃軍裝、藍制服，手拿一本「紅寶書」，胸前別一個領袖徽章。生活秩序也有個套子，例如早請示、晚彙報，開會時先讀語錄，次讀文件，最後三呼萬歲萬萬歲等。不過，後來已經做了改革，今日的套中人最主要的是保持和發揚了別里科夫那種「發純粹套子式的議論」這一特點，用中國的話說，叫做講套話，發套論。現代中國的套中人真是講套話的能手，隨時隨地都可以把套話套論運用自如，而且均帶有氣勢。他們在運動會上講的是「友誼第一，比賽第二」，在生產會上講的是「革命建設兩不誤」，在學習會上講的是「兩個階級兩條道路」，在批判會上講的自然是「反對和平演變和資產階級自由化」。因為他們講的全是八股調，所以這些套中人也可稱作八股人。儘管當代套中人更有氣勢，但心理上倒是和別里科夫一樣膽怯，老「怕出亂子」：倘若這一套不天天講月月講年年講，就有亡黨亡國亡頭的危險。講這些套話的能手，多數是大小不等的官員，而一般的老百姓，因為大勢所趨，也覺得跟着講一點比較安全，以免出亂子。這樣一來，套中人就很快地普及化、群眾化，神州處處，從上到下，隨時隨地都可見到套中人，隨時隨地都可聽到套中語，絕不像契訶夫時代那麼稀罕。想想，包括我自己，也當過很久的套中人。

現代的老百姓和知識者怕出亂子，主要是怕被定為異端分子、資產階級分子、右派分子或其他甚麼分子。為了不出亂子，就有藏在革命套子裏的需求，所以喜歡人們在自己的身份之上，加個革命套子，即革命帽子。如果人們不肯給，就自己製造，也可以說是自稱、自封，例如，本來說知識分子就行，現在則必須稱革命知識分子，加上「革命」二字，就安全多了。於是，社會上的各種人也都給自己加個革命帽子。因此，少年就成了革命少年，青年就成了革命青年，老年成了革命老年，婦女成了革命婦女；只是男人很少被尊為革命男人的。此外，幹部、作家、詩人、科學家等也都變成革命幹部、革命作家、革命詩人、革命科學家等。如果長期沒有贏得革命作家的稱號，就容易有反動作家的嫌疑。為了安全起見，即使是夫妻，也稱作革命夫妻為好。夫妻生活在革命套子裏，睡覺也安穩得多，自然也溫暖得多。六七十年代，男女結婚時，門聯上的橫幅寫的一般是「革命夫妻」，豎聯寫的一般是「喜慶不忘階級苦，歡樂更走革命路」，「翻身不忘共產黨，結婚牢記毛主席」等，雖然都是套語，但其作用與門神差不多，度起蜜月，也就安全甜蜜得多。

大喜日子寫上「革命夫妻」實在是很必要的。不過，後來慢慢發生麻煩。許多夫妻認真起來了，把夫妻關係真的視為革命關係即階級關係，因此，結婚時算是「一對紅」，開始家庭生活時算是「一對幫」。兩口子充滿革命意氣，為一點小事就互相上綱上線，吵起架來又全是套話，例如為了要不要請朋友吃飯的事發生意見衝突，反對請客的一方就引用最高指示說，「革命不是請客吃飯，不是繪畫繡花」；主張請客的一方也引用最高指示說，「我們都是來自五湖四海，為了一個共同的革命目標走到一起來了」，「一切革命隊伍的人都要互相關心互相愛護互相幫助」。如果吵得太難受，又引用最高指示說，「要團結，不要分裂」。倘若雙方都絕望，決心分裂到底，就寫離婚申請書，但其格式也和結婚申請書一樣，有一套式，書文之前一定要引用一段「最高指示」，結婚時用甚麼指示我忘了，離婚時引用的一般都是「要搞好鬥、批、改」，張賢亮的小說《男人的一半是女人》中男主角章永璘寫離婚報告時，用的也是這一條語錄，既簡明又貼切，雖然都是套話，但套得適當，也是藝術。

包括夫妻的各種不同類型人士一般都可套上「革命」二字，但也有比較麻煩或容易引起誤解的階層。例如，科學家一旦稱作革命科學家，就可能被誤解為研究革命歷史或革命策略的專家。還有體育運動員，一旦自稱革命運動員，就很容易被誤解為是政治運動員而不是體育運動員，這就失去了英雄本色。

所以，不少聰明的運動員自稱紅色運動員，以和政治運動中的打手和油子相區別。這種紅色的套子後來也用到開明的自動交出工廠企業的資本家頭上，稱作紅色資本家。這確實比稱革命資本家貼切得多。還有，就是小偷、小摸、痞子、妓女等一些特殊人種，也不容易帶上革命套子，倘若自稱革命小偷、革命小摸、革命痞子、革命妓女，人們不僅不相信，而且會覺得這是褻瀆革命，等於反革命。

根據上述情況，當代套中人，基本上可稱作革命套中人，名稱實在輝煌得多。套中人的進化還不止於此，今日的革命套中人，已不是當年穿黃軍裝、藍制服的土樣子了，他們往往是一副穿西裝結領帶的現代化模樣。只是語言上變化不大，還是發着「純粹套子式的議論」，這一點真使人沮喪。例如，六十、七十年代的套中人講的是念念不忘階級鬥爭，而今天九十年代的套中人講的則是念念不忘「防止和平演變」。連一些自以為是學術名人，也甚麼都裝在一個套子裏，哲學裝進「反映論」，政治裝入「你死我活」，思想裝入「姓資姓社」，説話寫文章均千篇一律。這些套話套論，在五十年代批判的對象是個人主義，九十年代批判的還是個人主義，可是，經過幾十年的改造，大陸的個人大半都沒有甚麼主義，沒主義還老是聲討個人主義，怎能激動人心呢？最麻煩的是一些官員，他們的高帽完全得靠套話保護，他們的當官藝術就是講套話的藝術，因此，他們便學會了一套又一套的套話，有的是「堅決擁護」的表態性套話；有的是「堅決打擊」一類的恐嚇性套話；有的是「堅決改正」的策略性套話。種種套話，愈來愈純粹，純粹到除了「套」之外，甚麼也沒有。大陸的大眾積四十年之經驗，知道革命套中人或革命套中領導人在台上純粹是念念有詞，因此聽了也無所謂。老是無所謂，自己也慢慢陷入自己的套子：你有一套，我也有一套；你在台上口中有詞，我在台下心中有數；你打馬虎眼，我打瞌睡眼；你念念不忘，我念念不記；你説一要堅持，我説二要發展；你有政策，我有對策。總之，上上下下都在套中轉，千千萬萬人都陷入一種可怕的連環套。這種連環套，猶如魔套，不知吸進中華兒女多少生命的活力與智慧的活力。

當代套中人，各有各的套子，文化有文化的套子，政治有政治的套子，中國文人喊了幾千年的別落入俗套，可是在二十世紀的下半紀，偏偏大群大群地落入媚俗的俗套。不僅落入俗套，而且落入官套。種種套話，全都是官話。這樣一來，聽套話成了習慣，突然聽到和套話不一樣的人話，例如聽到講人道、人性、主體性這類人話，反而感到驚心動魄：「你怎麼可以這樣？」「這還了得！」「這豈不是和平演變！」其實，這些人話很平常，但套中人總是怕這些話一講，就會出甚麼亂子。果真有亂子出，他們不問自己有甚麼不對，就責怪那些講人話的人不堅持套話和違反套論，對他們展開大批判，指責說，你們簡直是亂了套，真是動亂分子。

當代套中人比起契訶夫時代的別里科夫真是幸運得多，除了他們也像別里科夫那樣，能以純粹的套論壓服他人，使他人掌握在自己的手心中之外，還可以得到社會上的普遍尊敬，絕不像別里科夫那樣，暗中被人竊笑；至於婚姻，也絕不像別里科夫那麼麻煩。當代的套中人的套子與權力、地位連得很緊，一旦掌握了講套話的藝術便可當官，甚至可當大官，因此相應的也就有寬敞的房子，豪華的車子和嚮往革命的蜜餞水果似的女子。套子可帶來房子、車子和女子，這是契訶夫時代的套中人望塵莫及的，況且，在心理上當代套中人也不像別里科夫那樣把婚姻看得那麼重，他們有現代人的先進心理，覺得婚姻上出點亂子沒甚麼，革命看大節不看小節。綜上所述，我們可以看到，這個世紀與上一世紀的套中人有很大差別，上一世紀的套中人多數是老實有餘而聰明不足的套中人，而這個世紀的套中人則多數是老實不足而聰明有餘的套中人，由此，我們可得出結論：上一世紀的套中人比本世紀的套中人可愛得多。

論犬儒人

犬儒人，因為名稱來自古希臘，所以中國的學人一談起「犬儒」或「犬儒學派」，都需要正名一下。我在三四年前的一次談話中，偶爾提到犬儒主義而未加正名，結果遭到了許多攻擊，以至說我犯了「常識性錯誤」，所以，今天我又得正名一次。這種正名，幾乎是copy（複印）辭書上《犬儒》的條目。

犬儒本是指古希臘昔匿克學派（Cynicism）的哲學家。我請教過懂得希臘文的朋友，這個學派在希臘被稱為Kunikoi；而譯成英文則是Cynic，德文為Zynicle，法文為Cynique，到了我們的故國，則譯成了「犬儒」。我到美國來之後，重修英文，學了一篇犬儒學派的首領（即創始人）安提西尼（Antisthenes）的故事，覺得這些犬儒人很有趣，他們過着禁慾般的很隨便很簡陋的生活，對一切都很隨便，對世界、人生、信仰、真理均採取一種冷冷、玩玩、笑笑、憤憤的態度。這種態度，常使嚴肅對待生活的執着者們不能容忍，加上他們的生活着意選擇簡陋的方式，所以人們就譏諷他們為「窮犬」。中國學人稱他們為「犬儒學派」也吸收了「窮犬」之意。不過，這種譯法是否貼切還很難說。前些年，我曾讀到劉紹銘先生一篇關乎「犬儒主義」的文章，其結尾的意見是這麼一句話：「我希望Cynic在中文中永遠找不到一個適當貼切的翻譯。」

儘管犬儒人太隨便、太玩世不恭的人生態度和治學態度使人難以接受，甚至令人討厭，但他們並不是很壞的人。這一點我又贊成劉紹銘的意見。他說：

英文Cynicism一字，字典多譯成「犬儒主義」、「犬儒思想」或「嘲癖」。Cynic則順理成章譯成「犬儒學派之徒」、「好嘲笑的人」等。對普通中國讀者來講，「好嘲笑的人」頂多就是個「不懷善意的、好譏諷人家的人」而已，壞不到哪裏去。[1]

劉紹銘的文章旨在提醒人們警惕犬儒態度的毒害，但他說犬儒人「壞不到哪裏去」的說法是公平的。我在一九八七年的那次談話中，因為回應姚雪垠和陳涌對我的批評，曾涉及犬儒主義。我覺得他們對待年青學人和對待真理探索所採取的態度，類似犬儒，實屬「嘲癖」。我並非說他們是「窮犬」，更不是說他們很壞，然而，他們卻誤認為我是人身攻擊，還聲稱要到法院告我。這其實是誤解我的意思。這場筆墨官司，倘若真的打起來，在法庭上首先就必須進行一場關於Cynic的翻譯問題和如何看待昔匿克學派的學術辯論，因此，主持審判的法官就必須是一個精通希臘文、英文和精通古希臘哲學的學者。這種法官在中國恐怕很難找到，所以儘管姚雪垠先生聲稱要到法院對我起訴，但我始終沒有接到法院的通知，只是在陳涌主編的刊物上，看到幾篇以其昭昭使人昏昏的胡說犬儒主義的文章而已。

我把犬儒人與中國人聯繫起來，往往想到兩部份人，也就是我不太滿意的比我年輕的一些「幼者」和一些比我年長的同樣也使我失望的「長者」。對幼者不滿意，是因為他們的生活態度往往類似犬儒學派，即太自私，太隨便，太自命不凡，太玩世不恭，甚麼都化為玩玩，笑笑，嘻嘻。對部份「長者」失望，則是他們在另一方面類似犬儒先生，即太自負，太冰冷，太愛嘲笑年青人的探索，太喜歡胡解大本

1 引自劉紹銘著《道德文章》第一七九頁，時報出版公司。

本，胡用大本本，狠用「主義」的名義而無虔誠的態度。前些年，我因為論戰的對象是長者，所以自然是抨擊長者的「嘲癖」，即我覺得這些長者其實不太懂得馬克思主義，卻以保衛馬克思主義的戰士自居。他們對馬列的態度是不學而狠用，時而把馬克思主義當器具，時而當工具，時而當玩具。如今他們又把馬克思當做「重炮」來轟我，則又把主義當槍具。我真不喜歡他們這種憤憤又不真誠的態度，所以稱他們為犬儒人。我相信，我的命名是貼切的。

對犬儒人的自私、自負、玩世不恭、「嘲癖」等特點，我早已印象很深。原因是我早就愛讀魯迅的書，而魯迅對犬儒人的特性說得格外明白。他在《而已集》的《小雜感》中的第一節就說：

> 蜜蜂的刺，一用即喪失了牠自己的生命；犬儒的刺，一用則苟延了他自己的生命。……他們就是如此不同。

這篇短文寫於一九二七年。這之後的第二年，他在給章廷謙信中更明白地說了「犬儒」的特點。他說：

> 犬儒（Cynic），牠那「刺」便是「冷嘲」。

可見，劉紹銘所說那些把英文 Cynicism 譯成「嘲癖」的譯法與魯迅的譯法相通，均強調犬儒人的「嘲」性。所以我批評姚雪垠先生和陳涌先生的「犬儒主義」態度，並非杜撰。至於魯迅說他們只想苟延自己的生命這一太自私太玩世不恭的特點，我當時未強調，倘若強調，我不僅會對「長者」，同時也會對「幼者」進行批評的。我近年讀了王朔等一些新起的年輕作家的小說，他們筆下很有些看破一切、玩玩地對待一切的犬儒人。這些年輕的犬儒人嘲弄任何真理真誠，把真話全當笑話，用「玩玩」二字解釋一切，橫掃一切，只留下一個「天下第一」的百無聊賴的自我。這真是東方「垮掉的一代」。至今還沒有一個文學批評家指出，這些小說中的許多人物正是一些窮犬般的犬儒人。當然，作家寫犬儒人並不意味着自己就是犬儒主義者。正像海明威早期是美國「垮掉的一代」文學的代表，但他自己恰恰是生活和藝術的強漢子。

然而，在我以往的印象中，典型的犬儒人並不在中國的文學作品中，而是在俄國。我一想起犬儒人，就想起陀思妥耶夫斯基的《卡拉瑪佐夫兄弟》小說中那個老淫棍費多爾·巴夫洛維奇。他是小說主人公卡拉瑪佐夫兄弟的父親，一個古裏古怪，既惡劣又荒唐，同時又頭腦糊塗的人。他自私透頂，儘管他最起碼是個小地主，卻常常跑到別人家去吃閒飯，搶着做人家的食客。他至死都是全縣中一個腦子最不清楚的狂人，但他並不愚蠢，據陀思妥耶夫斯基說，當時俄國的這類狂人都是十分聰明和狡猾的，然而，他們卻都很渾噩，而且還是一種特別的帶有民族特色的渾噩。

費多爾·巴夫洛維奇對待一切包括對待自己的親朋都沒有真誠。無論是對第一個妻子、第二個妻子以及家裏養的一大群女人，還是對上帝、朋友、父親、兒子均採取一種玩玩騙騙的態度。他一輩子極為好色，只要女人一招手，他就會馬上拜倒在任何一條石榴裙下。他的第一個妻子無法忍受他的惡劣而出走之後，他就立即把家變成一個淫窟。在家裏養了一大群女人，大肆酗酒放蕩，而且抱怨出走的妻子，喋喋不休地說出一般人難以出口的閨房秘事，在眾人面前扮演一個可笑的、受辱的丈夫的角色。後來他聽說妻子死了，立即高興得跑到街上，快樂得雙手朝天。對於第一個妻子留下的兒子米卡，他更是敷衍，有時甚至忘記還有這麼一個兒子。等兒子成年以後，他又開始動腦筋對待他。費多爾．巴夫洛維奇的第二個妻子是個天真無邪的「孤女」（結婚時她僅十六歲），第一次見面時，她的天真無邪的態度使他這個只知罪惡地玩賞粗俗女性的好色之徒為之驚愕不已，覺得「這雙天真無邪的眼睛當時在我心靈上像剃刀似的劃了一刀」。可是，這個老淫棍即使在談論這個純真女性時也只有無恥的、怪模怪樣的嬉笑和色情的衝動，絕無半點真誠相報，而且騙到手之後，對她更是任意羞辱，常當着她的面讓一些壞女人聚到家裏狂飲瞎鬧，胡作非為。她生的兩個兒子（伊凡和阿遼沙）也完全被他所遺忘。

費多爾．巴夫洛維奇不僅對人不真誠，對上帝更是不真誠。他不僅不虔誠，而且還老是嘲弄上帝和信仰上帝的長老，在長老的面前也扮演一個丑角，裝瘋賣傻，編造故事，對上帝任意解釋。他甚至還自己編造一個狄德羅玩上帝的故事，説哲學家狄德羅在葉卡捷琳娜時代晉見主教時，一進去就開門見山地説：「沒有上帝。」主教舉起一個手指來回答：「連最地道的瘋子的心裏也有上帝！」狄德羅馬上跪下來，喊道：「我信仰了，願意接受洗禮。」當時他就受了洗。費多爾為了替自己的不虔誠辯護，編造了一個狄德羅也不虔誠的故事，而當長老指出他説謊時，他又不以説謊為恥，承認自己一輩子在説謊，「我的確本身就是謊話」，就是「説謊的父親」，但轉而又説自己不是謊話之父，而是「説謊的兒子」。出爾反爾，自己沒有真誠，又嘲笑別人的真誠，以為真誠的人都是傻子，他才是絕頂的聰明人。可是，這種和上帝精神離得很遠很遠的人，卻把上帝之名捏得很緊很緊。

在文學藝術層面上，我腦子中犬儒人的典型是老淫棍費多爾．巴夫洛維奇，而在現實社會的層面上，我腦子中犬儒人的典型則是自稱「貧窮階級代表」的偽教條主義者。倘若是真教條主義者，也許他們對教條甚至對真理還可能是虔誠的，但中國的偽教條主義者對真理包括對他們企圖壟斷的「主義」完全沒有虔誠。他們只是把主義當成招牌，當成廣告，當成標籤。正如已故左翼雜文家徐懋庸所説，他們把主義一會兒當做招攬生意的工具，一會兒當做打擊別人的器具，一會兒又當做裝潢自己、粉飾自己的面具（徐先生因為説了這句話而當了右派分子）。他們真的玩「主義」而不恭，濫用「真理」而不顧一切，這一點與費多爾．巴夫洛維奇對待上帝的態度相近。我因為不幸當過這些人的批判對象，所以讀了他們的文章，就覺得他們雖然調門很高，但味道不對。首先是他們很像古希臘的犬儒主義者，太自命不凡，文章裏充滿自我吹噓，認定自己是終極真理的掌握者；其次是他們對真理毫無虔誠態度，一會兒稱馬克思主義為「大旗」，一會兒又稱馬克思主義為「大炮」，一會兒把馬克思主義當做「明燈」，一會兒又把馬克思主義當做「堡壘」，就是不把馬克思主義當成可以討論、可以質疑、可以發展、可以再創造的科學系統。因此，一旦有人對馬克思的某個觀點加以討論，甚至只是做了一點引申，表現出一點追求真理的自由意志，他們就憤憤然，神經質地指責這是向「主義」進攻，是違反他們的權威解釋。而這種解釋，又是那麼粗鄙與簡單，在他們看來，馬克思主義就是階級鬥爭與階級專政。這些偽教條主義者對待「主義」的態度，恰恰是犬儒主義者那種缺乏虔誠的態度，即把科學當成政治工具的態度。關於這點，哈耶克（F. A. Hayek）在他的名著《到奴役之路》（*The Road to Serfdom*）中曾經指出過，他敏鋭地把對真理的實用態度與犬儒學派的精神聯繫在一起。他説：

> 一旦科學而非真理成為服事一階級、社會或一國家之工具時，論證和討論之唯一任務就在防阻任何與自己不同的思想，同時用此進一步散佈一些信仰，借那些信仰來指導社會的整體生活。如納粹的司法部長所已解釋的，每一種科學理論所應問自己的是：「我是否服事於全體人

民最大利益的國家社會主義？」……如此一來，「真理」一詞就不再具有原來的意義了。

哈耶克又說：

這種對真理態度所產生的一般理知氣候，這種視真理完全為犬儒學派的精神，這種喪失真理意義的搞法，以及獨立探求精神和相信合理說服之能力的喪失，就使得各門知識的不同意見，成為完全由權威來決定的政治論者了。[1]

我的論敵也許可以給哈耶克扣上「反動」的帽子之後而不予理睬，但是，他們是否又要指責哈耶克也犯了不懂得甚麼叫做犬儒主義的「常識性錯誤」呢？事實上，哈耶克的批評完全擊中要害。當時的納粹國家社會主義者恰恰是一些大玩主義把戲的政治獨裁者和冒充真理化身的犬儒人。自然，這是一些理直氣壯的，不太容易被認識的，比費多爾．巴夫洛維奇這個老淫棍要高明得多也威風得多的犬儒人。

1 引自張尚德的中譯本《到奴役之路》第一五三頁，桂冠圖書公司，一九八七年版。

論點頭人

大陸喜歡用「點頭」來形容領導者同意某一計劃或同意下級及老百姓的某一要求。「首長點頭了」，「領導點頭了」，這一定是好消息，它說明首長已做出決定採納你的意見和要求。因此，點頭人往往就是領頭人。但我所說的點頭人，雖然也包括一部份領頭人和帶頭人，不過，不是專指領頭人，還包括一些事事都表態、都點頭，也就是事事都稱「是」，都歌功頌德一番的人。

《管錐編》把西語中的 nod-guy 譯為「點頭人」。錢鍾書先生在談論此種人時曾引述了幾家說法：

《運命論》[1]「俛仰尊貴之顏，逶迤勢利之間，意無是非，贊之如流，言無可否，應之如響。」按此等語直入劉峻《廣絕交論》。……李氏「意無是非」十六字直畫出近世西語所謂「唯唯諾諾漢」（yes-man）、「頷頤點頭人」（nod-guy）。[2]

錢鍾書先生把「點頭人」界定為無是非觀、事事都點頭的唯唯諾諾漢，是很準確的。對於這種人，古今中外的作家筆下已有不少描述。錢先生引用的朱敦儒的《憶帝京》就把這種人的特徵概括得很好，

---

1 三國李康作——引者註。

2 《管錐編》，第三冊，第一一二則。

朱曰：「你但且，不分不曉，第一，隨風便倒拖，第二『君言亦大好』；管取沒人嫌，便總道先生俏」；又引了辛棄疾的《千家調》，稼軒筆下的點頭人是：「最要『然！』『然！』『可！』『可！』萬事稱『好！』……寒與熱，總隨人，甘國老。」[1] 寥寥幾句，已把點頭人的肖像展示無遺。

李康以「意無是非」、「贊之如流」、「應之如響」來形容點頭人，實在非常精彩。我特別欣賞「應之如響」，這與我們常說的政治術語「熱烈響應」差不多。但「應之如響」，更加形象，使人如見其面，如聞其聲。我和我的同齡人，雖不能算「甘國老」，但是，數十年的路，幾乎都在「熱烈響應」中走過，一有「最高指示」發出，我們便聞聲而動，「應之如響」，立即發言、表態，上街遊行，慷慨激昂，以高亢的聲音回應之，唯恐人們說自己應之不響或應之不夠響。現在，得知有李康「應之如響」的說法，我才悟到自己也早已是一名響當當、急忙忙的「點頭人」，屬於點頭黨之列。

其次，我也很欣賞朱敦儒所概括的「點頭人」的兩個特點。第一特徵「隨風便倒」，說得相當中肯。點頭人，其實也就是所謂「風派」，看各種大氣候、小氣候行事。先不說朱敦儒的時代，就說我們生活的時代，這種隨風便倒、隨風點頭的現象真是「不勝枚舉」。「我是牆頭草，風吹兩邊倒」，這句民謠，已成了許多人的生活寫照，於是，點頭人與牆頭草成了同義語。甚麼風來表甚麼態，甚麼風來點甚麼頭，這已是我們共同的政治經驗，也是共同的悲劇。就人文科學領域來說，我的一些從事政治經濟學研究的朋友，就因為連連點頭而十分狼狽。在五十、六十年代的「人民公社運動」中，中央先是說人民公社的特點一大二公，應以公社為基礎（即以公社為經濟核算單位），我的同行們馬上說「對！」並作文章加以

1 《管錐編》，第三冊，第一一二則。

論證，說明「以公社為基礎」的十大好處；不久，中央又覺得以公社為基礎不妥，強調以「大隊」為基礎，我的同行又說「對」，並又寫文章加以論證，說明「以大隊為基礎」的十大好處。原以為到此為止，但是不久，中央又認為以大隊為基礎不妥，應以「小隊」為基礎，我的同行們又稱「是」，並又寫了文章加以論證，說明「以小隊為基礎」的十大好處。不管吹來的是甚麼風，都一律稱是，一律點頭，一律確證其「英明」，這也屬先「大膽假設」，然後「小心求證」。人文科學其他領域的其他朋友，對此也都有「深刻的體會」。本是科學工作者，當了這種隨風倒的點頭人，自然就沒有學者的尊嚴和「威信」，所以「文化大革命」後，社會上諷刺「哲學社會科學工作者」說：「搞哲學社會科學的人，那個哲學，是口字加折字，就是說，從他們口裏出來的話要打折扣。」聽了這話，我的同行們都覺得臉紅，但又覺得老百姓真是一語中的。不過，想到「其他部門」，想到宣傳部、政治部、報紙、刊物、電視、廣播，更是如此，更需要打折扣，也就心安理得了。有的朋友還不服氣地說，如果我們的理論文章需要打掉七折，那麼一些權威報刊上的話，就需要打掉九折，可信的話只有一折。聽了這話，我的同行們更心安理得了。

朱敦儒說的點頭人的另一特徵：「君言也大好」，也很有意思。他指的「君言」自然是指「你說的」，但如果我們把「君言」聯想到「最高指示」，則更有意思。「文化大革命」中的「君言」，一句頂一萬句，「句句是真理」，句句好極了。可是，後來發生一個問題：「文化大革命」已變成大內戰，全國亂成一團，千千萬萬革命幹部、知識分子都被打成「牛鬼蛇神」，到處都是「黑幫」，到處都在「打砸搶」，到處停工、停課，而最高指示卻說「形勢不是小好，也不是中好，而是大好」。面對社會現實，要不要對這一最高指示點頭稱是，實在是一個問題。我記得當時學習這一指示的時候，沒有人表示異議，均屬朱敦儒所說的，人人都點頭讚道：「君言亦大好。」這時，「大好」便獲得雙重意義：一是最高指示大好，二是「形勢大好」，兩點一加便是「關於形勢大好的最高指示是大好」。我當時也是如此點頭表態，也屬「君言大好」派。經過政治運動的鍛煉，我們都成熟了，知道重要的不是分清是非，而是點頭表態。一點頭，就安全了，安心了，安穩了，即使內戰戰得洪水朝天，我們也可以「穩坐釣魚船」了。不必多用頭腦，只須點頭，「點頭」實在是處世法寶。不過，後來，大約十年之後，我又悟到當時一味做「點頭人」實在是沒有良心的。為了保全自己而點頭，而說假話，不管甚麼指示都「應之如響」，實在是極自私的。例如對「形勢大好」的指示連連稱是，就是承認「打砸搶」是對的；把千百萬民族的精華——知識分子——打成「牛鬼蛇神」是對的，無數冤案假案所構築的文字獄和其他牢獄是對的，這不是明明在拍賣最不該拍賣的良心嗎？

我雖然欣賞古代思想者李康、朱敦儒等對點頭人的描述，但也知道他們的「時代局限性」。他們大約只知道當點頭人容易，不知道當點頭人的艱難與辛酸。他們恐怕不知道在中國當好點頭人實在不易。二十世紀中國政治運動頻繁，時代風雲變化萬千，而且政治格局常常是兩極對立，社會生活常處於「你死我活」的緊張狀態，而人們在兩極中作選擇就非常困難。今天對這一極點了頭，明天對立的一極翻了案，就要清算昨天的點頭，於是又得點相反方向的頭，轉過來轉過去，點頭也點得很辛苦，很痛苦。最高的點頭人自然方便，一點即定乾坤，而中下層的點頭人，包括身為部長、省長、縣長等點頭人可就麻煩了。他們點頭之後往往要被左右掌嘴。一會兒從左的方向被打嘴巴，一會兒從右的方向被打嘴巴，左右開弓，雖然把頭打正了，但也把頭打呆了，點頭人變成呆頭呆腦了。知識界的點頭也很艱難。有一位資深的老學者告訴我，說他在清算俞平伯、清算胡風、清算右派分子以及在「文化大革命」中清算「走資派」及「反動學術權威」時，都緊跟，都點頭，每一次運動都在自己的臉上畫了一筆，最後，因為政治運動太多，結果把自己畫成一個丑角。

此外，古代思想家恐怕沒有想到中國當代點頭人還有一層大苦衷是值得同情的。這是處於領導層中的人，也就是點頭人兼領頭人的人，時時要遇到「大是大非」的問題，每一次政治運動均有神聖的名義和不容爭辯的理由，而且還直接涉及自己的政治地位。點不點頭關係極大，點了頭便能保住烏紗帽，不點頭就會丟掉烏紗帽。也就是說，點一點頭，頭上的桂冠就還在；不點這個頭，頭上的桂冠就沒有了。而桂冠、烏紗帽又關係到房子、車子、妻子、兒子等各種現實問題，也就是關係到家族命運的大問題。因此，即使明知不對，良心過不去，但為了眼前的利益，也只得先點頭才說。這樣，慢慢地也就形成官場上的一套點頭把戲。只要是上頭的點頭人點了頭，我下頭的點頭人就一律跟着點頭，點了再說。點頭歸點頭，行動歸行動；會上點了頭，會下可搖頭。這樣一來，就使人難以判斷點頭是真是假，於是，點頭人就慢慢地變成滑頭人，點頭政治變成滑頭政治，滑頭主義大為盛行，當部長變成演部長，當省長變成演省長，長官階層變成「做戲的虛無黨」（魯迅語）。

儘管點頭人也有痛苦，但比起那些不隨便點頭，着意保持頭顱之尊嚴的人，還是安寧幸福得多，所以點頭人還是不斷繁殖，到目前為止，點頭人已遍佈各地，而且都已掌握了一套點頭術，也可以叫做政治心術。無論時代怎樣轉換，政治氣候怎樣變幻無窮，他們都會應付自如地發出一套態度鮮明的「堅決擁護」的致敬電、表忠信；討論彙報，而且可以做到句句動聽，字字動人。儘管由於事事點頭表態，領頭人階層在民眾中的「威信」幾乎「掃地」，但民眾的多數還是通情達理的，雖然他們常常諷刺「亂點」現象，但還是十分理解官員們的苦衷。因為官員們不像魯迅小說《風波》中的平民那麼簡單，可用一條辮子來表態——今天革命黨佔上風，就把辮子盤上去，明天皇帝佔上風，就把辮子放下來，後天革命黨再佔上風，又把辮子再盤上去；如此翻來覆去，直到革命真正成功，才剪下辮子。當代的官員可沒這麼痛快，他們的點頭不僅必須公開化，訴諸報端，而且必須得看上一級點頭人滿意與否，倘若上一級點頭人對自己的點頭不點頭，那就不僅被抓住了辮子，而且還可能從領導人一下子變成「反動頭目」，接着就要被批判得鼻青臉腫，頭面全非。他們的苦衷，實在是很值得同情的。

我對點頭人的「點頭」十分理解，但對點頭人還常常會搖頭感到十分詫異。說中國的當代點頭人只有點頭術，並不準確。他們除了善於點頭之外，還善於搖頭。一般地說，他們對上採取點頭主義，對下採取搖頭主義。對於「下邊」的民眾的批評、建議和其他呼聲，他們大半是搖頭的。但也不一定，有時他們還能做到心裏搖頭，面上點頭。因此，世上絕對性的點頭人其實沒有，點頭人總是兼做搖頭人，但因其點頭的特點異常突出，所以，稱其點頭人並沒有錯。

最後，還有一點需要說明的是，隨着時間的推移，點頭人也有所進步，即有點靈活性了。過去的點頭人兼領頭人常常過於死板，只有當上司要求點頭表態時才點頭表態，也就是為了保持權力而點頭。現在社會進步了，經濟潮流常常壓倒政治潮流，所以點頭人也不那麼僵化了，他們也開始為錢財而點頭。只要對自己有利，可以撈點好處，他們還會連連點頭。此時的原則是只要有利可圖，先點頭再說，反正寒與熱，總隨人，現在隨人去撈一把也無不可，至於經濟潮流中的法律、程序、國家利益，點頭之後再去應付。這個道理與發「堅決擁護」的致敬電相通。點了頭，佔有了利益再說，點頭術到處都可以用。

也許因為我自己把點頭術看得太熟了，所以覺得有原則的領導人和無原則的點頭人是很不相同的。如果一個社會中的領頭人階層，充滿着只會點頭的油子，充滿着滑頭人，這個社會早晚是要滑到黑暗的深淵中去的。

論媚俗人

中國的古經典和其他古書裏談到「俗人」的很多，這個概念無須正名。在「五四」運動之前，俗人的名聲並不好。一為俗人，一落俗套，便沒有甚麼光彩了。所以我國古代知識者都急忙與「俗人」劃清界線，或說自己並非俗人，或聲明自己不喜歡俗人或乾脆大罵俗人。遠在二千多年前，連哲學家老子都聲明：「俗人昭昭，我獨昏昏，俗人察察，我獨悶悶。」老子其實是極聰明極有思想的人，所以他覺得非與俗人劃清界線不可。在他看來，俗人太聰明了，太勢利了，太多是非了。是非太多，也就是「察察」；而與這些「察察人」相比，自己主張的「道可道，非常道」自然是「昏昏」。其實，有智慧的人常常「昏昏」，許多大哲學家，大文學家，都是糊裏糊塗的人，他們專注於自己的事業，全身心投入，別的事倒不清楚了。他們絕沒有俗人那麼精明，那麼「昭昭」。

老哲學家以「察察」二字形容俗人，很貼切又很有意思。這兩個字很能激發人的聯想，很可以補充一番。一想起察察人，就可以想起察察議論的人，滔滔說話的人，竊竊私語的人，忙於撥弄是非的人。老子之後的學者定義俗人時，常說「俗人險心」、「俗人喜言人之過」，大約也是「察察」二字的伸延。

對於善於「察察」的俗人，清高的人士自然不喜歡，非但不喜歡，而且要蔑視。例如嵇康，他的作品就不斷貶斥「俗人」，他說自己「不喜歡俗人」，因為「俗人皆喜榮華」，「俗人不可親」，他表示自己要「長與俗人別」，也就是和俗人保持距離。具有獨特精神追求的思想家與作家，鄙夷「俗人」是很自然的，因為「俗人」的特點就在於「俗」，在於對世俗功利的迷戀。「喜榮華」確實是俗人之相。在俗人眼中，人生的目的在於榮華富貴。擁有權勢與錢勢，比甚麼都重要。為了贏得錢勢與權勢，甚麼手段都使得。所以俗人的俗眼也就是勢利眼。既然崇尚權勢與錢勢，就需要在不同的層面上介入這種低級的角逐與爭鬥，於是，便產生兇險心、嫉妒心和害人之心。古人說「俗人險心」、「俗人喜言人之過」，十分準確。

用「喜」字來看俗人是一個很好的角度。喜，也就是生活趣味。俗人的趣味一定是低級趣味。如對紳士有田三百畝，他們就佩服得不得了。而在平時，他們則「喜言人之過」，這也是一種低級趣味。生活得太鄙俗，沒有精神追求，又不甘寂寞，自然就得用無聊的廢話來填空，除此之外，就是津津樂道別人的過失，這對他們來說，是重要的心理補充。他們自己不行，只有在說別人更不行時，心理才能獲得平衡。阿Q也是一個俗人，他批評城裏人是很重要的一招，倘若不議城市人之過，就不足以證明他的尊嚴。現實生活中有許多人，談起學問，談起宇宙人生與藝術，張口結舌，而談起別人的過失或者別人的隱私，則眉飛色舞，沫星四射，興奮不已。這種人，大約就可以判斷他為俗人。

俗人除了有一些「喜」的特點之外，還有一個特點就是「媚」。袁宏道在他的《行素園存稿引》中說「悦俗者必媚」，很有道理。因為俗人既然對擁有金錢的大財主或對擁有權力的大官僚羨慕佩服得不得了，就恨不得把自己壓縮得很小，以便鑽進他們的心裏，這就是媚。司馬遷曾說：「凡編戶之民，富相什則卑下之，佰則畏憚之，千則役，萬則僕。」意思是說，這些俗民見到那些財富比自己多十倍的人就卑微起來；而對百倍於自己的人，就頓生敬畏；對千倍於自己的人，就甘願受他的使喚；而對萬倍於自己的人，則可以做他的奴僕。卑之，憚之，役之，僕之，其中都包含着「媚之」。

俗人因為精神境界太低，所以「俗」者，常被稱作庸俗、鄙俗。有見識的知識分子，在精神上總是追求脫俗的境界。但是，「五四」運動發生後，價值觀念變遷，「俗」字的價值突然猛增，猶如通貨膨脹。當時的改革先驅者，為了打倒貴族文學，提倡平民文學，相應地在美學上，為俗美學原則大力辯護，而批評脫離平民百姓的雅美學原則。為平民文學說話，為俗美學原則請命，本是好意，也是好事。但是因為思維方式是「你死我活」的兩極對立，着意要一個吃掉一個，就把「雅」字批判得一無是處，把「俗」字抬高到「至高無上」之頂。此時，凡是進步的、革命的，都支持俗，追求俗，都與高雅的「貴族」劃清界線。從那以後，中國便產生一大群新俗人，原先鄙薄俗人的一些知識分子也改變了立場，或自己進入俗人行列，或當俗人的辯護人和代言人，名士變成戰士。這些戰士，有的自然還高雅，有的則成了新俗人。

新俗人和舊俗人不同，他們也有「喜」和「媚」的特點。但因為他們都很革命，絕不說喜歡錢財，而是要打倒財主。然而，數十年後，人們發現這些新俗人也令人難以「熱愛」，因為他們雖然少言錢財，卻特別喜言人之過。不僅一般地喜，而且是大喜特喜，「喜」得發狂。他們在「階級鬥爭」的旗幟下，喜歡揭人家的傷疤，挖人家的老底，追究人家祖宗三代的歷史，干預別人的私生活。自己「喜」還不要緊，還要以革命的名義和人民的名義硬叫人家交代自己的過失，強加給人以種種罪名，並大肆批判，弄得人人自危，造成許多知識分子成了「右派」而無存身之所。本來是崇高的革命，經過這些俗人之手，變成無休止的揭人之短和整人之過的運動。這些新俗人沒有舊俗人那種「察察」的小家子氣，而具有揭人之過的大氣魄，所以人們開始並不覺得他們「俗」，反而覺得他們很崇高，很悲壯。只是時間一長，就發現他們像和尚唸經，說的老是那麼一些套話，唸的老是那麼一些套經，才覺得他們也屬於「察察」

之列。而且，他們除了好説話之外，也好榮華，只是榮華內涵變了。這種榮華就是資歷、級別、地位、名號，例如，為了「入伍」時間的一年之差，就爭吵了好幾年。有了好級別，也就有了小汽車和好房子，説不喜錢財，又落入錢財，於是，崇高又落入非崇高，神聖又落入非神聖。

說到媚，新俗人又是另一番氣魄。這就是大規模地給各級領導人唱頌歌和大規模地舉行大慶典，甚至舉國進行大樹特樹絕對權威的大革命。在大革命的名義下，天天早請示晚彙報，天天唱頌歌，日日説媚話，説不好媚話還要做檢討。這種「媚上」的規模真是空前絕後。在加強組織觀念的名義下，「媚」又大規模地普及。在二十世紀下半葉的中國，各級官員的名字突然都消失了，個個成了某主席、某書記、某主任、某部長、某副主席、某副書記、某副主任、某副部長，甚至官居「極品」的科長、股長，也被稱作某科長、某股長，倘若兩個小官員碰在一塊，例如，一個是管五個黨員的書記，一個是管十個工人的工會主席，他們彼此也會很客氣地互相稱「×書記，你好！」「×主席，你好！」互媚一番。司馬遷所説的卑之、憚之、役之、僕之，在新俗人中發展為前所未有的規模和氣象，這大約是古學人始所未料及的。

現實社會中新俗人的新脾氣，在文壇上也不能免。作家們雖自稱為革命作家，也不能免俗。他們把喜歡「昭昭」、喜歡「察察」的特點也發展到令人驚嘆的地步。古代作家沒有作家協會，所以絕不會為爭一個「協會理事」、「協會副主席」的空頭招牌而忙忙碌碌。新時代的作家可不同了，為了一個這種空頭名譽，為了一個協會的獎賞，常常爭得頭破血流，甚至要進行一場你死我活的「兩條路線」的鬥爭。而為了保持自己的地位和所謂領導權，寫效忠信者有之，搞小集團者有之，興文字獄者有之，對同類進行毀謗性的大批判者有之，真是「功夫在詩外」，所作所為皆俗不可耐。至於「媚」，更是媚得無以復加。一代文學被變成謳歌文學本已太過份，偏偏謳歌時又總是故作小兒態或故作婦人態，放聲歌唱時局局又作哽咽狀甚至作捶胸頓足狀，完全把文學當做表態、表功的工具。這還不夠，還要把文學當做為王前驅和為王橫掃一切的「軍隊」。其以文學取媚於政治的氣魄與規模又是前無古人。這種在崇高名義下的極端「媚俗」，差點毀掉中國的當代文學。幸而，七十年代末之後，媚俗者才被潑了一些冷水，其媚俗的勁頭和氣勢已大不如前，而且滿肚子委屈。再後來，時代畢竟不同，俗聲已無知音，勉強硬唱幾句老調，已屬於媚俗者的末流，氣已大大不足了。

這種媚俗現象，似乎是跨文化的現象。所以昆德拉早就用「媚俗」（Kitsch）二字來加以概括。他發現的正是一種大規模的自媚媚人現象。他認為，東歐國家的「宣傳工作」，就是極端性的媚俗。這種媚俗不是恐怖，也不是壓迫，而是一種把肉麻的公式化的東西當做有趣而加以謳歌。例如在政治節日裏，廣場上舉行大規模的慶典，大家都喊一律的口號，唱一律的頌歌，表現一律的生活美好景象和革命的決心，藝術家們照相時都一樣地照着領導人懷抱一個蘋果似臉蛋的兒童。此時一些人流下兩滴眼淚，第一滴眼淚説：「孩子們在綠油油的草地上跑，多美啊！」第二滴眼淚則説：「我們和全人類看到這一美好的情景多麼令人感動呵！」昆德拉認為，第二滴眼淚打着「全人類」的名義，這就把崇高媚俗化了。這正是現代的媚俗人。昆德拉無法接受這種媚俗的群眾大慶典，更無法忍受這種做戲的媚俗人。

綜上所述，媚俗人既媚上也媚下，上就是最高領導人，下就是所謂「民眾」。梁啟超早就説過，專制社會的政客們媚的是一個，民主社會裏媚的則是眾人。而昆德拉感受到的社會，則是兩者兼而有之，而且媚時總是更加理直氣壯。可見，隨着社會的進化，俗人也在不斷進步。

肉人論

一九八七年，我作為中國作家赴法代表團的一員到了巴黎。一天，在一位法國朋友家裏談起法國文化。我說，法國文化的兩極都使我驚訝，雅的一極在羅浮宮、凡爾賽宮和其他的展覽館裏，真叫人高山仰止。而俗的一極，則在紅燈區，那是肉人世界；俗文化變成肉人文化，也讓人驚嘆和難以接受。在座的那位法國朋友聽了立即嚴肅地反駁我說：肉人文化絕不是法國特有的，你們中國早在十七世紀就有肉人文化，而且比我們還發達。他這麼一說，我也就沉默了。因為我確實無法否認《金瓶梅》產生的時代裏，我國的肉人文化相當發達，《金瓶梅》裏寫了許多人物，其實就是肉人。

我們交談時所說的肉人是指妓女，即那些以肉體買賣為主要存在方式的人。不過，籠統把妓女說成肉人，可能有些人不贊成，特別是中國的文人。因為在我國古代，士常與妓結緣，妓女常常是文人的知己知音，這已成了一種傳統美談。這種「緣」產生了許多淒楚動人的故事。妓女既成了一些文人的紅顏知己和落魄時的精神柱石，那麼，在文人作家的筆下，許多妓女就非常可愛。她們不僅有美色，而且有才色，肉性靈性，琴棋書畫，集於一身，有的甚至還很有節操，等於才、德、貌三全，與現代的「高、大、全」人物可以媲美。後來成為我國文學史名篇中的主角者如杜十娘、李香君、柳如是等，都是靈肉均十分動人的女性，絕不是「肉人」一「肉」字可以概括的。我讀過一些敘述妓女發展史的書籍，這些書的作者描述了歷代妓女對戲劇、音樂、詩詞的貢獻，認為妓家乃是散曲世界，倘若沒有妓家女樂，中國音樂將大為減色。史書撰者甚至認為，宋詞就是妓家文學。總之，他們認為中國妓女具有性靈傳統，和西方式的純肉帛交易大不相同。不過，這個結論，西方的作家恐怕難以同意。左拉（E-mile Zola）的《娜娜》，莫泊桑（Maupassant）的《羊脂球》，小仲馬（A. Dumas fils）的《茶花女》，這些西方的妓家，不也是有靈有魂的人嗎？

面對以上的辯護，要說妓女就是肉人，就要引起許多人的不平和抗議，所以我們還是換種說法為妥，即妓家是妓家，肉人是肉人，妓家院裏充滿肉人，但肉人國裏並非全是妓家。這樣，我們就得給肉人另做個妥帖的界定。

我國古籍中正式把「肉人」和聖人、至人、神人等放在一起排座次，大約始於文子。《文子贊義》卷七，把人分為二十五等，肉人被列在倒數第二名。文子曰：

> 天地之間有二十五人也。上有神人，真人，道人，至人，聖人；次有德人，賢人，智人，善人，辯人；中有公人，忠人，信人，義人，禮人；次有士人，工人，虞人，農人，商人；下有眾人，奴人，愚人，肉人，小人。上五之與下五，猶人之與牛馬也。

兩年前，我曾寫了《關於肉人》的一篇短文，當時，我沒有把這段話引出，是因為我覺得文子這張品人表，我無法整個接受。這種人的等級排列，包含着不少「偏見」和「暴力」，把眾人視為牛馬，我就不贊成。而文子眼中的上五種人，實在太高太玄。他在解釋時說，上五種人中，聖人竟屬第五名，是因為聖人還有平常人的一面，還必須用眼睛看，用耳朵聽，神人真人就不必了。所以神人真人又高出聖人。他說：「聖人者，以目視，以耳聽，以口言，以足行；真人者，不視而明，不聽而聰，不行而從，不言而公。」聖人是否存在，我本就懷疑，而文子卻列出比聖人更玄妙的神人真人，我就更難認同了。此外，他品評的標準還有很多是值得爭論的。但是，文子這張表，卻也有精彩之處，例如，其中提出「辯人」、「肉人」這種概念，就很有趣。

錢鍾書先生在《管錐編》中，把我國古籍中有關「肉人」的文字匯集一起並加以評論，使我的興趣更濃。所以，我還得再把錢先生的原文照抄於下：

> 《壺公》（出《神仙傳》）：「長房下座頓首曰：『肉人無知』。」按卷一五《阮基》（出《神仙感遇傳》）：「凡夫肉人，不識大道。」「肉人」之稱，頻見《真誥》，如卷一：「且以靈筆真手；初不敢下交於肉人」，卷八：「學而不思，浚井不渫，蓋肉人之小疵耳」，卷一一：「肉人喁喁，為欲知之。」其名似始見《文子．微明》篇中黃子論「天地之間有二十五人」，其「下五」為「眾人、奴人、愚人、肉人、小人」。道士以之指未經脫胎換骨之凡禮，非《文子》本意；蓋倘言重濁之軀，則「二十五人」捨「上五」外，莫非「肉人」也。《廣記》卷七《王遠》（出《神仙傳》）：「謂蔡經曰：『汝氣少肉多，不得上去，當為屍解，如從狗竇中過耳！』」道士所謂「肉人」，觀此可了。《大唐三藏取經詩話．入大梵天王宮》第三玄奘上水晶座不得，羅漢曰：「凡俗肉身，上之不得」，足以參證……
>
> 《廣記》卷二五一《鄭光業》（出《摭言》）：「當時不識貴人，凡夫肉眼；今日俄為後進，窮相骨頭」；《舊唐書．哥舒翰傳》：「肉眼不識陛下，遂至於此！」盧仝《贈金鵝山人沈師

魯》：「肉眼不識天下書，小儒安敢窺奧秘！」「肉眼」之「肉」亦即「肉人」、「肉馬」之「肉」，皆凡俗之意。詩家如厲鶚《樊榭山房集》卷三《東扶送水仙花五本》：「肉人不合尋常見，燈影娟娟雨半簾」；沈德潛《歸愚詩鈔》卷七《為張鴻勛題元人唐伯庸〈百駿圖〉》云：「不須更責鷗波法，世人紛紛畫肉人」；摭取道家詞藻，以指庸俗之夫，未為乖違也。[1]

從錢先生所徵引的文字看，「肉人」乃是「不識大道」之人，「學而不思、浚井不渫」之人，「氣少肉多」之人，「為欲知之」之人，說法雖有差別，但大體是指沒有靈魂，沒有思想，沒有學識而只有凡體俗軀之人。如果我們確認人應是靈與肉的結合物，那麼，肉人便是靈的部份幾乎消失而只剩下「肉」的部份的人。按照錢先生的意思，《文子》中借黃子之口所論的二十五種人，除上五種之外，其他二十種人均帶有「肉人」氣，即都不是純粹的靈人（如神人、真人等）。文子的論斷雖苛，但並不錯。所以當我們自以為是「智人」——知識分子時，而一旦不學不思，自己心灰意懶又被社會剝奪了獨立思索的能力，也有變成「肉人」的危險。

文子把「肉人」作為一種和眾人、奴人、愚人、小人並列的概念，使我們知道，世界上有一種（至少在理論上可以認定的）以「肉」為特徵的單面人。這種人並不是壞蛋，也不是奸佞小人，只是一種無識無知之人。亞當與夏娃在偷吃智慧禁果之前，恐怕只能算是「肉人」。不過，倘若這個想法能夠成立，那麼，豈不是說，上帝的意願，人的世界本來應當是肉人的世界？

1 《管錐編》，第二冊，第六五三頁，中華書局，一九七九年版。

儘管從德人、賢人一直到愚人、小人都有肉味，但把「肉人」單列一項還是有必要的。例如，「肉人」和「小人」就不能完全混同。多數「小人」，雖肉味甚重，但他們絕不像肉人那麼笨拙，反之，他們往往相當機靈，常具有狐狸的小狡猾和卑鄙的心術，甚至還有蛇蠍的毒辣，而肉人絕對沒有「小人」這種機能，倘若有，便不算肉人。此外，他們與眾人、愚人也有所不同。眾人、愚人自然也是肉大於靈的凡俗之軀，然而，肉的比重恐怕不如「肉人」，例如，一個瘦骨伶仃的無知者，稱之為肉人恐不合適，最好還是稱之為愚人，例如阿Q，稱之為愚人還說得過去，若稱之為肉人便極不通。而一個肌肉發達而無知的妓女，稱之為愚人也不妥，還是稱為「肉人」為好。不過，如上文所說，稱呼時要小心，因為妓女並非全是肉人，不少妓女乃是智人德人，只是絕非聖人。我國古代的知識分子思維大約不如今人細緻，寫字不如今人方便，所以我們不必苛求古人應當說得一清二楚。古人既然點破，接着就需要我們自己再細想，以區別對待。

當然，我們比古人要「進步」一點的是我們知道，用一個概念來概括一種人的時候，這個概念已篩選過濾了許多東西，於是，這個概念離開那種人本來的豐富存在往往很遠。所以用一概念規定某一種人時實際上非常困難，就以這二十五種人的概念來說，同一個人，就可以用多種概念來形容他。譬如豬八戒，說他是肉人，倒有些像，他好吃懶做，像豬一樣地嗜好睡覺，嗜好食、色，長得也像豬一樣的肥胖，而智能又低，一個字也不認識，這些均符合肉人的條件。然而，他有時卻也有一點小聰明和小狡猾，而且還有武藝，可和師兄孫悟空協同作戰，後來竟然死心塌地和唐僧走到底，以至成佛。這一下，老豬便從第二十四等的肉人，一躍為頭幾等的神人真人了。

對於肉人，做智能判斷比較容易，而做道德判斷就比較困難。甚至可以說，肉人不涉及道德價值判斷。有些肉人很兇惡，有些肉人則很善良。豬八戒就很善良。因此，肉人並不是壞人。當然，也有些近似肉人的人是很惡劣的，例如《紅樓夢》中的薛蟠，此人在下酒令時所胡謅的幾句打油詩，每一句都帶着粗俗的肉味，但他雖沒有道德感，卻很講交情；說他是「肉人」，是因為後兩項特徵太微弱，以至「肉」的特點太突出，所以說他近似「肉人」也不冤枉他。

在中國當代文學中，我見到的準確意義上「肉人」的形象有兩個。一個出自台灣作家李昂之手。她的小說《殺夫》中的屠人陳江水，就是個唯知性與宰屠的肉人。他只生活於肉世界，與肉世界的彼岸——精神世界絕對無關。他在肉中欣賞自己的暴力「也是他的本質力」，無論是在豬肉中，還是在人肉中。他是肉人，把妻子林市也當做肉人，然而，非肉人的妻子終於不能忍受他的肉的暴力而把他殺死。我在《屠人論》裏分析了這個人，此處只好從略。另一個肉人形象，則出自大陸作家遇羅錦之手。她的小說《一個冬天的童話》，女主人公「我」的第一個丈夫董衛國，就是一個「肉人」。這人善良，勤勞，有力氣，但他除了壯實的身軀之外，其他的屬於人的精神部份幾乎消失了，他無辜，但也無知，無靈。他的存在幾乎是單純的肉的存在。女主人公在北方極端孤獨無援中，找到這樣一個出身很好的肉的存在作為丈夫。這個存在，一切都無可指謫，他沒有智慧，但也沒有罪過；他沒有靈氣，但也沒有邪氣；他沒有雄心，但也沒有壞心眼。他有愛又似乎沒有愛，他的愛只是肉形態的「愛」。女主人公在初婚的夜晚，看到這個碩大的肉身男人高高地壯實地站在床上，她感到一種莫名的恐懼，但她說不出這個壯漢的罪惡，她無法把他推向任何一個道德法庭。她只能深深地感到這其中包藏着一種不平與不幸，但她說不出這種不平與不幸的理由。而我們倒是可以為她找到一個理由，這就是因為這個男主人公是一個無辜的善良的肉人，而女主人公遭遇到的，恰恰是一個富有靈性的女子必須接受一個毫無靈性的肉人的悲劇，或者說，是人的靈必須消亡於肉之中的悲劇。然而，男主人公化為肉的存在本身又是一個悲劇。這是一個在「文化大革命」中被剝奪了心靈生長機會的人的悲劇。他不是注定應當成為肉的存在的，但是，正當他有了肉之後卻喪失了補充他作為人的另一方面的東西：文化，知識，靈魂。他不是自我剝奪，而是被社會所剝奪。在六十、七十年代裏，大陸的一代青年，都遭遇到這種悲劇。僅僅「文化大革命」，就不知製造了多少像董衛國這樣的肉人。其實，批判「獨立思考」和批判知識分子的政治運動，都是製造肉人的機制。如果政治運動和「文化大革命」連綿不斷，連知識分子也會退化為肉人的；與此相應，整個社會就會肉化。李汝珍在《鏡花緣》裏想像出各種各樣的奇異國度，尚沒有想像出一個「肉人國」，我想，倘若他想到，一定會設計出許多令人發笑又令人悲哀的故事。

但是，肉人現象，絕不是中國的「國粹」。在西方，「肉人」正在大量繁殖，高度發展的物質潮流正在窒息人的精神。高技術派生出大批的技術奴隸，這就是機器人；而高度發展的經濟，又使人變成廣告的奴隸，這其中有許多就是肉人。而且肉人的生意愈做愈發達，不僅有女妓男妓，還有只知肉的享受的非妓家的普通人，他們常常在電視上做純粹的肉的表演。表演之後，他們的生活也絕對與精神生活無關。世界的現代化浪潮，物質主義的洪波，固然使不發達的國家羨慕，但是，這種潮流正在使社會肉化，使肉人大群大群地產生，這是不是也值得憂慮呢？社會現代化的設計師與推動者們，在呼喚現代化的同時，是否看到人類社會的肉化趨勢呢？我常為中國的現代化吶喊，但吶喊之後，一想到迅速蔓延的肉人現象，腦子就冷靜得多，甚至冷到會產生一種噩夢，夢見未來的環球世界，乃是擁有金錢的肉人的世界。

猛人論

「猛人」這一概念，是讀了魯迅《而已集》中的《扣絲雜感》一文才知道的。魯迅說，這是廣州常用的詞，專指名人、能人、闊人三種，而魯迅在這篇文章裏所講的猛人是袁世凱，他自然是名人、闊人，但算不算能人，尚可爭論。名人闊人中無能的蠢人很多，袁世凱屬能人還是屬蠢人，我一時還判斷不了。

「猛」字總是使人想到力量。在動物界，我們講猛獸時，不會想到野貓、野狗之類，而會想到獅虎熊豹，只有牠們才稱得上「猛」。而猛人自然也是指人類中那些有力量、有能耐的人。猛獸中有大小之分，猛人中也有大小之別。

猛人的「猛」，按其猛的資源不同，可分成許多種類。有人因有錢而猛，有人因有槍而猛，有人因有權力而猛，有人因有氣力而猛，有人因有闊爺爺闊爸爸而猛，有人因有好奴才好鷹犬而猛，有人因為會種鴉片開妓院賣飛機坦克而猛，有人因為會寫甜詩歌酸小說和會作八股文章而猛，還有人因為自己會拍馬而妻子也會拍馬而猛。各國各民族「猛」的尺度有相同處，也有不同處。有的民族因鬍子短體力足而猛，所以年輕人總是得勢；有的民族則因鬍子長和資格老而猛，所以老年人總是得勢。一定還有的民族因妻子多而猛或飯吃得多而猛，但我沒有深入細考。

像袁世凱這種級別的政治猛人，也就是總統、總理、國王一級的權威，其猛的資源也很不相同。在美國，總統的權威是法律和選民賦予的，也就是說，他們的「猛」來自「法」。而中國的權威，一般不是來自「法」，而是來自「勢」（資歷），來自「權」（權力），來自「術」（個人的政治能力和組織能力），當然也有來自猛丈夫或猛爸爸猛媽媽的；不過，高級政治「猛人」的絕對權威，一般都要「權」、「勢」、「術」的結合。

而一般猛人的資源，也很不同。以闊人來說，西方的闊人來自錢，錢一多，不僅可以成為闊人，而且還可以成為名人，進而還可以成為指揮許多能人的大名人。也就是說猛人可以用錢買能人，指揮能人。而中國的闊人則來自權力地位。權力一大，不僅可以成為闊人，還可以成為名人，也可以成為指揮很多能人的大名人，只是他自己不一定可以成為公認的能人。中國有許多有名的闊人，同時又是有名的蠢人。十年改革後，中國確實有些變化，因此也產生了一些因錢而闊的猛人，即不需要當官也有小汽車、小洋樓而且能夠拉攏名人和利用能人的猛人。

猛人除了猛的來源很不相同之外，其精神氣質之差別也非常大。例如，項羽與劉邦都是猛人，但項羽就有一點貴族氣，而劉邦卻較多無賴氣，他們兩人爭天下時，「臨廣武而軍，相守數月」，項羽為了擺脱斷糧的困境，捉住了劉邦的父親太公，並警告劉邦説，如果你不撤走軍隊，「吾烹太公！」可是，劉邦聽了之後竟用無賴腔回答説：「吾與項羽俱北面受命懷王，約為兄弟，吾翁即若翁，必欲烹而翁，幸分我一杯羹。」項羽本來就有婦人之仁，又不具備劉邦這種無賴術，就一點辦法也沒有了。劉邦當了皇帝之後，曾問他的朝臣，為甚麼他會得天下而項羽會失天下，高起、王陵回答説：「陛下慢而侮人，項羽仁而愛人。」項羽確實有婦人之仁。可見大猛人中也有心腸軟的，雖暴躁而不殘忍；也有如劉邦者，雖然猛得已快當上了皇帝，但還是有無賴氣，而且無賴氣中又包含着殘忍。總之，猛人中也有無賴潑皮一類人物，不應迷信猛人。

如果像劉邦這種掌握巨大權力的政治猛人，又有兇殘的性格，就非常可怕。劉邦的兇殘並不突出。在現代社會，最突出者要算希特勒了。希特勒式的猛人，一旦發狂，就完全變成猛獸，第二次世界大戰期間，希特勒一講話，新聞報紙就用「希特勒作獅子吼」來形容，其實是很恰當的。希特勒和他的元帥將軍們，正是一群不斷吼叫的猛獸。從希特勒的例子可以看到，擁有權力的猛人集團要變成猛獸集團是很容易的。猛人與猛獸只隔着一道小河。

猛人成猛獸，這是一種轉換形式，猛人也可以往另一方面轉換，即不是變得更猛，而是變昏——變成昏蟲。魯迅在評論袁世凱這位猛人時，其實是承認他原來是猛而不昏，後來則猛而昏了。他所以會昏，就因為他被周圍的一群人所包圍。魯迅在《扣絲雜感》中說：「無論是何等樣人，一成為猛人，則不問其『猛』之大小，我覺得他的身邊便總有幾個包圍的人們，圍得水洩不通。那結果，在內，是使猛人逐漸成昏庸，有近乎傀儡的趨勢。在外，是使別人所看見的並非該猛人的本相，而是經過了包圍者的曲折而顯現的幻影。」

由於猛人被包圍，所以他根本不知道他的親信的真面目，也不知道他治下的世界的真面目。所以魯迅說，在我們外面看見的一個猛人的親信，是謬妄驕恣，但這種親信在猛人面前表現的完全是另一樣，「猛人所看見的他是嬌嫩老實，非常可愛，簡直說話會口吃，談天會臉紅」。對於猛人治下的世界，儘管一塌糊塗，幾乎到處都在「遭災」，但猛人還是不知道，以為形勢大好。袁世凱當皇帝時，要看報紙，包圍者就特地印給他看，看了之後，以為「民意全部擁戴，輿論一律贊成」。魯迅說，「直要待到蔡松坡雲南起義，這才阿呀一聲，連一連吃了二十多個饅頭都不知道」。過了沒多久，便去見閻王了。魯迅想做一篇叫《包圍新論》的文章，以描述和總結這種現象，他說他準備「先述包圍的方法，次論中國之所以永遠走老路，原因即在包圍，因為猛人雖然有起仆興亡，而包圍者永是這一夥。次更論猛人倘能脱離包圍，中國就有五成得救。結末是包圍脱離法。——然而終於想不出好的方法來，所以這新論也沒有敢動筆」。

魯迅未必就想不清「包圍脱離法」，只是論述起來太麻煩，這不是技術上的細節，而是社會制度上的許多陳陳相因的大麻煩，這的確是一個文學家很難説清楚的。但魯迅道破這一現象，卻是一個很值得研究的有趣的現象，尤其是這種現象為甚麼總是不斷地在中國循環着，真令人想起來就頭疼。

像袁世凱這樣的擁有巨大權力的政治猛人容易變成昏蟲，而一般猛人也有這種可能。因為人一猛，耳邊的奉承話自然就多，包圍自己的如果不是真誠的朋友，就容易形成錯覺，以為自己真的十全十美，也容易變得昏聵。有些作家詩人，常常不認識自己，過高地估計自己，也是因為被幾個批評家所包圍。詩人作家的頭腦本來就容易發脹，一被包圍者喝彩，就常常脹裂。因此，當猛人其實是危險的，其所以危險，就是因為他們被自己的名聲、地位、錢財、權力所隔絕，往往生活在一種並不真實的虛幻世界裏。

講包圍論，並不是把罪過都推給包圍者，而是説，猛人因被包圍而不自知且不知人知世。無論如何，從猛變成不猛，以至變成昏聵，最重要的還是自己。如果自己的精神世界健康卓越，就不會被包圍者所變形。如愛因斯坦，他就至死都沒有被包圍者所愚弄。會被愚弄，説明猛人本身的內在世界有一些並不卓越甚至是非常黑暗的東西。

但是猛人要自我認識似乎比一般人困難，特別是要理解人之猛的有限性和可變性更難，例如一個名政治家，他在中年時代因為才思敏捷善於了解社會而猛，但成了八十老翁之後，雙腳已邁不出大門，再也沒有能力了解社會，自然就不猛了。這個時候，如果他還以為自己是世界的把握者，甚麼都知道，而且還要獨斷獨行，就可能使猛人變成妄人。因此，在這個時候，猛人掌握自己的生命，不給世界留下衰朽的印象是非常重要的，但有多少猛人有這種自知之明和自我掌握的力量呢？

當猛人確實不易。來了國外之後，常常看電視，更覺得不易。現代媒體給猛人提供了活動空間，但也帶來許多麻煩事。進入現代社會的政治猛人，如總統、總理等，都知道獨立的新聞媒介的厲害，因此都極注意通過電視等媒體塑造自身的公眾形象，並以此接近選民和爭取選票。儘管電視屏幕「複製」的政治猛人的形象未必是真實的形象，但屏幕畢竟對猛人造成一種限制，使猛人不敢太「猛」，不敢太胡作非為。無論如何，猛人是不願意使自己在公眾中的形象是一種兇相或流氓相的，所以總得檢點一些。由於經常得與公眾見面，猛人的修養、談吐、作風、氣度和政治智慧、知識水平等，就隨時要接受選民的監督與批評，這樣，猛人當起來就很辛苦。西方這些現代政治猛人似乎沒有中國政治猛人聰明，自己找了許多麻煩。中國的一等政治猛人就不喜歡這樣拋頭露面，他們喜歡深居簡出，藏而不露。

二等猛人雖也常在電視媒體上拋頭露面，但因為媒體就是他們所掌握的工具，好姿態好形象，工具自然會突出渲染，不好的姿態不好的形象，工具自然懂得「為尊者諱」，這樣，就不必像西方猛人那樣費力。所以如果為猛人着想，媒體還是不要獨立為好。不獨立，猛人可以更猛，天下又不必吵吵嚷嚷。

猛人變成猛獸或昏蟲，這並不是猛人必然的結局。許多卓越的政治家、軍事家、思想家、文學家也都是猛人，但他們的人生和事業都十分精彩，他們作為名人則名不虛傳，作為闊人則闊而不俗，作為能人則能而不驕。世界還是需要有這樣的猛人的，否則，世界就太乏味了。

末人論

「末人」這個概念本是尼采（Nietzsche）用來與「超人」相對應的一個概念。在尼采看來，處於進化長鏈中的人類，一種是比常人進化得更為高級的，具有非凡的智慧和毅力的人，這就是「超人」；而另一種人則是在一般人之下的幾乎未完成人的進化的平庸猥瑣、乾枯渺小、毫無創造力的人，這就是「末人」。

但現代漢語中，「末人」這一概念，大約是魯迅先生創造的。魯迅所譯的《察羅杜斯德羅序言》（*Thus Spoke Zarathustra*）第五節譯文：「『我們發現了幸福了』，末人說，而且睞着眼。他們離開了那些地方，凡是難於生活的：因為人要些溫暖。」在魯迅的著作中，「末人」這個概念出現了好幾次。他對中國青少年素質的憂慮，就是擔心他們在極其惡劣的人文環境中，終於變成毫無人樣的「末人」。他在《由聾而啞》（見《准風月談》）的雜文中說：

> 用秕穀來養育青年，是決不會壯大的。將來的成就，且要更渺小，那模樣，可看尼采所描寫的「末人」。

如果不是魯迅，中國的現代漢語，也許不會出現「末人」這一概念。因為「末人」，德文為 Der

Letzte Mensch，英文為 the last men，也就是「最後的人」的意思。前兩年我讀陳鼓應先生所著的《悲劇哲學家尼采》，又把《查拉圖斯特拉如是說》序言重譯，也是直譯為「最後的人」。但在漢語世界中，「最後的人」這一概念雖準確，但很難與超人對應，而且很難成為一種包含着特殊內涵的重要概念。我相信，「末人」沒有違背尼采的原意。

尼采在這篇序言中，通過一個理想的人查拉圖斯特拉（尼采的人格化身）宣佈上帝的死亡，宣佈超人的誕生，也宣佈他最蔑視的人乃是「末人」。他對着群眾宣佈（又調侃自己等於在「對牛彈琴」）：「我將告訴最值得蔑視的東西：那便是末人。」他還這樣描寫「末人」：

> 甚麼是愛？甚麼是創造？甚麼是期望？甚麼是星球？末人眯着眼睛如此問。
>
> 地球變得渺小了，而末人在地球跳躍着，他使萬物也變得渺小。他的人種如同跳蚤繁衍不絕，末人跳得最長久。

「我們已經發現幸福」——末人說，並且眨眨眼。在尼采的筆下，「末人」就是這種不懂得甚麼是愛甚麼是創造甚麼是期待甚麼是星球的人。這是一些與追求偉大的人相反的安於渺小沒有知識的人。在尼采看來，只有以非常的毅力進行奮鬥才有幸福，而沉醉於溫柔之鄉的幸福不是幸福。把追求偉大精神與追求個人幸福絕對對立起來的思想是否妥當，還可以爭論，但他的「末人」觀念卻很有意思。我在本文中採用的「末人」概念，既是尼采的那種未完成人的進化的概念，又是經過魯迅翻譯並賦予某種特殊意義的概念，它主要不是指那些追求個人幸福而不追求偉大的人，而是指人類中那些精神素質退化到末端、精神世界幾乎要枯竭的人。

末人在中國「古已有之」，許多作家的筆下都描寫過這種人。例如《水滸傳》中的武大郎，《紅樓夢》中的「傻大姐」，就是末人。賣大餅的武大郎，打虎英雄武松的兄長，是大家所熟悉的。有意思的是這對兄弟，一個是英勇無比，類似超人；一個則矮如侏儒，正是末人。《水滸傳》的作者介紹他們兄弟倆時，也無限感慨地說：

看官聽說：原來武大與武松是一母所生兩個，武松身長八尺，一貌堂堂，渾身上下有千百斤氣力——不恁地，如何打得那個猛虎？這武大郎身不滿五尺，面目生得猙獰，頭腦可笑，清河縣人見他生得短矮，起他一個諢名，叫做「三寸丁穀樹皮」。

武大郎是一個肉體和精神都發育不健全的人，清河縣那個「大戶人物」對潘金蓮記恨在心，就把她下嫁給這個身材短矮，「不會風流」的人，這真是一種很特別的又很殘酷的懲罰手段。但武大郎是善良的，正如《水滸傳》中說的，他「無般不好」，只是發育不到常人的水平，因此，摧殘和害死這種無辜的人自然是一種罪惡。

關於傻大姐，我在《我最喜歡傻大姐》一文中已做了介紹和評論，她同樣也是一個無辜但也無知的人物，是精神和智力沒有發育到常人水平的女子。她雖生得體肥而闊，但內裏的精神世界卻空空蕩蕩。她在大觀園裏玩耍，撿到個繡春囊，竟不知這是春意兒，心下打量，還以為是兩個妖精在打架。這正是尼采所說的那種不知道「甚麼是愛」的表現。這種人除了無爭無害地活着，甚麼也不懂，甚麼知識甚麼期待也沒有。

這種末人，不是我國傳統文化中那種「君子—小人」之分的「小人」。小人在生理與智能上和常人一樣，但品格卑鄙，人格渺小。其靈魂不是不活躍，而是骯髒。而末人則多半是愚昧善良，他們絕無幹卑鄙勾當的能力，也沒有確切意義上的人格甚至也沒有甚麼性格可言。

在二十世紀二十年代，魯迅就發現中國的鄉村末人大量存在。他的故鄉就是一個半常人半末人的世界。他筆下的閏土、祥林嫂、華老栓父子、王胡、小D等，都是一些精神呆滯和麻木的人。他們渾渾噩噩地活着，辛辛苦苦地忙着，但不知道甚麼是星球甚麼是創造甚麼是期待甚麼是愛。他們只知道要活着，絕不知道為甚麼活着和怎樣活着。

還有那一位格外著名的阿Q，儘管有些巧，但其實也是一個末人。他除了有一點生存的生理機能之外甚麼都不會，也是一個沒有思想、沒有精神生活、沒有情感生活、沒有記憶、沒有期待的人，他不僅不知道甚麼是星球，甚至也不知道甚麼是中國甚麼是他自己。他說不清自己姓甚麼和名字是甚麼，連臨刑時簽字畫圓圈也畫不圓。他對生沒有感覺，對死也沒有感覺，對屈辱對奴役對貧窮對災難都沒有感覺。他的精神勝利法，是文學批評者概括出來的，他自己絕對不會意識到人世間還有甚麼精神武器，他甚麼武器也沒有。他的精神勝利，只是一種衰竭的精神本能，拿了前輩積澱下來的逃路應付一下，就像動物被打了之後動彈了一下，絕不是戰鬥工具。動物也會逃跑，只是牠們不會像阿Q那樣會說出個理，所以阿Q是在動物與人之間，雖已進化到脫離動物界，但並未真正進入人界。他雖也有一種可稱為精神的東西，但這種東西是畸形和乾癟的。這種人遍佈中國的廣大鄉村，從過去一直到今天。我曾推薦過韓少功的《爸爸爸》，就是喜歡他在小說中創造了一個末人的形象。這種末人，好像也會思維，但他的思維只會擺動在「爸爸爸」與「×媽媽」之間的一種非常簡陋的兩極性思維。丙崽的家鄉，從他的母親到他的家鄉人幾乎都是末人。他們住在雞頭寨，只知道天底下還有一個雞尾寨。不是雞頭壓倒雞尾，就是雞尾壓倒雞頭，你死我活。此外，他們甚麼也不知道。如果再讀李銳的小說《厚土》，我們還會發現現在的山西高原鄉村中到處也有這種精神乾枯只會尋求一口飯吃的可憐人，這是一些被貧窮吸乾了精神、吸乾了靈性、吸乾了希望的同胞，一些如尼采所說的，只要有一點粗糧餬口就覺得「我們生活很幸福很溫暖」的人。

魯迅對「末人」，不是像尼采那樣極端「蔑視」，而是用同情的態度對待他們。他比同時代的思想家和作家更深地看到末人狀態乃是精神殘缺症和精神乾枯症，而且看到末人已遍佈乾枯的鄉村並已傳染到年幼的孩子。他在「五四」時期所作的《論照相之類》，就感慨我國兒童的照片與別國兒童的照片相比，缺乏活相，太多「呆相」和「死相」。一九三三年，魯迅又作了一篇《上海的兒童》，批評當時的兒童畫說：「畫中人物，大抵倘不是帶着橫暴冥頑的氣味，甚至於流氓模樣的，過度的惡作劇的頑童，就是鈎頭聳背，低眉順眼，一副死板板的臉相的所謂『好孩子』……我們試看看別國的兒童畫罷，英國沉着，德國粗豪，俄國雄厚，法國漂亮，日本聰明，都沒有一點中國似的衰憊的氣象。」魯迅自然不是「崇洋媚外」，只是為自己的民族擔心。他深信，「兒童的情形，便是將來的命運」。兒童畫中盡是末人相，這個民族自然就是一派末日氣象。魯迅知道，大量產生「末人」和末人相的孩子，不能怪末人和將成為末人的孩子，首先應當怪社會，特別是要怪社會教育。社會缺乏足夠的精神食糧，使得孩子精神營養不足。魯迅的「救救孩子」的吶喊，其實包含着把孩子從精神貧困和心靈乾枯中拯救出來，也就是把孩子從末人的隊伍中拯救出來。他在《由聾而啞》這篇雜文中感慨，中國青少年的精神糧食實在太貧乏，太粗糙，太缺乏營養了。孩子們正在由聾而變啞，變成精神的聾啞人。這樣下去，中華民族的精神素質就要退化，人種也要跟着退化。在這種情況下，可以「救救孩子」的一條辦法，就是多「介紹國外思潮，翻譯世界名著」，帶給他們一點精細的精神養品。但是連這一點呼籲也常常遭到各種非難和攻擊，對此，魯迅實在難以忍受，所以他繼續説：

> 他們要掩住青年的耳朵，使之由聾而啞，枯涸渺小，成為「末人」，非弄到大家只能看富家兒和小癟三所賣的春宮，不肯罷手。甘為泥土的作者和譯者的奮鬥，已到了萬不可緩的時候了，這就是竭力運輸些切實的精神的糧食，放在青年們的周圍，一面將那些聾啞的製造者送回黑洞和朱門裏面去。

魯迅先生的《由聾而啞》這篇文章，説明一個道理，即末人的產生完全是因為營養不足，特別是精神養料的不足。也就是説，一個人的風貌，包括肉體風貌與精神風貌，與所吸收的東西關係極大，這種道理其實並不深奧，也無須多加證明。不過，每次想到這裏，我總是想起飛鳥界的天鵝。天鵝之美，恐怕是無可爭論的，而天鵝之所以美，與牠們總是尋找一種精美的食物有關。孔夫子説的「食不厭精」，如果指精神食糧，絕對無可非議，天鵝所食的就是極「精美」的「薏苡」，中國南方稱作苡仁米。《布封文抄》中曾有一篇文章歌吟天鵝能夠選擇這種大自然中的精華為食，才成就其為天鵝。我國的鄭板橋之道情詩中也有「南來薏苡徒興謗，七尺珊瑚只自殘」句，可見薏苡之貴重。天地造化之神秘，往往就隱含於這種細小的關節之中。天鵝竟然能以採集大自然之精英為天性，然後造就自己的超群美貌，這不能不令人感嘆！在飛鳥世界中，牠們的地位，類似於人類世界中的「超人」；而類似人類之「末人」的鳥種則是烏鴉，牠們吃的大半是地上的糟粕，包括蟲蛆與老鼠。而專吃死人肉的禿頭鷹鷲，更是面目可憎，這又與人類中的那些強悍的屠伯一樣，吸收的是獸性文化，製造的也是獸性文化。

魯迅的這一篇文章，使我難忘的是，他還注意到社會上確有一批「聾啞的製造者」，也就是末人的製造者。人類社會不僅能製造偉大的天才，也能製造渺小的末人，製造的辦法也多得很。同樣把一個孩子送入學校，如果這個孩子的精神食糧大半是一些空話、套話、大話、廢話，這種孩子怎能不成為廢物？

魯迅這段話，批評「聾啞的製造者」，也就是末人的製造者。這種人往往特別能講大話、空話，自稱是革命家、愛國者與青少年的教導者，但是，他們本身非常貧乏，只是一些好唱高調而腦子裏確實沒有甚麼東西的籠中人和套中人。可是，他們偏偏以各種革命的名義，拒絕新的知識，塑造新的末人。魯迅對這種末人的製造者可謂深惡痛絕，所以呼籲把這些人送到朱門或黑暗的洞穴中去。可惜，現代中國，不僅末人愈來愈多，而且末人的製造者也愈來愈得勢。現在大陸有兩億五千萬文盲，僅這些文盲，就可以組成一個龐大的末人王國。有這麼一個龐大的王國在，不知道現代化的王國又如何建立？除了文盲之外，有機會進學校受教育的人，又被引導去學習一些只會聽話不會思想的榜樣；雖然口號悲壯，但實際上無論是在知識層面還是人格層面，「榜樣」往往屬於「枯竭渺小」，因此所謂「學習」，也屬於製造乏味的末人的行為。所以，學習榜樣的時候，選擇一個好對象是很重要的。千萬不要選的對象本身就是末人，或者帶有末人性。

更可憂慮的是，由於社會「媚俗」風氣愈演愈烈，各界領導人都不喜歡聽批評話，而喜歡聽媚話與奉承的話，而「末人」雖無智慧，卻很聽話；雖無氣力，卻也懂得拍馬。這樣，大量的傻大姐就可能成為接班人，未來的社會變成靠末人支撐。這種社會倘若有甚麼前景的話，那就是末日氣象愈來愈濃。所以，如何防止末人的大量出現，特別是防止末人成為社會主體，確實是一件嚴重的事。不僅值得政治家注意，也值得教育家與所有關心中國前途的人注意。

輕人論

到西方來之前，我研究人，自然注意到靈與肉的衝突，後來，讀了昆德拉（Milan Kundera）的《生命中不能承受之輕》（*The Unbearable Lightness of Being*），又注意到輕與重的衝突。這兩三年來，對於輕與重的矛盾，感受更深了。在芝加哥時，朋友們眾集在一起，常討論這個題目，而且大家似乎認同一個定義，即重人是追求崇高、追求偉大、追求責任的人，而輕人是追求快樂追求平凡或者甚麼也不追求的人。有的朋友則更簡單地說，重人是追求理想者，輕人是追求夢想者。

討論起來，大家都覺得中國知識分子太重了。到甚麼地方都肩扛着沉重的黃土地，背負着幾千年的大傳統，整天憂國憂民，把全中國和全世界的苦惱集於一身，臉上太少笑容，口中太少幽默。這種自我認識的結果是覺得應當想辦法生活得輕一些，放下一些精神重擔。於是，我們要真的開始多聽聽音樂，多看看畫展，多觀賞一些電影，多找一些精神解脱之路。

我自然也被認為是重人，並且也認為自己和許多中國知識者確實是重人。相比之下，西方的知識者應當算是輕人，因為他們活得比我們瀟灑，輕鬆，沒有那麼多治國安邦的「主義」，沒有那麼多念念不忘的「理論」，也沒有那麼多的憂患意識，自然，也不必背着沉重的黃土地和很長很長的長城。他們最愛的似乎是自己，儘管他們也想人類，想國家，想科學文化，但絕不會讓這種「想」法把自己壓碎，剝奪自己對生活的享受。所以，儘管他們非常忙，工作很認真，還有職業上的競爭帶來的壓力，但總的說來，他們不像中國知識者那樣，總是背着精神重負。從這一意義上說，可以說他們是輕人。

那麼，昆德拉筆下的主人翁托馬斯（Thomas），是輕人還是重人呢？我們似乎無法簡單地回答。他在捷克時，本是個輕人。他同時愛着許多女人並被許多女人愛，在嚴酷的專制隙縫中他生活得倒很愜意，因為在肉的層面上，他是輕的。但是，他正直，明白，有職業責任感。他不能容忍蘇聯坦克的沉重履帶任意地蹂躪自己的國家和碾碎自己的自由，因此，他參加抗爭，參加遊行，甚至離開自己的祖國。在靈的層面上，他還是重的。他想，到了國外，離開蘇軍那些喝血的坦克和機槍，靈魂的重擔就可以放下，一切都會輕鬆起來。其實不然，整個世界都是勢利的。國外，是另一種冷漠，另一種嚴酷的規範；那裏有更深的政治隔膜與文化隔膜，彼此的心靈難以相通。他和妻子都感到孤獨。孤獨，其實是自由的。在孤獨中可以獨往獨來，天馬行空，沒有人干預，沒有人跟蹤、盯梢和壓迫。孤獨和壓迫相比，它顯然是輕的。然而，他們忍受不了隔膜與孤獨，生命難以承受這種從未體驗過的「輕」。最後，他們終於從逃避重變成逃避輕，從逃避專制變成逃避自由，被「輕」逼回故國。此時，托馬斯是輕人還是重人呢？很難說。生命本來就是一個矛盾體，有輕有重，時輕時重，輕重相依，世上其實沒有純粹的輕人和純粹的重人。哪怕輕得像一個只會玩肉體的妓女，偶爾也會有沉重的眼淚。界定一個人完全是重人或完全是輕人，恐怕說不通。但是，一個人偏於重或偏於輕的時候是有的。過份的重，人為地蓄意地加重，或過份地輕，人為地蓄意地減輕，都不自然，都未必是真實的存在和真實的人生。

中國知識者的重，有時是自然的，因為自己的國家多災多難，其痛苦確實是他國難以比擬的，加以歷史悠久，傳統在每個人心中積澱的東西比較多，責任感比較強，因此，自然就對國家比較關切。這種關懷，不是壞事，用不着自悲，旁觀者也用不着譏諷。譏諷者未必是高明者。但中國知識者確實也常常人為加「重」，甚麼都往「大處」想，甚麼都想「根本解決」。認同「天下興亡，匹夫有責」的觀念本是好的，但這一觀念一旦發生，常常變成天下興亡之重任集於我匹夫一身，把自己看得太重要，以為自己的一言可以興邦，一字可以喪國，每一句話每一篇文章都關係到國家和「主義」的命運，把一切問題都嚴重化、激烈化了。這種嚴重化和激烈化，反而把國家的神經之弦拉得太緊，把民族生活搞得太乏味太脆弱。其效果正適得其反，讓人們在自己國家中反而生活得很不愉快，很不寬鬆。這種人為地加「重」，在個人身上一旦發展，性格也就變形變態。心中老繃着一根決鬥的弦，老建築着一個堅固的沉重得要命的堡壘，最後，都變得有點神經質。當年魯迅就說，當個革命戰士或抗日戰士，本是光榮的，自然也是身負重任的。但戰士的生活除了有重的即戰鬥的一面之外，還有輕的一面，例如也吃飯、也性交、也玩耍，絕不是時時處處都重。但後來革命戰士們把自己「重」化了，一舉一動，一言一行都和國家大事、階級鬥爭、民族鬥爭掛起鈎來，這就變成很荒唐。例如，天氣熱時吃點西瓜，就是吃西瓜，不足以想得太多，但戰士們卻因吃西瓜而想到國土被瓜分，民族不統一，非抗戰不可，這就顯得太重了，太不自然了。但是，中國知識者往往就是這種變態的重人，時時處處都想到天下社稷，一舉手一投足都和國家大事緊緊相連，連個人的婚姻戀愛也看成與國家興亡有關，也得向黨組織「請示彙報」，着意和革命大業連在一起。甚至在三餐的桌上，也不輕鬆，偶爾剩下半個小饅頭吃不下也要硬嚥下去，因為想到地球上還有三分之二處於水深火熱之中的階級弟兄沒有飯吃。如果清晨起來，到樹林裏吸一口新鮮空氣和聽聽晨鳥的輕歌，其實是應當甚麼都不想的，倘若這個時候也想到政治鬥爭，自然就太沉重了。在我國當代人的生活中，有一時期，一切都政治化，甚麼都突出政治，這自然就太累。記得胡耀邦說過一句話：不要甚麼都突出政治，例如游泳時，就應當輕鬆一些，突出鼻子，如果這時也突出政治，可能就要被淹死。中國知識者在二十世紀的風風雨雨中，往往不懂得各自突出自己的鼻子，而一概突出政治，真淹死了不少。

人為地加「重」還產生了另一種可怕的重人，這種重人像重型拳擊手，以打架和搏殺為生。這種人生本來就已夠重的了，但他們又蓄意加重，強詞奪理地說人類人生就應當以打架為綱和以拳擊搏鬥為綱，倘若不以此為綱而講人情人道和人間幸福就是修正主義。這種重人的頭腦、眼睛、耳朵、牙齒都很特別，甚麼東西在他眼裏都是打架都是你死我活的階級鬥爭路線鬥爭。如果一個作家一個學者寫出一篇文章和他們腦子裏的「綱」不合，他的腦子就會膨脹一千倍一萬倍，驚訝這是「和平演變」，不得了，天要變色，地要下陷，國家的命運已岌岌可危。於是，他們自己就開動牙齒，把人批判得滿身血痕。這種拳擊手似的重人常重得使人非常難受。

也許因為無法看明白這些重人嚴肅的臉面裏所包藏的東西，所以中國的年青人現在都討厭重人，而且常常討厭得有點過份，變成討厭一切重人，一切重話，包括講一點責任感、道德感的話。他們反抗重人的辦法自然是輕歌、輕舞、輕言、輕行，為了推倒沉重的坦克，不惜拿出各種輕腔細調，南腔北調，甚至流氓腔、痞子腔，把一切重話全化作笑話。於是，在大陸，帶點痞子氣的小說和音樂反而流行得很快，這也許正是對以往太重的人和太沉重的生活的一種懲罰。

這種反抗和懲罰也有讓人擔心的地方，例如，把一切重話都當做笑話，這自然不錯，這正如把「偉大的空話」當做笑話一樣，自然是正義的。但一過了頭，就把一切真話也當笑話，把講點起碼的責任感、道德感的話也當做陳詞濫調，這麼一來，輕者不是輕鬆，而完全是輕佻、輕薄和輕率。輕得無邊無涯，便把甚麼緊要事都當做「放屁」。放屁變成壓倒一切、化解一切的萬能藥方，包括化解必要的人生信念和維繫人類社會生存發展的一切必要的道德顆粒。這種淺薄之輕，正常的生命是否能承受得住，也是一個問題。不過，現在提出問題總是有點危險，因為許多前衛先鋒分子就會以年輕人的名義教訓說：別講這些過時的陳詞濫調，年輕人不同意！

中國現在確實是一個大變動的時代。這個時代還是重人領路的時代，但又是輕人時髦的時代。重人的話入不了輕人的耳朵，輕人的姿態入不了重人的眼睛，輕與重之間的溝壑實在深得很。所以，我的這些話，那些特別重的重人和特別輕的輕人都不會喜歡。幸而一邊太重一邊太輕，很難構成夾擊之勢，所以我還是可以存活下去和說下去的。

我自己在前些年實在是得罪了特別重的重人的，我的得罪並非着意去碰他們，而是我的文章觸動了他們那個特別沉重的「綱」。他們把「綱」說得太玄乎，太沉重，弄得大家幾乎沒有飯吃。那些年大家埋怨中國已「積重難返」，這個積重的責任完全在於這些特別重的重人。社會只懂得階級鬥爭重炮，工業只懂得重工業，説話只懂得偉大的空話，結果弄得社會空疏，民不聊生。但是重人都自以為自己重如泰山，碰不得，一碰他們就要重拳出擊，這幾乎是規律。我批評那些特別重的重人，並非否定「重」的重要，所以仍然鼓動對責任的體認，仍然關懷着自己的土地和自己的國家，同時也不放棄社會理想。於是又受到特別輕的輕人的嘲弄。

我對這些輕人又常不以為然，這大約是因為我中毒太深。例如，中國從老子開始，就講「重為輕根」，我就覺得很有道理。如果輕有重為根，即有重為基礎，那麼這種輕，就是有「本」的輕，有基礎的「輕」，這就可入乎其內，出乎其外。這種輕才是真正的自由，真正的輕鬆自如。中國有句成語，叫做「舉重若輕」，這其實是一種很高的境界。這種境界猶如庖丁解牛，也猶如西班牙的鬥牛高手在猛牛面前的輕快。這種輕表現出來的就是高格調的幽默，有意味的笑，脱俗的輕鬆，皆成文章的嬉笑怒罵。相反，如果沒有重為根，而是人為地表現時髦的輕，輕得很不自然，就會使人感到肉麻。這種無根之輕，容易流入輕浮，把淺薄當有趣，把庸俗當時髦。以《紅樓夢》中的人物而論，賈政屬於重人，大約是不會有爭議的，他是賈府裏最有家庭責任感也最遵循傳統原則的人，家國的憂喜哀樂全與他相通，所以他總是很沉重。而他的子輩則多數屬於輕人，從賈寶玉到賈環，從賈璉到賈蓉，其實都是輕的，但他們的輕很不相同。賈璉、賈蓉的輕，完全是輕薄；賈環的輕，則是輕薄而輕狂。而賈寶玉的輕，卻不是這樣，他的輕中有重，輕中有深。他不喜歡老八股文章，而願意讀《西廂記》，在當時就是一種很有象徵性的重輕之別。但在他的喜歡裏，不是一種輕薄，而是對傳統價值系統的一種反抗，他的輕不俗，也不造作。着意當輕人的時代弄潮兒，如果變成賈璉、賈蓉式的浪蕩兒，或賈環式的輕狂兒，那也是一種悲劇。

酸人論

提起酸人，我們首先會想到好吃醋的人，進而想到歷史上那些好吃醋的酸皇后、酸皇妃，由於她們的酸，往往造成了自身的危險。例如，乾隆的第一個皇后富察氏，隨君主外遊到德州，看見皇帝嗜好女色，便酸性發作，結果把自己活活氣死。第二個皇后烏拉納喇，又隨乾隆到江南，又見皇帝喜歡女色，又是醋性大發，以至剃光自己的頭髮要去當尼姑，乾隆哪能容忍，便把她先遣送回宮，第二年，她就鬱鬱而死。既然有酸皇后，也自然有酸皇帝，但筆者未曾細考，而且本文所描述的酸人，雖也包括這類有醋性的人，但主要是指那種把肉麻當有趣的人。他們的酸，主要表現在故作忸怩態，故作溫柔態，故作甜蜜態，特別是老人故作小兒態，男人故作女人態。因為是「故作」，就不自然，就讓人感到酸溜溜的。凡是這種故作姿態而後果酸溜溜的人大體上可稱作酸人。

酸與不酸，其界限是可以分清的。例如，莫泊桑《俊友》中男主角的五個情人，有四個，人們並不會感到酸，而其中有個半老的貴婦人就顯得特別酸。她是一個貴婦人，既想保持貴族的架子，又想得到那個漂亮的出身平民的年輕軍官，於是，就忸怩作態，投到「俊友」的懷裏時還說：「我這樣做還是頭一回！」這就讓人感到酸溜溜的。又如，曹禺《日出》中那個有錢的孀婦顧八奶奶和她的「面首」胡四，也是一對酸人。他們說的話句句是酸話。胡四說他會唱花旦，一唱自然也是酸歌。他倆在一起時就滿屋子酸味。我們重溫一下劇本，看看這對酸人在陳白露家故作小兒態的狀況：

顧：（一個天真未鑿的女孩子似的，撒着嬌）你跟我來！我不讓你看，我不讓你看嘿！我不讓你看，你就不能看！你聽着不聽着？

胡：好！好！好！我聽着。可是你瞧你，好好的衣服！

顧：你瞧你！

露：你們這是怎麼回事？

胡：沒甚麼？（一手拉起顧八奶奶的手，嫣然地笑出來）你瞧你！

顧：（對白露）你看我們成天打架，我們好玩不？

露：當着人就這麼鬧，你們簡直成了小孩子了。

顧：我們本就是一對小孩子嘿！（向胡四）你說是不是？

胡四這個「面首」，在顧八奶奶面前總是撒了嬌，而顧八奶奶已是一個上了年紀的孀婦了，又在胡四和其他人面前撒着嬌，自稱是一對「小孩子」，這就叫做故作小兒態，完全是把肉麻當有趣。

魯迅先生大約早就受不了這種故作小兒態的酸味，所以在《二十四孝圖》（收入《朝花夕拾》）一文中，特別譏諷了「老萊娛親」的故事。魯迅對二十四種實行孝道的好榜樣均不喜歡，其中又特別反感「老萊娛親」和「郭巨埋兒」兩件事。據說孝順模範老萊子是春秋楚國人，《藝文類聚．人部》中說，他在七十歲時，為了孝敬父母，在父母面前故作小兒忸怩態，穿着五色彩衣佯裝跌倒，以博他的雙親一笑。老萊子已是一個老太爺，還撒嬌，還「詐跌」，還搖着貨郎鼓，真是酸得讓人受不了。所以魯迅說，這是「把肉麻當有趣」。他說：「孩子對父母撒嬌可以看得有趣，若是成人，便未免有些不順眼。」放達的夫妻在人面前的互相愛憐的態度，有時略一跨出有趣的界線，也容易變成肉麻。顧八奶奶和老萊子自然都屬肉麻。

小孩撒嬌與成人撒嬌所以不同，是因為小孩的撒嬌是自然的，而成人的撒嬌是「故作」的；前者是天真，後者則是偽天真。這樣看來，撒嬌應當特別注意年齡的界限，否則就很危險。二十世紀下半葉大陸故作小兒態的撒嬌性的詩文實在太多，酸味實在太重，讀了一些作品，才覺得詩人與酸人容易混淆，人們總是誤把酸人當做詩人。而更糟的是，我常常會因此產生一種念頭，覺得八十年代之前的大陸當代文學似乎處於未成年狀態，好些老詩人老作家好像是「長不大的小老頭」。

由此，我又想到，歷史上雖有酸皇帝、酸皇后和種種老萊子似的酸人，但在社會各階層中，酸人出得最多的還是文人階層。所以，當文人的特別要警惕自己陷入「酸」中。武人往往豪爽，流氓總是狡猾，唯獨「秀才人性本是半張紙」，容易寒酸。文人雖也常有雄心，但很難獨樹一幟，因此往往只能取媚皇帝與頌揚權勢者，攀龍附鳳，做幫忙文人或幫閒文人。文人幫起忙來還可做謀臣策士，幫起閒來，則常常滿身酸氣。幫閒者為了鑽入權勢者的心，總是着意把自己縮小（以至縮成小兒模樣），然後作酸態，持酸論，唱酸歌，説酸話，乃至流酸淚。世上很難見到酸將軍、酸元帥，但處處可以見到酸文人、酸作家。可見酸性對文壇的腐蝕是特別嚴重的，需要特別留心，否則，詩人協會是很容易變成酸人協會的。

前些時候，我做了一篇《酸論》，講的是賈寶玉與甄寶玉相見時的情景，賈寶玉聽説甄寶玉與自己長得一模一樣，幾乎辨認不出來，就希望和他相見之後可引為知己。沒想到，見面時甄寶玉滿口是仕途經濟、錦衣玉食的老一套，而且在旁的賈蘭也跟着附和。賈寶玉聽了氣悶，心想：「這孩子從幾時也學了這一派酸論。」一見到這兩個年少的酸人，聽了一席老朽的酸話之後，賈寶玉大為失望，更是決心出家了。

賈寶玉與甄寶玉的分別，一是有真性情，一是無真性情。持酸論，説酸話，唱酸歌，其特點正是「作態」而無真情。甄寶玉、賈蘭一派仕途經濟的官樣文章，冠冕堂皇，但並不是從自己的肺腑裏流出，而是古老又古老的教條，這些教條就像泡在酒缸裏的菜，開始也是新鮮的，只是老封閉着，泡着，長久不見陽光，便成帶酸味的泡菜了。甄寶玉、賈蘭的「八股」，因泡得太久，賈寶玉就聞到酸味。同樣，一些革命理論，例如階級論，馬克思主義創始人開始講的時候，確實有新鮮感，所以在二十世紀三十年代時，我國的作家紛紛拋棄進化論而接受階級論。但幾十年來，特別在「文化大革命」中，階級論被庸俗化，全社會天天講，月月講，甚至一天要講幾十回，這等於把階級論天天放在社會的醬缸裏泡，天天泡，月月泡，年年泡，結果就泡出酸味了。所以，現在的批判文章，再講階級論就顯得酸，與二三十年代講階級論的味道大不相同。

文人階層中雖有較多酸人，但也有很多並非酸人。不可把真性情誤認為「酸」，像林黛玉那樣愛哭、愛傷感，但並不酸，原因就是她有真性情。這種酸，與賈瑞在王熙鳳面前説的酸話不能同日而語。一些作家有傷感之情，筆下有真摯的眼淚，切不可誤認為是酸淚。也就是，不可把真摯的文人視為酸人。即使像甄寶玉、賈蘭這種持酸論的酸人，也與那種兇狠的文痞之酸不同。甄寶玉、賈蘭的「酸論」還是迂腐之論，而文痞之酸論，則不僅是把肉麻當有趣，而且把肉麻當武器，於酸中還放了砒霜一類的毒藥；肉麻既是為了取媚，又是為了取他人的人心人頭。因此，這種酸，已經是硫酸硝酸或更可怕的東西了。這種酸人不是一般的酸人，乃是硫酸人、硝酸人，毒酸人。

不過，這類毒酸人並不多。大部份酸人還是心理不平衡而帶有某種變態的酸。這與自然界裏的酸雨情況有些相似。大氣層中有一層叫做臭氧層，這一層一旦出現空洞，就會破壞生態平衡，出現酸雨。人界中的酸態、酸論、酸話，也是因為心理世界的平衡受到破壞而產生，類似酸雨。據生態學家們說，酸雨對大自然有百害而無一利，而人世間的酸論、酸話情況雖複雜得多，但也都不是正常社會所需要且不是正常人所願意欣賞的。所以還是不當酸人為好。

閹人論

提起閹人，人們都會知道，這是指被閹割的人，而且，都會知道，這主要是指宮廷中的太監。《後漢書．宦者傳論》中云：「中興之初，宦官悉用閹人。」

在中國，閹人已成了太監的總稱。人們常常認為閹割的太監是無能的，其實這是誤解。太監常常極有政治能量，他們一旦得勢，往往可以左右朝政，讓宮廷變色和讓天下愕然。以明朝為例，英宗時的王振，由於他得到皇帝的寵愛，其威風可以大到兵部尚書徐晞見了都要下跪的程度，一些不願意下跪的官僚如大理寺少卿薛瑄、國子監祭酒李時勉、御史李儼、駙馬都尉石璟，都被他下獄甚至害死。武宗時的劉瑾，更是不可一世，他完全淩駕於政府內閣之上，連吏部、兵部文武大官進退都要事先經過他的批准。他可以一下子以「奸黨」的罪名把三百多個朝臣下獄，把大學士劉健等六百七十五人充軍。明朝政權全部控制在以他為頭目的「八虎」手中。到了熹宗，則出現中國歷史上最有名的閹人專政，這就是魏忠賢專政。他把持和發展特務機構「東廠」，勾結熹宗的乳母客氏，專斷國政，自稱九千歲，下有五虎、五彪、十狗等名目，內閣六部和四方督撫，都被他的私黨所控制。當時他炙手可熱，胡作非為，社會上全是閹黨集團兇險的陰影。了解中國歷史的人都知道，閹人的苛政比常人的苛政還可怕。

有的書上說，太監是中國的國粹，這個結論並不妥當。其實，早在公元前許多世紀，亞洲和非洲的許多國家，就有了政治宦官。古羅馬帝國在日趨東方化之後，太監也得到發展，其政治地位也日益增高，皇帝克勞狄烏斯、尼祿、維特利烏斯的近侍中都有太監。殺死過自己的母親和妻子，以暴虐放蕩出名的尼祿，還曾和太監斯普里斯「結婚」，任命太監納拉哥主管恐怖突擊團。在拜占廷帝國的十八等官制中，太監可以擔任八級官職，拜占廷的宮廷幾乎成了閹人的天堂。在近東的一些國家，太監還常常成為軍隊的統帥。公元前三四三年，波斯與埃及發生戰爭，波斯的軍隊統帥就是著名的宦官巴戈阿斯，他征服了埃及，並殺了埃及王及其所有王子。公元九世紀之後，在穆斯林帝國的中心，阿拔斯（Abbasids）王朝歷代哈里發都任命太監擔任海陸軍將帥，公元九一九年巴格達和法蒂瑪埃及的海軍交戰時，雙方艦隊的司令均是太監。

太監雖不是中國的國粹，但太監現象在中國確實歷史悠久，而且相當發達。早在秦王朝時，秦始皇最親密的朋友就是閹人趙高。秦始皇在世時，他任中車府令兼行符璽令事。始皇死後，他偽造遺詔，逼使秦始皇長子扶蘇自殺而立胡亥為二世皇帝，控制朝政後又殺死宰相李斯，自任中丞相；之後又殺秦二世，立子嬰為秦王。中國著名的戲弄皇帝的「指鹿為馬」的故事，其主角就是他。在北宋，閹人童貫已成為統領全國軍隊的最高將帥，掌握兵權達二十年。宣和三年（一一二一）率兵平息方臘起義的正是這個閹人。

我不是在這裏寫閹人史，不能再細說閹人的故事，我思考的是人被閹割後的現象。在尊重人的國度裏，是絕不能容忍把人的生殖器官閹掉的。閹割現象本身就不正常，它是非人的病態社會的一種病態物。因此，對於閹人，我們首先總是有一種悲憫之感。況且，閹人也有種種區別，閹人中雖有如狼似虎的政客，但也有傑出的將才與學者，不能一概而論，例如，中國的司馬遷，他也是一個閹人，但他的《史記》，卻是光照千秋的輝煌著作。明代率領三百艘船艦，兩萬多水兵遠征重洋的「三寶太監」鄭和將軍，直到今天，我們還對他的非凡氣魄敬佩不已。

但是，閹人由於生理上被割切，因此在身心上多半都發生變形、變態，其心理狀態往往非常畸形。尖酸、刻薄、多疑、嫉妒、陰冷等古怪性格常生長在閹人身上。他們付出了很高的生命代價，一旦地位變化，總是想討回這些代價。和常人相比，他們更急切地要求身心的補償，於是，他們的行為方式總是失去常態。魯迅在《寡婦主義》一文中分析過這種現象，他說：「因為不得已而過着獨身生活者，則無論男女，精神上常不免發生變化，有着執拗猜疑陰險的性質者居多。歐洲中世的教士，日本維新前的御殿女中（女內侍），中國歷代的宦官，那冷酷險狠，都超出常人許多倍。……生活既不合自然，心態就大變，覺得世事都無味，人物都可憎，看見有些天真歡樂的人，便生恨惡。尤其是因為壓抑性慾之故，所以於別人的性底事件就敏感，多疑，欣羨，因而妒嫉。」就以我國最後的一個最著名的太監「小德張」為例，我們就可了解閹人的一些變態行為。「小德張」因出身貧寒，得知當太監可以光宗耀祖，便發狠自己動手閹割自己，即所謂自我淨身。十五歲入宮後，他絞盡腦汁，挖空心思地侍候討好慈禧太后。八國聯軍即將入京時，慈禧倉皇西逃，一路上全靠小德張精心照料。到了西安，天氣轉冷，他就把自己的皮袍子脱下來，給慈禧蓋在轎車上，寧可自己受凍。慈禧死後，李蓮英離宮養老，他就當上了太后宮的大總管，月俸達五千兩銀子。得勢後，內心的病態進一步顯露出來。他是一個閹人，卻偏偏娶妻數人，有妻妾還不夠，又常去嫖妓，並在妓館的一家班子裏買到一名叫張小仙的黃花閨女。小德張還和她舉行隆重的結婚儀式，張家子孫都得行跪拜之禮。他為了補償做人的屈辱，就把宮中的一套禮儀搬入家中。家裏設有管事、賬房、門房、廚師、雜役、女僕等一套人馬，每日都要在客廳升坐，接見過繼的子孫們和傭人們，而且一定要家人們稱他「老爺」，吃飯時，得先向他請安並說：「請老爺賞飯。」他用這種方式來補償和掩蓋自己曾被閹割被差遣的自卑心理。而在宮中，他的嚴酷也很特別，打小太監時他用的竹竿子都是用鹽水煮過的和用血泡浸過的，被打完了之後只覺得皮肉受苦，但絕對不會死，因此，還必須帶着傷痛繼續幹活。他心狠手辣，曾經向人誇耀：「宮裏的太監，都知道我的脾氣，打人的時候，不能出來求情，愈求情愈要多打。」小德張一直到一九五七年八十一歲時才死。他的行為告訴我們：政治閹人一旦得勢，往往要發狂地尋找補償，火氣並不減常人，而且還更厲害。為甚麼會這樣，我不是生理學家，實在無從回答。

人們一提起閹人，就想到太監，但是，太監只是一種生理上被閹割的人；還有一種閹人，是精神和靈魂被閹割的人，我覺得，這種人也應當劃入閹人之列。精神上的被閹割，包括被閹割了人格，被閹割了良知，被閹割了個性，被閹割了獨立思考的能力等。正如太監被閹割之後成了宮廷忠實而得力的統治工具，精神上的被閹割者也會變成某種政治集團的變形變態而非常奇特的工具。至於精神上如何被閹割，那就比生理上的被閹割複雜得多，現在世界上的學者還沒有寫出精神閹割史，無現成的書本可查，所以一時難以說清。但就我國的經驗來說，精神閹割和靈魂閹割，乃是二十世紀中國重大的精神現象之一。僅一九五七年，被「閹割」的知識者就有五十萬名之多。「文化大革命」中被「閹割」的就更多，範圍也更廣，遠不止知識分子了。雖然同樣被閹割，但情況和後果卻很不一樣。有些被閹割的對象在受難後仍然堅持自己的獨立人格，這些人很不簡單，在二十年左右的折磨中始終保持正常的、健康的心態。但有兩種情況是很異樣的，也可以說是產生了兩種很嚴重的後果，即兩種病態的閹人現象。一是被閹割後則陰盛陽衰，人格弱化，以至男人逐步女人化，喪失男子漢應有的人生之勇，也就是陳寅恪先生詩中所說的，男人紛紛變成「男旦」，一個個變得馴馴服服，沒有一點兒火氣和骨氣，本是自豪的「人民」，卻成了自卑的順民；順民有時也像被閹割了的雄雞，還保持了外表的鮮艷的羽毛，但缺少生命的活力和原先的風骨。另一種則是被閹割後，不知道怎麼搞的，反而火氣更旺，但這種火不是正常的火，而是邪火。不過，這需要經過一段煎熬的時間，或者說，經過一個時期「鍛煉」，就像政治太監那樣，須從小太監煎熬到得勢當了大小管家之後才開始具有凌人的盛氣。當代精神被閹割者都是在平了反而且得了勢之後才放射出邪火的。這種邪火往往夾着陰陽怪氣，而且特別兇狠。他們本被打成「右派」，但此刻他們卻變成極左派。他們莫名其妙地硬說自己是「真正的馬克思主義者」，可以和革命學說「結緣」，這與小德張着意和黃花閨女張小仙結婚是一樣的思路。過去被不公正的世道認為是「右派」，被剝奪了和左翼革命學說聯婚的權利，現在翻了身而且有了名，便以戰鬥來舉行個隆重的結婚儀式，顯得格外激烈，格外堅持革命原則。而且還要人們稱他們為「革命老爺」或「左派老爺」，這種老爺常常狠得特別怪誕，其行徑和批判文章，常有一些怪招，使世人感到莫名其妙。他們使用的大批判棍子，也極古怪，很像小德張那種在鹽水和血水裏泡過的竹竿子（至少是在苦水裏泡過的），既可以造成別人的皮肉之苦，又不把人置於死地，以顯得注意政策。

上述這種怪誕的精神閹人，僅是閹人中的一類。這是確實在精神上被閹過的真閹人。還有一類更可怕的是根本沒有被閹過但冒充閹人的假閹人。這種人在古代就有，最著名的就是呂不韋送給秦始皇母親的那位著名的嫪毐，連秦始皇也被騙了好久。這種冒充的閹人，因為人們以為他們被閹割過，所以都寄以同情，不僅不警惕，還常為他們說好話。可是，他們實際上並沒有被閹割過，本來就是一個身強力壯的極左派，政治性能特別發達，廝殺慾望特別強烈，因此，危害也就特別大。好些善良人不明白一點：為甚麼一九五七年被打成「右派」的那些個理論家那麼兇狠激烈？這種疑問也許可以從真假太監現象中得到一點啟示。

最近幾年，我自己因為受的折磨，直接感受到這些靈魂殘缺的人，脾氣格外古怪，時而狂熱，時而陰冷，而且一味要拿我的肉去做他們的心理補償；所以對閹人便有些痛切之感。因為這種精神閹人的畸形現象，使我想到對人的精神、靈魂是應當充份尊重的，它也與人的肉體中的生殖腺一樣，不能輕易被閹割。一旦被閹割，精神就發生嚴重的傾斜，這種精神的殘疾人尋找精神補償的慾望甚至比生殖腺被閹割的人還要強烈。因為，肉體上被閹過的太監並不是賤民，而是宮廷中的臣民，而精神上的被閹割者則必須充當賤民，其承受的壓迫比小太監還要厲害。但是，肉體上被閹割的現象容易被人們發現，而精神上被閹割的現象不易被人們所察覺。其實精神閹割所造成的大規模的社會心理變態和民族性格的變形，才是真正驚人的。現在有不少文章感慨中國當代知識分子膽小、懦弱，並非完全沒有道理。聽到這種批評，我總是默認。因為幾乎所有的中國知識分子都在不同的程度上接受了精神閹割，在知識分子思想改造運動中，知識者紛紛表態要自覺地割尾巴，其實就是要自覺地閹割掉最後的一點獨立精神和獨立的人格力量。不過，對中國大陸知識分子實行精神閹割最強大的力量還是政治運動，如果不是強制性的政治運動，根深蒂固的精神靈魂是不容易被閹割的。因此，政治運動對人的精神性格影響極為巨大。它造成的民族性格的變形變態的責任，是難以推脱的。每次想起人為的政治運動總是造成龐大的閹人集團，就不免要說幾句話，雖然有若干政治閹人老抓住我不放，但我對他們並無仇恨，反而對他們的被閹割抱有同情。只是覺得，造成閹人現象的政治運動應當像宮廷太監一樣，讓它成為歷史的陳跡。

忍人論

「忍人」不是我的杜撰。這一概念早已出現在《左傳正義・文公元年（二）》子上論商臣中。子上曰：「蜂目而豺聲，忍人也。」蜂目，就是像蜜蜂那樣凸出的眼睛；豺聲，自然是豺狼之聲。中國的相命師不僅喜歡探索面相，還喜歡探索心相。一探索心相就涉及聲音。蜂目，屬於面相，豺聲則屬於心相。趙翼《甌北集》卷七《贈相士彭鐵嘴》中說：「古人相法相心曲：豺聲忍，鳥喙毒，鳶骨躁，牛腹黷。」這也是講人發豺聲性格就有「忍」的特點。蜂目與豺聲都是忍人的標誌。

不過，這種標誌也不那麼確定，例如，我國著名的大忍人秦始皇，他的面相雖也與「蜂」有關，但不是蜂眼睛，而是蜂鼻子。《史記・秦始皇本紀》中說：「秦王為人，蜂準長目。」也許「蜂準」比「蜂目」更可怕，所以才會幹出「焚書坑儒」的壞事。如果秦始皇不是一個忍人，他是不會開創這種屠殺知識分子和屠殺文化的先例的。

我不是相命師，但能理解把「蜂目」和「豺聲」視為「忍人」符號的相意。中國人常常喜歡用獸性與畜性的特徵來比喻人性惡，譬如，以豬喻蠢，以狐喻猾，以狗喻賤，以貓喻媚，以虎喻猛。當某些人達到「萬物皆備於我」的時候，不是具有兼容萬物的襟懷，而是集中了各種獸物畜物之特性。豺之兇殘與蜂之惡毒集於一身者，謂之忍人，是很恰當的。聰明的祖先創造語言的天才，至今還讓我們這些後人佩服。

不過，我的「忍人」概念，不是從面相與心相概括出來的。因為判斷蜂目、蜂準還好一些，而要判斷「豺聲」卻是一個難題。特別是在中國的今天，森林砍伐得很厲害，豺狼因此也稀少了。我至今沒聽過豺聲，這就難辨了。自然，如果要把社會中那些老是講殺戮、講以階級鬥爭為綱、講全面專政的喧嘯稱作豺聲，倒也可以，但恐怕又得爭論很久，所以還是不把蜂目豺聲之人作為忍人的標誌為好。

我想到的「忍」，是和「不忍」相對應的。在中國文化系統中，「不忍」是一個重要概念。孟子最先講不忍之心。他認為人性中善良的一面，就是「不忍之心」「惻隱之心」。不忍之心，就是良心，就是人之所以成為人的一種特徵，即和野獸不同的一種特性。例如，人見到同類被摧殘、被殺戮、被迫害，就會產生一種同情心。這種同情心，野獸就未必有。一個正常人，見到婦女小孩掉到河裏，總會感到不安。見屠伯砍殺人的手腳，頭顱總會感到難受，不忍「目睹」，這是人性世界中某種神秘的東西在起作用，我們的古聖人把這種東西稱作「不忍之心」。我想，有這種不忍之心的人，就是正常人，而不是「忍人」。忍人則是掏空這種不忍之心的人，他們對人類的不幸、災難、殘暴，能夠做到不動情、不動性、不動心。由於見殘忍而不動心，所以他自己還可以充當殺手。尤其重要的是，他們不僅可以幹殘忍的行為，而且還能毫不動心地欣賞殘忍的行為，這種能夠製造殘忍和欣賞殘忍的人，就是忍人。

中國老百姓常罵一種叫做「殺人不眨眼」的人，也就是忍人。如果一個人的內心還有一點與獸相區別的人性，殺了同類，至少會眨一眨眼，也就是動一動心，哪怕是一剎那也好。但世上就有一種連殺人也不眨一眨眼、動一動心的人。中國歷史上這種人不少，所以他們才發明「淩遲」、「剝皮」、「油炸」、「五馬分屍」及「株連九族」等刑法。能想出這些刑法和執行這些刑法的人，大體上都可以稱作忍人。

我曾對朋友說，忍人其實是一些未完成人的進化的人，但朋友不同意，他們反駁說，人與動物區別在於人能製造工具，倘若未完成人的進化，他們為甚麼能製造那麼多精緻的刑具？想想，覺得朋友說的也有道理。所以就退一步說，忍人是一些基本上完成了人的進化，但離獸類最近的一些人。

中國的忍人比較著名的都出自宮廷。凡人中自然有很多忍人，但其忍的故事不易流傳，身居宮廷和身居高位的人，往往暴戾無忌，而且有史官作記錄，因此，他們的殘忍反而能遺留後世。中國的忍皇帝、忍皇后的故事很多，早在公元前一兩千年，就出現紂王這種很有名的忍人。紂王使用「炮烙之刑」，把朝臣與勞工像烤肉一樣地煎燒，將敢於直言的諸侯梅伯斬成肉脯並做成醢肉分給各諸侯王吃，以至把敢於說真話的王子比干殺死挖心，把文王之子伯邑考烹為肉羹，這都是常人難以置信的。紂王的殘忍，不僅在於他敢殺戮，而且還在於他能欣賞殺戮，所以挖心之後還要欣賞一番，如《史記》所載：「剖比干，觀其心」（《殷本紀》），把殘暴行徑作為一種和妲己玩樂的遊戲，最後，他還把人肉製造成食品，讓諸王分享。要做到這一切，就必須把人性中的「不忍之心」刷洗得一乾二淨。刷洗得如此乾淨，確實也不容易。

漢代的呂后，也是一個相當著名的忍人。漢高祖劉邦死後，她控制朝政，殺害功臣，剿滅仇家，可以說是做到「心狠手辣」的程度，符合我國「文化大革命」中那種「對敵人一點也不能心慈手軟」的要求。她殺害戚夫人及其子趙王如意，真令人驚心慘目。《史記．呂后本紀》中記載：「……太后遂斷戚夫人手足，去眼，煇耳，飲瘖藥，使居廁中，命曰『人彘』。居數日，乃召孝惠帝觀人彘。孝惠見，問，知其戚夫人，乃大哭，因病，歲餘不能起。使人請后曰：此非人所為。臣為太后子，終不能治天下。」呂后這種殘忍行為，便是忍人的典型事蹟。惠帝雖然是呂后之子，而且身為皇帝，但因為內心還殘存不忍之心，便不忍目睹這種殘殺戚夫人的慘狀。所以，他從此之後便稱病而不聽政。

身為皇帝而有些殺人的記錄，本來並不足怪。因此，能以忍皇帝而聞名後代的，總有一些特別的殘忍行為。例如明成祖朱棣（永樂皇帝），他所以出名，一是因為他殺人殺得太多，二是因為殺得太狠。他以「靖難」名義打敗惠帝之後，竟把抵抗靖難軍的前朝高官，一律處以死刑，並滅其三族至九族，一共殺了二千五百多人。其中殺惠帝的御前侍講方孝孺和御史大夫景清，更是空前殘忍。明成祖入京後，要方孝孺起草登基的詔書，孝孺不僅拒絕，而且寫了「燕賊篡位」四個大字，成祖大怒地問方孝孺：「汝獨不顧九族乎？」方孝孺罵道：「便十族，奈我何！」明成祖果然殺滅了方孝孺的九族加上學生一族，共十族，一舉殺了八百多人，而方孝孺本人則兩邊被割殺至耳根後磔於市。景清也被誅殺九族，連遠鄉親屬也一個不留，真是做到「除惡務盡」。此外，在朱棣起兵時，身為惠帝時山東參政並在濟南屢破燕王兵（之後因此升兵部尚書）的鐵弦，也遭到朱棣最殘忍的處罰。處罰本也可以理解，但已當了永樂皇帝的朱棣卻令「割其耳鼻……逐寸磔之……乃令舁大鑊至，納油數斛，熬之，投鉉屍，頃刻成煤炭」。割切、剁碎、油炸，使人體化做煤炭都極殘忍。這種行為對中國人產生過很深的心理影響。在中國政治鬥爭史上，變節的人較多，與中國具有這種特別兇殘的酷刑有關。

說到忍人，人們自然會氣憤。所以紂王、呂后總是被後人所詛咒。永樂皇帝登基之後雖文武兼治，表現出一些雄才大略，但他的殘忍，卻仍然未能被後人所原諒。中國語言中的「容忍」二字，還是有些界限，像呂后如此慘殺戚夫人和朱棣如此殘殺政敵，無論如何是人類道義難以容忍的。倘若人類對於這種殘忍行為沒有良知拒絕的力量，那麼，人類就要退回野獸界。但世界上的事非常麻煩，任何一種行為都可以被做出另一種解釋，包括殘忍的行為也可以被解釋得十分合理甚至神聖化。這種把殘忍行為神聖化的理由，隨着時間的推移而變化，時而是「法治需要」，時而是「禮治需要」，時而是「革命需要」，時而是「改革需要」，於是，認真的學者常常感到頭疼。

就以長着「蜂準」的秦始皇來說，他的焚書坑儒，把那個時代本來就很稀少的四百多名知識分子，硬是活埋，無論如何，這種用最殘忍的手段無端殺害知識者的暴行，是絕對不符合人之所以成為人的道德準則的，但是，歷史上為秦始皇辯護的人還是有的。辯護的理由就是法治需要。到了二十世紀七十年代，人類社會已文明得多了，但秦始皇的「焚書坑儒」又再次成為光榮事蹟。他被封為「偉大的法家」，成了現代「文化大革命」大規模迫害知識分子的先驅。在「批儒評法」運動中，罵秦始皇也變成一種「罪」，必須「鬥私批修」，於是，一代年輕人就不知道如何看待「焚書坑儒」的兇殘行為了。一種本來最容易分清是非的歷史事件，也說不清楚是非了。這麼一來，「焚書坑儒」就有理，作為「儒生」的知識分子就活該倒霉，不斷地被「坑」下去了。

以法治的名義所做的辯護可怕，以禮治的名義所做的辯護也很可怕。「五四」時期，吳虞《吃人與禮教》一文，以臧洪、張巡殺妾為例，揭露以君臣之禮的名義殺人吃人，是有道理的。安祿山造反時，為唐皇堅守睢陽城的將領張巡，因被圍困很久，城中糧盡，處於飢餓之中。張巡為了挽救危局，繼續堅守以效忠王朝，便殺了他的愛妾，以饗三軍。他對所屬軍士說：「請公為國家戮力守城，一心無二。巡不能自割肌膚，以啖將士，豈可惜此婦人！」張巡殺死了愛妾之後，全軍泣下，感動了全城，接着城中百姓便紛紛效法張巡殺妻殺子，竟一共吃掉了二三萬人。張巡殺自己的妻子並把妻子的肉分給戰士們吃，這種行為是對還是不對，常有爭論。張巡被新舊《唐書》寫入《忠義傳》中，自然是忠義的模範，他的行為雖然殘忍，但符合忠誠原則，符合君臣之禮。以忠於領袖的名義，可以把這種大規模的直接的吃人行為變得那麼神聖，難怪忍人也可以變成聖人。歷史的荒謬被現代人所重複自然就更加荒謬。「五四」運動固然批判了張巡殺妾，但「文化大革命」中的小將們已不知道張巡為何人，他們在「忠於領袖」的旗幟下，任意打人甚至殺人，把人踩上一萬隻腳，也覺得是「忠義」的壯烈行為，其道德標準又與張巡相通。到了此時，殘忍又變得神聖。以聖人的名義幹忍人的事，又成了大時髦。我們面對殘忍，如果不說「好得很」，而說「糟得很」，那就有立場問題了。

還有一層麻煩的以革命名義所做的辯護。像張獻忠、孫可望這些農民革命領袖，其殘忍是很有名的，他們對敵手總是用「剝皮」一類的極端手段，但因為他們是在革命，所以不僅應當原諒，而且應當用「歷史長卷」為他們寫頌歌。「文化大革命」中，一聽到「油炸×××」、「千刀萬剮×××」就毛骨悚然，二十世紀六七十年代中的許多時日，我的耳邊充滿這種聲音，心裏一直發顫。「文化大革命」結束後，聽了許多如張志新被割喉管的慘事，總是連日做噩夢。但是，這種殘忍的聲音和行為，總是被革命的詞句所掩蓋，他們用的是「造反有理」的指示，還說革命不是請客吃飯、繪畫繡花，而是一個階級推翻一個階級的暴烈行動，因此割張志新的喉管也是革命，其暴烈行為也是革命的應有之義。至於「油炸」、「千刀萬剮」等，自然也是革命邏輯。

大約因為給殘忍行為找到的理由愈來愈多而且愈來愈神聖，所以忍人便以「堅定的法家」、「鋼鐵般的革命戰士」等名目在中國迅速繁殖。很奇怪，文明的繁殖很難，而野蠻的繁殖卻很快。現代的中國，蜂目不一定增加很多，但豺聲確實佈滿天下。忍人不僅橫行無阻，而且顯得崇高，而那些具有不忍之心的人自然變得可笑，不僅落後，而且因為殘存人道之念而成了革命的對立面，即歷史的「罪人」。不過，這麼一來，殘忍與崇高，忍人與聖人，罪人與非罪人，就分不清楚了。無數的同胞，再也沒有拒絕殘忍的良知力量了。這樣下去，忍人集團便愈來愈龐大，未來的社會，倘有階級鬥爭，恐怕就是非忍人階級與忍人階級的鬥爭，相當於人與獸的鬥爭。

倀人論

「倀人」二字，很自然地讓人想到「為虎作倀」這一成語（這一成語出自《正字通．人部》）。事實上，倀人也正是與老虎相關。我國古代就傳說，人被老虎咬死後，鬼魂為虎服役，猛虎到處覓食行兇，倀鬼必與虎同行並「為虎前驅」。所以，人們便把現實中那些為老虎般兇惡的主子做幫兇的人，稱作倀人。

我在《閹人論》中講到明代太監劉瑾和魏忠賢手下分別有「七虎」、「九虎」，均兇悍殘暴得不得了，他們被稱為「虎」，其實不是真正的虎，真正的虎是劉瑾與魏忠賢，他們只是為虎作倀的倀人。但因為他們有虎做靠山，便狐假虎威，充當虎的先鋒和打手，所以稱為虎也無不可。

皇帝有皇帝的倀人，大官僚有大官僚的倀人，小官僚有小官僚的倀人。不管其大小，倀人都必具兇殘、冷酷、陰險等特點，決不講甚麼情面和甚麼仁義道德，倘若還殘存一點人性，就成不了倀人，更成不了倀人的風流人物。

皇帝的倀人往往本身就是大官，因此，他們的兇惡就不僅是對一兩個人，而是對付大群人，所以其兇惡也表現出一種氣勢。例如武則天皇帝手下的酷吏來俊臣就是這種人。武則天皇帝，屬女中猛人，女人當皇帝不容易，但她很聰明，重用了一批大小倀人做親信，來俊臣就是她的一個大倀人。來俊臣為武則天所信任，歷任侍御史、左台御史、中丞等職。他生性極為兇狠，在任職期間設立推事院，大興刑獄，與其黨羽編造《告密羅織經》，大肆對人羅織罪名，並專用酷刑逼供。在他的壓迫與拷打下，被殺冤死者竟達一千多家。他的酷刑方法很多，其中著名的一種叫做「十枷」。唐代的《酷吏傳》記載：

來俊臣，每鞫囚，無問輕重，多以醋灌鼻，禁地牢中。或盛之於甕，以火圍繞炙之，兼絕糧餉，至有抽衣絮以啖之者。其所作大伽，凡有十號：一曰定百脈；二曰喘不得；三曰突地吼；四曰著即承；五曰失魂膽；六曰實同反；七曰反是實；八曰死豬愁；九曰求即死；十曰求破家。又令寢處糞穢，備諸苦毒。[1]

大官僚手下的倀人，自然沒有皇帝的倀人威風，但也絕對以無情為特點。例如《水滸傳》中高太尉高俅手下的倀人陸謙，他雖沒有來俊臣那麼一套酷刑的經典和酷刑的機器，但心狠手辣則與來俊臣完全相同。高俅是當時的猛人，陸謙當了高俅的鷹犬之後，便對高俅忠心不二，為高俅而不惜把壞事做絕。他與林沖自幼相交，和林沖稱兄道弟，但是他為了完成其倀人的使命，立即可以做到「轉眼不認人」。他為了幫助高衙內強奪林沖的妻子，不惜設置讓林沖誤入白虎堂的毒計；林沖中計後被發配滄州，他又親自帶上金子去買通押送林沖的董超、薛霸，要他們在路上殺死林沖；林沖到了滄州後，陸謙又帶着富安和「差撥」趕到滄州火燒草料場，想把林沖活活燒死，如果沒死，燒了大軍草料場，也可治林沖死罪。陸謙謀害林沖的每一步，都可以説是險惡至極。但是，作為倀人，他在險惡之中，又表現出和主子不同的特點，那就是奴才相。因為他是靠賣「險惡」而得寵，因此每幹一件壞事，都忘不了給主子邀功獻媚。

1　陳天燭：《天中記》，第二十八卷，第九零八頁，台灣文源書局。

在大火正燒着草料場時，陸謙自以為得計，便和富安、差撥一邊觀火，一邊談論，而談論中句句不離主子：「回到京師，稟過太尉，都保你二位做大官。」「林沖今番吃我們對付了，高衙內這病必然好了。」最後還吩咐要記住撿一兩塊林沖的骨頭去見主子：「再看一看，拾得他一兩塊骨頭回京，府裏見太尉和衙內時，也道我們能幹事。」最後這句話，很能表現倀人的奴才心肺，他們為了讓主子給一句「能幹事」的表揚和獎賞，是甚麼壞事毒事都可以幹的。

如上所說，倀人有大小之分。像陸謙這種倀人雖不能與來俊臣這種高等倀人相比，但也可算是中級倀人，而董超、薛霸這種「差撥」則屬小倀人。小倀人往往缺乏大、中倀人的謀略和陰險，但狼虎般的兇惡和虐待人的小技巧還是有的。就以董、薛來說，他們得了陸謙的十両金子之後，就動用了一些小技巧硬要把林沖折磨死，他們故意燒一鍋百沸的滾湯讓林沖洗腳，把林沖燙得腳面都起燎漿泡，然後，又讓林沖穿上新草鞋，日夜趕路，讓泡磨破，弄得鮮血淋漓，最後又在野豬林裏，把林沖綁在樹上，掄起水火棍硬是要打碎林沖的腦袋。魯智深搭救林沖之後，罵這兩倀人為「撮鳥」，真是罵得好，因為這種低等倀人，兇狠而毫無人格，毒辣而無品行，只會玩一點燙腳之類的沒有人性的小技巧，因此，只能算「撮鳥」，倀人確實是很讓人瞧不起的。

倀人固然被英雄們和老百姓瞧不起，但一些有野心的政治猛人總是離不開倀人。倀人所以至今還不斷繁衍，而且非常得勢，就因為他們確實能起到鷹犬的作用。鷹犬不僅可靠，而且比主人的嗅覺更靈敏，牙齒更犀利。牠總是表現得比主人更兇惡，更露骨，也更「堅決」。而且，主子一般都身居高位，不能不講點面子和政治「公眾形象」，所以許多壞事不宜親自出馬。像高俅要除掉林沖以替乾兒子奪他人之妻這種事，就不宜「親躬」，這種事就得依靠心腹倀人出手。所以雖然倀人依附於猛人，而猛人也離不開倀人。猛人與倀人相結合，也可算是中國政治中的一種巧妙「結構」。

倀人雖然只是為虎作倀的奴才，並非真老虎，可是他們在老百姓面前，則憑藉虎威，比老虎還厲害。魯迅曾說：「每一個破衣服人走過，叭兒狗就叫起來，其實並非都是狗主人的意旨或使嗾。……叭兒狗往往比牠的主人更厲害。」（《而已集．小雜感》）倀人的性格與叭兒狗完全相同。所以老百姓對他們的憎惡往往超過其對主人的憎惡。主人也知道這一點，所以他們指使倀人做壞事，如果倀人沒有做好反而敗露了主人的心機，主人就會連貓和狗都不給當，讓他們當替罪羊。中國的政治，有一大半就是替罪羊的政治。

主子把倀人當替罪羊，有時是真的，這就是以此作為平民憤的手段。這時，倀人確實會倒霉，有時甚至為主子斷送了頭顱。但有的是假的或半真半假，因為主子畢竟疼愛倀人，便明裏嚴厲，暗裏保護，所以把倀人關進牢房後，又設法把他們救出，或讓其親屬「榮升」別處，使倀人感恩戴德，一旦有出頭日子，便充當更忠實的鷹犬。中國古代戲劇中塑造過不少倀人形象，這些倀人，都為自己殺人不必償命而驕傲，但有時也得坐牢。例如元雜劇《蝴蝶夢》中的葛彪，一出場就這樣做自我介紹說：「自家葛彪是也。我是個權豪勢要之家，打死人不償命，時常的則是坐牢。今日無甚事，長街市上閒耍去咱。」葛彪就是一個深明主子心理的鷹犬。

倀人比主子更激烈，更兇惡，在現代社會中，則表現為對主子的「指示」加碼。例如主子說「給我打來」，其意思是給我痛打一頓，打疼打傷即可，但倀人為了顯示其能耐，往往就把人打死。此時，他才對主子說：「不好，死了。」這種情況，在當代叫做「更徹底」。古今倀人均有徹底傾向。本來領導人的意見是嚴格審查，不可搞「逼、供、信」，到了倀人那裏，則必定是逼、供、信，非把人折騰得死來活去不可。本來領導人的意思是說某某是「資產階級學術權威」，但倀人一定要加碼，說他是「反共老手」。倘若領導說他是「走資派」，倀人一定要說這是「死不悔改的走資派」，甚至是叛徒兼內奸。如果領導說某某是「資產階級自由化分子」，那麼倀人就要說他是「反革命分子」和「不拿槍的敵人」。除了帽子加高、處理加重之外，打擊面一定也加寬。例如本來上級領導分配給他的「右派分子」名額是「三百人」，他常常要打到「四百人」，以超額完成任務，也顯示其「堅決、徹底、乾淨、全部消滅階級敵人」之決心。又如，領導說，除「老弱病殘」者外其他的知識分子均要下放到「五七幹校」，這一指示到了倀人手裏，就變成老弱病殘一律下幹校。倘若領導說，這位自由化分子應當關押審查，那麼，倀人們一定要給判刑五年、十年。如果領導說，某某應當重判，到了倀人那裏，肯定是死刑無疑了。倀人不像主子那樣有名聲有臉面，要在社會上生存、發展，只能靠氣力、兇心和忠心，所以，表現得徹底，使勁加碼，是可以理解的。然而，歷次政治運動搞到後來，冤錯假案一大堆，弄得烏煙瘴氣，確與各界倀人加碼有關。倀人是一個系統，可分許多等級，一般地說，等級愈低，愈是兇狠。難怪領導同志常常怪下級機關政策走樣。

倀人系統中也有許多名人，例如，希特勒手下的戈培爾、貝林，斯大林手下的貝利亞，以及中國的康生，都屬於人面狗心的「酷吏」。他們本身是大倀人，手下有一個倀人系統。由於他們掌握一部倀人機器，所以特別可怕。但能當上名人的大倀人實在不多，多數倀人只是家奴、官奴，也就是中國老百姓所稱呼的「狗腿子」。無權無勢的平民百姓如果反抗「狗腿子」就要吃眼前虧，所以總是要迴避他們。但倀人的威風來自主子，即所謂「狗仗人勢」，如果主子有親朋子弟能仗義執言，倒是可以治一治倀人。例如《紅樓夢》中的「王善保家的」，她就是一個倀人。陪房，自然是屬於家奴之列。邢夫人在大觀園中得到一個含有春意的繡香囊，就命王善保家的送去給王夫人。她因平素丫環們不太趨奉她而懷恨在心，便趁機向王夫人調唆，先是中傷晴雯，以至於使晴雯從此走向死路；接着又獻了一個抄檢大觀園的計策。她拿着主子的命令，率領眾人執行抄檢，一時成了欽差大臣，真是不可一世。連王熙鳳也怕她三分，當她聽到王善保家獻計後本該說話，但她知道「王善保家的是邢夫人的耳目，常調唆着邢夫人生事，縱有千百樣言詞，此刻也不敢說」（第七十四回），只好眼看着這位倀人領着「一干人」，直撲丫頭們的房中去。而敢於對付這位倀人的，倒是探春。當王善保家的得意忘形到瘋瘋癲癲，連探春的衣襟也掀了一下時，探春可不饒她了。「啪」的一聲，她狠狠給了這個倀人一巴掌，並頓時大怒，指着王善保家的說：「你是甚麼東西，敢來拉扯我的衣裳！我不過看着太太的面上，你又有年紀，叫你一聲媽媽，你就狗仗人勢，天天作耗，專管生事。如今越性了不得了。」探春此時說的做的都很精彩。她罵倀人「狗仗人勢，天天作耗，專管生事」，真是句句打中了倀人的要害。而對付這種「天天作耗」的奴才，又沒有甚麼理好講，只好狠狠地給她一巴掌。

探春對付倀人的辦法，非常簡單，就是給一巴掌。這個辦法，倘若是對付常人，是不太文明的，但是，對付倀人，倒確實是個好辦法。因為倀人除了不講理這一特徵之外，還有一個特徵，就是喜歡耍威風，既然不講理就只好打嘴巴。而給一巴掌，倀人的威風就很難耍起來了。那個王善保家的，在挨了一巴掌之後，威風立即掃地，抱頭鼠竄而逃。要說紙老虎，倀人才真正是紙老虎哩！

倀人還有更深的悲劇，例如王善保家的此次抄檢的結果，不僅抄不到甚麼，反而抄到她自己的外孫女兒司棋箱中的一封情書，並證實邢夫人得到的繡香囊是司棋的，這麼一來，這位倀人才意識自己的作孽，到頭來還是自作自受，因此一時恨極自己，不住地打自己的臉，並自罵道：「老不死的娼婦，怎麼造下孽了！說嘴打嘴，現世現報在人眼裏。」而到此還沒有結束，她的主子知道後又覺得奴才辦事不力給丟了面子，便嗔着她多事，又打了她幾個耳巴子。這樣，連自打在內，王善保家的臉竟挨了三次打。這就是仗勢欺人的倀人常有的結局，雖然忠心耿耿，為主子兩肋插刀，但常常鬧得給主子當替罪羊。邢夫人雖是一個非常糊塗俗氣十足的貴婦人，但她也知道家奴一旦敗壞了自己的權威，就得給他幾個巴掌。邢夫人這種行為模式，正是上文所說的，中國官僚掌握的得心應手的替罪羊政治模式。

中國政治也可以說是一種拿倀人做替罪羊的「替罪羊政治」。武則天就很會玩替罪羊的遊戲。她用倀人去打擊貴族，打擊了之後自然引起貴族的不滿，為了消解這種不滿，她又殺了倀人，拿倀人當替罪羊；之後，貴族勢力自然又抬頭，她就用新的倀人去打擊貴族。這樣，倀人又成了新的替罪羊。如此往復循環，竟使她坐穩了四十年的江山。可見，倀人以及倀人的使用法在中國政治史上還是值得研究的。

妄人論

妄人不像忍人、肉人、末人等，需要費些筆墨，給予「正名」。提起它，都會知道這是指無知妄為的人。不過，「妄人」這一概念也是古已有之。《孟子．離婁》寫道：「自反而忠矣，其橫逆由是也，君子曰：『此亦妄人也已矣。』」荀子《非相篇》給妄人一個更貼切的定義，說：「妄人者，門庭之間，猶可誣欺也，而況於千世之上乎。」荀子用「誣欺」二字形容妄人，實在是非常妥當的，而且，這種誣欺，又是無所不在，哪怕就在眼前，即在門庭之間，他們也可以不顧事實地胡說，如果是距離更遠的事，那他們更可以妄言欺世了。

不過，妄人有許多類型。至少我們可以把它分成三大類。一類是平庸型的，一類是保守型的，還有一類是激進型的。

平庸型的妄人，主要是無知而愛說話和無知而貪功利的人。這種人無真知灼見，無真才實學，平平庸庸。這本來也無可非議，但他們偏偏又不自知，還喜歡指手畫腳，好爭功奪利，這就成了「妄」。我國古書中所說的「妄庸」，就是這種人。《史記》中《齊悼惠王世家》說：「人謂魏勃勇，妄庸人耳，何能為乎。」司馬遷認為魏勃這個人就是一個妄庸人，並無真本事。《漢書．李廣傳》中所譏諷的「妄校尉」，也是這類人。傳中載：「廣與望氣王朔語曰：『自漢擊匈奴，廣未嘗不在其中，而諸妄校尉已下，材能不及中，以軍功取侯者數十人，廣不為後人，然終無尺寸功以得封邑者何也。』」李廣在這裏雖是發牢騷，但說的卻是實話，他是一個有真本事的將才，而諸校尉卻是妄庸之輩。然而，世界常常不公平，妄庸人常常得意升天，而英雄常常被按之入地，所以元代詩人王旭有詩為之打抱不平說：「長身索米侏儒飽，飛將無功妄尉侯。」

保守型的妄人也可以稱作狹隘性妄人。保守並不一定不好，有見識有理性的保守，保護住一些傳統的習慣性的東西，並非愚妄。保守而成為妄，一般都是因為保守自己的偏狹利益和偏狹知識而落入荒謬，荀子《儒效》篇說：「見之而不知，雖識必妄。」也就是說，看到眼前的人和世界，雖然知道發生了甚麼，但不知道其中所蘊涵的意義，仍然固守自己的偏見，而且對揭示真理和意義的人，妄加指責，非把他們排斥驅逐或置於死地而不甘心。這種狹隘型的妄人，沒有廣闊的胸襟，也沒有真切的眼光，更談不上甚麼智慧。《水滸傳》中那個佔山為王的白衣秀士王倫，就是這種妄人。王倫原是一個落第秀才，在梁山樹起義旗後，本該胸懷博大，網羅天下豪傑一起共圖「大業」，特別是像林沖這樣的真英雄來入夥，更應當是歡天喜地，唯恐迎之不及，有這種情感才算有知，才能有為。可是他卻想到另一條路上去，害怕林沖乃是京師禁軍教頭，武藝高強，倘若識破他們的手段，就會佔據他的山頭。他完全以自己的狹隘氣量揣度林沖的襟懷，於是拒絕林沖入山。待林沖哀求後，他又懷疑林沖是否真心入夥，要他「投名狀」，即下山殺個人，將人頭拿來獻納，以表真心，當時林沖已走投無路，也只好一連三天到山下僻靜的小路上去等候殺戮對象。之後，王倫不得不讓林沖入夥，也只讓林沖坐第四把交椅。後來，晁蓋、吳用、公孫勝、阮氏兄弟等英雄在智取生辰綱之後，被官府追逼，便投奔梁山。上山後晁蓋推心置腹地把胸中之事從頭到尾告訴王倫，王倫聽了之後竟「駭然半晌」，自己沉吟半天，最後，他又重複拒絕林沖的荒謬行為，藉口山寨水泊「糧少房稀，恐日後誤了眾位面子不好」，發付眾英雄下山。到了這個時候，林沖才忍無可忍，火併王倫。林沖殺死王倫，固然慘烈，但王倫也確實是一個妄人，正如林沖在殺他之前所說：「你這嫉賢妒能的賊，不殺了要你何用！你也無大量大才，也做不得山寨之主。」王倫是一個很典型的狹隘型的妄人，他沒有進攻性，但也沒有進取性。他的「妄」，主要不是表現在妄行妄為上，也沒有甚麼妄語，然而，他卻有一種實實在在的「妄心」。像王倫這種妄人，僅佔據一個小山頭，而且是在非常需要人才的時候，就嫉才妒能，倘若他造反成功，當了皇帝，就一定成為妄主妄君，而且一定排斥和清洗那些有真本事的功臣和知識分子。一個妄君，是絕不會珍惜應當珍惜的東西的，對於他來說，守住自己的冠冕比甚麼都重要，管他甚麼帥才、將才、人才。

妄人中破壞性最大的是激進型也可以說是進攻性的一類。中國人常用「不知天高地厚」來形容這種人，真是非常形象，又非常準確。《管子．山至數》說：「不通於輕重，謂之妄言。」其意思也與老百姓的形容相近，他也發現妄言的特點是不通輕重。這樣看來，這種激進型的妄人之所以妄，就在於他們不知高低，不識厚薄，不通輕重，不明事理。《後漢書．馬援傳》說：「子陽井底蛙耳，而妄自尊大。」子陽，即公孫述，曾在蜀國妄自稱帝。井底之蛙，其特點正是不知天高地厚，不明事理。

人一旦不知高低、不通輕重，就容易虛妄，容易犯狂想病，神經病，胡來亂來。還是中國老百姓聰明，他們形容這種不明事理的人妄想時，就像「癩蛤蟆想吃天鵝肉」。這真是個天才的比喻，它把妄想狂的想入非非一語說盡。

妄想，如果僅僅止於「想」還好，因為它沒有傷害對象，癩蛤蟆雖屬荒謬，但沒有傷害天鵝。妄想進一步就是妄說，妄言，即講大話，狂話，這就開始影響他人、影響社會了。中國現代的妄言很多，如動不動就說「二十年以後還是一條好漢」，動不動就說「十年超英趕美」、「畝產可以超萬斤、十萬斤」。

如果停留在妄說上還好，更糟的是把妄想妄說化為「實際行動」，即妄行妄為。中國人把這種妄行妄為叫做「妄冒」，或者「妄進」。這兩個詞在古書上均有記載。現代的中國人更加聰明，為避免不吉利的「妄」字，就去掉妄字，單取「冒」字和「進」字，把違反一般常識和事理的妄行妄為稱作「冒進」。例如，一九五八年的大煉鋼鐵和之後的高舉「三面紅旗」運動，後來就被稱作冒進。用這種字眼反省相當貼切。當時頭腦發熱，非份冒進，搞得最後沒飯吃，忍飢挨餓了好幾年，完全是一種非常荒謬的妄冒，但是，災難已過，最好還是給人留點面子，因此，不必硬說是妄冒，還是說冒進為妥。因為無論如何，心是好的，動機是想「進步」，只是冒了一些，為甚麼非說「妄」不可呢？

當然，如果不是為了顧全面子，正視「妄」字也不是壞事。正視妄，是為了從激進主義中吸取教訓，做甚麼事都要理性一點，多尊重一點科學，多尊重一點知識，多尊重一點事實。像一九五八年那樣，全國全民都說妄話，都喊「一年翻兩番」，連本來最該明白事理的科學家也站出來論證，證明水稻的畝產完全可以超萬斤，加入妄說行列。此時，上上下下都頭腦膨脹，不願意妄說和反對妄冒的人反而成了右傾分子。想想那個時期，中國真是成了妄人國，人人妄，事事妄，不妄反而活得不自在。我和我的同齡人，在當時屬於中學生輩，也跟着妄進一番，參與洗劫山林，把好端端的大片綠樹毀成了黑炭煉廢鐵，真是荒唐之極。所以我在一篇散文中，稱當時的自己，乃是瘋狂的紅螞蟻。不過，我們這些學生，只是追隨妄流，屬於妄人國中最末的一層。

一九五八年的妄冒和妄進，主要還是在經濟領域，到了「文化大革命」，便冒入政治。政治上的妄冒和妄進真是可怕，先不說「橫掃一切」和滿街的「打倒」、「油炸」，也不說給千千萬萬知識分子帶上高帽遊街這類妄行，就以「妄言」一項而論，那就夠使人震顫的，例如「寧要社會主義的草，不要資本主義的苗」，「交白卷就是高舉無產階級專政下繼續革命的紅旗」，「秦始皇焚書坑儒就是法家的革命創舉」等種種妄話，就充斥所有的報紙、刊物、大字報和城鄉的牆報，可以說是妄語滿天下。到了此時，我們才知道，一人之妄已夠可悲，而一國之妄，真是可怕可怖。

二十世紀的中國，妄言、妄行、妄為實在太多。而所以會太多，就是情緒化的東西太多而理性的東西太少，也可以說是虛氣太多，而實際太少。妄，就是反理性，反知識。因為吃了「妄」的虧太大，所以就有清醒的中國人開始反省激進主義、空想主義和其他各種「左傾」的幼稚病和狂熱病，也就大有一些領導人和知識分子重新強調理性精神和實事求是精神；這種提倡，無疑是對的。中國只能在反虛妄中才能自我認識和自我拯救。但虛妄病在中國根深蒂固，要治癒也不容易。現在打着「求是」的旗號而又滿口滿紙妄言的人和刊物又很多，以「階級鬥爭為綱」的變種到處都是，特別是在大批判的文章中，無知妄說又活躍了起來，其口氣仍然是不知天高地厚。這些以大批判為「敲門磚」的妄人和癩蛤蟆相比，固然有點文化，但其虛妄，絕不在「想吃天鵝肉」之下。

說起妄人的無知，我總是想起愚人。因為愚人也無知，但是，愚人絕不像妄人如此荒誕。愚人雖愚，但也因為笨手笨腳而無所作為，而妄人卻是無知而自以為知之甚多，更要命的是膽子又很大。他們老是怪知識分子膽小，也是因為他們本身的確膽子很大。識小而膽大，無知而敢想、敢說、敢幹，破壞性就特別嚴重。世界上這種人一多，這個世界就常常手足無措，不知如何是好。幸而，現代世界已意識到理性、法律的重要，法律真是使妄人少了許多用武之地，所以，世界還是有太平日子可過的。

陰人論

「陰人」這一概念，如果查辭書，辭書就會告訴我們：陰人就是陰間之人，即鬼。但我講的陰人，卻是陽間的人，也就是陽光世界下那種帶有鬼氣和鬼質的人。

梁啟超在《呵旁觀者文》（作於一九零零年二月二十日）用了「陰人」這一概念，批評的全是現實中的人。他還給這種人畫了一幅像，下了一個定義：

此派者，謂之旁觀，寧謂之後觀。以其常立於人之背後，而以冷言熱語批評人者也。彼輩不惟自為旁觀者，又欲逼人使不得不為旁觀者；既罵守舊，亦罵維新；既罵小人，亦罵君子；對老輩則罵其暮氣已深，對青年則罵其躁進喜事；事之成也，則曰豎子成名，事之敗也，則曰吾早料及。彼輩常自立於無可指謫之地，何也？不辦事故無可指謫，旁觀故無可指謫。已不辦事，而立於辦事者之後，引繩批根以嘲諷掊擊，此最巧黠之術，而使勇者所以短氣，怯者所以灰心也。

豈直使人灰心短氣而已，而將成之事，彼輩必以笑罵沮之；已成之事，彼輩能以笑罵敗之。故彼輩者，世界之陰人也。

從梁啟超所描述的這種陰人可以看到，陰人是一種只會在別人背後笑罵，而沒有血氣沒有責任感的人。人鬼之別在於一有生命，一無生命。陰人在人鬼之間，是一種喪失生命激情的人。沒有血氣，沒有生命激情，萬物萬事都已看透，這也罷；但他們又偏偏不甘寂寞，仇視人間熱情，於是，便用陰冷的眼光看世界和看世界上的一切生命活動。所以，不管這種活動是甚麼，他們一律笑罵，一律呵斥，一律抱怨。倘若看到同行或看到其他人取得甚麼成就，他們一定要從背後放一冷箭，高明地給予中傷。人類社會如果充滿這種人，這個世界就會變得鬼氣森森，做甚麼都失去意義。

這種人，如果放在動物界，就是蛇。蛇的特點是身上的血是冷的，沒有血氣。牠們穴居於草叢洞穴之中，陰冷地窺視着草叢外和洞穴外的世界。然而，牠們也得活，為了生存，牠們也隨時撲向其他一切生命，而且決不留情。這種動物，雖然沒有血氣，但有毒液，因此，是一種非常可怕的冷而毒的動物。

因為陰人具有上述反社會反生命激情的陰森森特點，所以，不管是站在何種社會立場的人，都不喜歡他們。充滿生命熱氣的作家自然更不喜歡。文學作品中雖有許多鬼魂形象，如莎士比亞《哈姆雷特》中的鬼魂和蒲松齡筆下的狐鬼，但少有塑造陰人形象的作品。如果塑造了，也是作家最不喜歡的人。《紅樓夢》中接近陰人形象的有兩個，一是惜春，一是趙姨娘。但兩者有區別，惜春屬陰冷，而趙姨娘則是陰毒。所以趙姨娘有蛇的特點，而惜春沒有。但她們都缺少血氣和生命的激情。惜春最後鉸去頭髮，到櫳翠庵當尼姑，只是陰冷性格的一種歸宿，並沒有甚麼精神境界的追求。《紅樓夢》中出家的有妙玉，有寶玉，但數她出家的境界最低。她年紀輕輕，心就很冷，鳳姐奉命抄檢大觀園時，她的丫環入畫明明受了委屈，但她不僅不替她說一句話，還把入畫趕走。對入畫這種朝夕相處的人都這麼冷漠，對其他人就更可想而知了。但是，惜春雖陰冷，卻不陰毒。冷而毒者，是趙姨娘。

趙姨娘是曹雪芹筆下最不留情的人物。但她臨死前的一番噩夢，也反映出內心殘存着的良知在呼叫。和《紅樓夢》其他女性相比，她幾乎是唯一的一個沒有甚麼「優點」的形象。曹雪芹何以如此憎惡她呢？我曾想過幾種理由。不過，此文中想說的只是，曹雪芹作為一個心事浩茫的作家，他恐怕最不喜歡趙姨娘這種冷而毒的陰人。

趙姨娘處於「妾」的地位，這種地位在她心裏自然投下很深的陰影。再加上她生性極好妒忌，便變得陰毒。這種陰毒的鬼氣藏在心裏，一旦遇到會做紙鉸的青面白髮鬼的馬道婆，便一拍即合，不惜使用馬道婆授予的妖法來毒害賈寶玉和王熙鳳。寶玉叔嫂二人中妖法後昏天黑地，尋死覓活地陷入病狂，為此賈府上上下下、裏裏外外登時變成一團亂麻，就在這個時候，趙姨娘的陰毒心理才得到滿足。《紅樓夢》第二十五回寫道：「……合家人口無不驚慌，都說沒了指望，忙着將他二人（指王熙鳳、賈寶玉）的後事的衣履都治備下了。賈母、王夫人、賈璉、平兒、襲人這幾個人更比諸人哭的忘餐廢寢、覓死尋活。趙姨娘、賈環等自是稱願。」趙姨娘這種陰人就是在社會亂成一團時才能快活，才能稱願。她們對社會懷着一種陰冷的整體性的敵意，她不管你是甚麼派，不管你是賈赦賈政的傳統派，還是王熙鳳、賈寶玉的新生派，都一律仇視，因此，當社會亂成一團，哭成一團時，他們最高興，最得意，以為此時正是「形勢大好」。曹雪芹寫趙姨娘有鬼氣，除了寫她使用了魔法之外，還寫她臨死之前自己也中了邪，裝鬼臉、作鬼嚎了一夜，蓬頭赤腳，死在炕上，連外形都與「陰人」緊緊相連。趙姨娘這種形象，使我們知道，陰人有如蛇人，雖然血冷，但偶然噴出的毒液，卻能置人於死地。

《紅樓夢》中的妙玉，出家當尼姑，自稱「檻外人」，她內心自然也有冷的一面，但她冷而不陰，出家只是為了脫俗，尋求某種人生境界。許多宗教的信仰者，對世界也失望，但他們對人間仍然懷抱着大慈大悲之心，對社會不僅不敵視，而且深藏着血氣和熱氣。他們的冷，不是冷漠，而是冷靜。這與陰人的反社會人格截然不同。賈寶玉後來也遁入空門，但這「空」也不是絕對的「無」，實際上，賈寶玉的出家，正是因為他太熱烈地擁抱人生之後又感悟到人生的令人絕望，但他的最後選擇，又包含着對絕望的反抗。否則，他應當立即自殺。賈寶玉告別賈政的那一瞬間，我們仍然感到他的生命的血氣，這是陰人不可能有的。世上有許多在經歷了人生磨難之後轉為冷靜的人，包括從理想主義轉向理性主義的人，他們在冷的外殼裏仍然充滿着熱的血液；這種冷，乃是成熟，與陰人毫不相關。

儘管如此，我還是贊成梁啟超對他所界定的陰人的批評的。他所批評的這種陰人在知識界裏特別多，這是一些只會自我讚嘆和在小圈子裏互相讚嘆，而對社會上的一切積極現象均採取冷嘲態度的人。這是一些比一切努力奮鬥者都「高明」的人，他們置身於改革之外，置身於反省和探索之外，但一直張着狡猾的眼睛，等到改革和探索遭到不幸時，他們就紛紛出山出洞，給改革者和探索者噴上一身毒液和唾液，批判和「抹黑」一切創造和嘗試，攻擊參與社會變革的熱情；並以先知先覺者自居，自以為百分之百的「馬列主義」。他們既笑罵革命，也笑罵改良；既笑罵秩序，也笑罵自由；既笑罵古典，也笑罵現代；既笑罵共性，也笑罵個性。但就是他自己不做事，而且一貫正確地指謫別人做事。

這種陰人脾氣不但使社會吃苦，也使知識分子本身吃苦。魯迅於一九二七年在上海勞動大學做了一篇關於知識分子的演講，曾說：「知識分子對於別人的行動，往往以為這樣也不好，那樣也不好。先前俄國皇帝殺革命黨，他們反對皇帝；後來革命黨殺皇族，他們也起來反對。問他怎麼才好呢？他們也沒辦法。所以在皇帝時代吃苦，在革命時代他們也吃苦，這實在是他們本身的缺點。」（《集外集拾遺補編・關於知識分子》）魯迅先生所描述的知識分子並非陰人，但卻也有陰人的細胞，即認為別人所做的一切都不對，他都反對，但自己又毫無辦法。知識分子如果不去掉身上這種陰人的細胞，確實也讓人厭惡。

梁啟超用「陰人」這一概念進行社會批評，具體的針對性很強。因此，他沒有討論中國另有一種身居皇位或「聖人」地位的陰人「嫌疑」，而這種陰人嫌疑，倒是我國古人早已注意到的。他們發現——甚至主張——這種人應當發光於外，藏形於內，神聖之身立於陰處。中國的政治思想家乾脆就說，這正是最重要的統治術。所以，《管子·心術》曰：「人主者立於陰」；《鄧析子·無厚》曰：「為君者，滅影匿形，群下無私。」在《轉辭》篇中又說：「明君之御民……故神而不可見，幽而不可見。」而管子、鄧析子講的為君之術，對於「聖人」，鬼谷子認為也應如此。《鬼谷子·謀篇》中說：「故聖人之道陰，而愚人之道陽。……聖人之制道，在隱與匿。」鶡冠子在《夜行》中則說：「聖人貴夜行。」

這些政治思想家，都認為皇帝和聖人，應當立於陰處，充當陰人，至少要充當一半的陰人。他們所闡述的道理中，有一點可能要打動皇帝和聖人的，這就是大人物應當深居簡出，立於陰處才能保持神秘感和令人畏懼的威嚴。他們說，為甚麼人會害怕鬼呢？就是因為鬼看不見，「人所以畏鬼，以其不能見也，鬼如可見，則人不畏矣」（全唐文·李翺《吏部侍郎韓公行狀》）。這種道理實在是深入淺出，難怪許多皇帝和聖人都深居簡出，隱形潛跡，喜歡夜裏辦公。在公眾中，他們一直保持着這種高深莫測，可敬可畏的形象。

中國古代政治一直有一種高度的神秘感，詩人感慨「天意從來高難問」，正是這個意思。天真的詩人不知道這裏有很深奧的政治學問，不知道皇帝和聖人往往同時也是很高明的陰人或半陰人；所以他們常常被政治家所厭惡，常常碰得頭破血流。

我國古代思想家描述「陰人」，其實是替皇帝和聖人出主意，是提供一種心術和治術。他們認為應當體諒皇帝和聖人不得不當「陰人」的苦衷。因此，在這種語言環境中，「陰人」的概念並無貶義。而另一種「陰人」概念則純屬貶詞，這就是「陰謀家」。陰謀家在陰暗處策劃陰謀，自然是屬於陰人之列，而且是更可怕的陰人。這種陰人一多，社會就要墮落下去，崩潰下去。無論如何，對於這類陰人，社會是應當拒絕接受的。

既然梁啟超又提出「陰人」的概念，我們不妨使這一概念更加充實一些：在了解社會相中，陰人其實是多種多樣的。

一些開明的政治家，可能不喜歡充當陰謀家，也不喜歡充當身在陰處的高深莫測者，所以就喜歡政治的公開性。公開性，確實是有別於陰人性格的辦法，在政治舞台上的形象，也就有別於蛇而如獅如虎，這樣，也令觀者覺得神往，有意思。自然，從陰人政治轉化為公開性政治，是很不容易的，也許又得一場惡鬥。為避免惡鬥，人們最好是在陰陽的轉換中溫和一點，從容一點；在反對冷而毒的陰人時，不要把自己變成熱而狠的激進革命家。

巧人論

在中國，把某種人和「巧」字連在一起時，有褒貶的不同兩義。有時是褒義，例如說某某人是「巧工」、「巧匠」、「巧媳婦」，便是說他們是手藝高超的工匠，是很有本事的婦女，絕無嘲笑之意。王熙鳳讓劉姥姥為自己唯一的女兒命名，劉姥姥想到的一個很吉利的名字，就是：巧姐。但巧字有時卻是貶義，譬如說此人是「巧宦」、「巧吏」，乃是說，這個人是一個善於鑽營的官僚，絕無尊敬之意。潘岳的《閒居賦．序》說：「岳嘗讀汲黯傳，至司馬安四至九卿，而良史書之，題以巧宦之目，未嘗不慨然廢書而嘆。」潘岳的意思，有點像我們現在的憤憤不平的知識分子，覺得一些好書良書，還要讓那些不學無術而善於鑽營的官僚「過目」、「審查」、「批准」，實在掃興得很，以至於「廢書而嘆」。

在我國，從古到今都憎惡巧宦、巧吏等種種善於鑽營的人。《論語．學而》所說的「巧言令色，鮮仁矣」，這種以巧言令色而媚俗、媚上的人，在孔夫子看來，是沒有甚麼德行的。本文所說的巧人，也正是指這種人。

因為巧有褒貶二義，而且巧人有很多種類型，用時髦一點的話說，有許多層次，所以描述巧人時，也得小心，否則「打擊面就會太大」。例如，我們常常稱某種人為伶俐人，這種人就包含着一點巧，但巧中很不相同。有的人伶俐而善良，有的人則伶俐而歪邪，有的在伶俐中含有狡猾，有的在伶俐中則表現為聰明。伶俐種種，常常使人不容易分清。

《紅樓夢》就喜歡用伶俐來形容人，並寫了幾個伶俐人。其中小紅和賈芸這一對就算是比較「有代表性」的。小紅是林之孝家的女兒，寶玉的丫環，她有一頭黑烏烏的頭髮和兩隻水靈靈的眼睛，就是不太得志。曹雪芹寫道，她「心內着實妄想癡心地向上攀高，每每的要在寶玉面前理弄理弄。只是寶玉身邊一干人，都是伶牙俐齒的，那裏插的下手去」。這就是說，儘管小紅自己是伶俐人，但寶玉身邊早已包圍了一干別樣的伶俐人，所以總是插不進寶玉的圈子。不過，小紅畢竟是一個出色的伶俐人，還是想法入圈，並抓到了一個機會，這就是王熙鳳叫她傳話。她知道這個鳳姐非同尋常，立即在她面前表現了一下。果然被鳳姐發現她「口齒伶俐」，便向寶玉把她要了去。從此，她便成了王熙鳳跟前一個得力的丫頭。王熙鳳對李紈說：「林之孝兩口子都是錐子扎不出一聲兒來的。我成日家說，他們倒是配就了一對夫妻，一個天聾，一個地啞。那裏承望養出這麼個伶俐丫頭來。」（《紅樓夢》第二十七回）一直追求着小紅的另一個伶俐人是賈芸。曹雪芹介紹說：「原來這賈芸最伶俐乖覺。」賈芸雖然伶俐，卻太俗氣。寶玉見他生得「出挑」了，說了句笑話：「倒像我的兒子。」他竟受寵若驚，認真地稱起比他小四五歲的寶玉為父親來了；後來不知為甚麼又改稱叔父了。有一次他在去怡紅院的路上見到小紅，便一見鍾情。他在大觀園裏，本來沒有事做，但也因為伶俐，走了王熙鳳的門路，孝敬了她一大包香料，終於謀得一個買辦花草和種種樹木的好差使。在當時，他就懂得走後門，運動運動「當權派」，不是伶俐人，能辦得到嗎？

小紅和賈芸這種會做小鑽營的伶俐人，可算是「巧人」的一種，屬於小機靈的一種，說不上好，也說不上壞。

《紅樓夢》中的伶俐人很多，如果按其智力程度劃分，可分為幾種人：一種是智力最高的，可以稱作智者。她們也伶俐，但主要特點是有智謀，如王熙鳳、薛寶釵。另一類則是聰明人，如晴雯，她也伶俐，但她的特點不是機靈，而是聰明，因此顯得更加可愛。晴雯和小紅相比，更加脫俗，心機雖不如小紅，但心境比小紅美麗。這兩種伶俐人容易被混淆。在王夫人眼裏，晴雯正是伶俐過度而使她討厭。《紅樓夢》第七十七回交代晴雯的來歷時說：「賈母見她生得伶俐標致，十分喜愛。」晴雯確實非常伶俐，但她在伶俐中卻有一種高傲的氣質。她偶然把寶玉的扇子掉到地上而被寶玉罵了一句時，她決不向寶玉讓步，反而和寶玉口角起來，以至於寶玉氣得渾身發抖。可是，到了夜裏，寶玉又覺得自己不好，為了使晴雯高興，故意把扇子送給她撕，她真的不客氣，嗤的一聲把它撕成兩半。但是當寶玉打開扇匣，搬出扇子來給她撕時，她卻笑着說，我也乏了，明兒再撕吧。晴雯和小紅都伶俐，但是，晴雯的伶俐中沒有對主子的媚態，她頂撞主子，着意撕掉主子的心愛的扇子，但她又有分寸，沒有把整個匣子的扇都拿出來撕。僅僅這個小故事，我們就可以看到晴雯是另一種氣質，另一種聰明。

我們所以稱小紅、賈芸為伶俐人，是因為他們的性格特點不是屬於有智謀的伶俐，也不屬於十分聰穎的伶俐，而是屬於機靈的伶俐。而這種伶俐，往往帶有一點心機，甚至還帶有一點和智慧完全不一樣的小狡猾。因此，伶俐人雖然常常有些巧主意或小花招，但由於缺少大智慧和內在的聰穎，所以很難做成大事。大成功者必定是靠大智慧，而不是靠小狡猾。如賈芸，雖然靠機靈走後門而謀得一個好工作，但是，他終於成不了大器。賈母死時，賈家男男女女都出喪到鐵檻寺，他被「重用」留着看家，卻沒有看好，竟出了盜案。後來，賈璉到台站去省視賈赦的病，又託他在家照應，他又負了重託：除了招集一些朋友喝酒賭錢外，還出了一個怪招，想到可把巧姐兒賣給藩王作妾。賈璉回來後知道此事，非常氣惱，並回明王夫人把他攆出了賈府。可見，只有一點機靈而無真才實學和真知灼見的巧人，是成不了大氣候的。想成就一點事業的人，決不能寄希望於小機靈上。那些有智慧和真正聰穎的人，哪怕缺少機靈，也不要緊。事實上，許多「大聖」真的「若愚」，心懷智慧而口不伶齒不俐，如孔夫子所說的「剛毅木訥」，但恰恰是這種有智慧的實心人，才能成為社會脊樑。

像小紅、賈芸這種的伶俐人，只是一般性的巧人。他們並不屬於像孔夫子所說的「巧言令色」之輩，因此，對社會的危害不會太大。在艱難的社會生活中，他們有點生存的小技巧，實在是社會逼出來的，所以我們還是應當給予理解。

和賈芸、小紅這種小技巧不同的，有一種真正的「巧人」。他們運用的可不是小技巧，而是大技巧，這種人在古代被稱為「鄉原」（也稱「鄉愿」），在現代則被稱為「風派」。孔子和孟子都很痛恨這種人，孔子稱之為德之賊。《論語．陽貨》：「子曰鄉原，德之賊也。」《孟子．盡心（下）》對鄉原又有所發揮，孟子說：「閹然媚於世也者，是鄉原矣。」萬子問他：「一鄉皆稱原人焉，無所往而不為原人，孔子以為德之賊，何哉？」孟子回答說：「同乎流俗，合乎污世，居之似忠信，行之似廉潔，眾皆悅之，自以為是，而不可與人堯舜之道，故曰德之賊也。」

孔孟兩位古聖人為甚麼對鄉原如此深惡痛絕，後人有不少解釋，而從《論語》、《孟子》原來對鄉原的界定來看，這種人的主要特點表面上忠信、一副正人君子之狀，實際又心藏奸狡，十分虛偽，很有一套混世欺世的巧術。這種人，用我們這個時代的語言來說明，就是沒有信念，沒有特操，用各種手段對付世界的人。其實，這種人，才是真正的巧人。對於我國的兩位古聖人，不管贊成不贊成他們的道德觀，都應當承認，他們在當時是真誠的教育家和道德家，因此，他們要求人需要有道德信念。而鄉原首先是毫無道德信念和道德誠意的，這樣，根本就沒有和他們討論道德的前提，於是，孔老夫子感到特別頭痛。

孔子談論鄉原是在談狂人時引申出來的，當時孔子在陳國，沒有見到甚麼賢人，上上下下找不到可交往的人，因此感到寂寞而想返回魯國。回去之前，他說他倒是懷念魯國一個名叫「簡」的狂士，他說：「吾黨之小子，狂簡者，進趨於大道，穿鑿之成文章，不知所以制裁。」當時有些人對此感到奇怪。這事其實正反映孔子寧可要狂人也不要巧人。因為狂人雖狂，但狂而有誠，狂而直行大道，有自己的信念和自己追求的目標，絕不靠政術、權術、心術為生。這種人和圓滑混世的鄉原人相比，確實要高尚得多。孔子在陳國見到的大約是鄉原太多，感到這些人特別令人噁心，所以才想到狂簡這個小子。孔子能這樣看人，在當時也不容易。

五四新文化運動期間，批判孔子最有力的魯迅，不能接受儒家思想體系和這一體系所外化成的行為模式、情感態度等，但是，在對待狂人與鄉原人的態度上，魯迅和孔子則差不多。魯迅在《狂人日記》中所表現出來的對狂人的態度是無須多論證的，他對鄉原也是深惡痛絕。不過，魯迅對鄉原大的批判已更換了一套語言。魯迅竭力批判的一種「無特操」的人，正是鄉原。他在《吃教》一文說：「中國自南北朝以來，凡有文人學士，道士和尚，大抵以『無特操』為特色的。」無特操，也就是沒有信念，沒有靈魂，沒有品行。這樣，產生對宗教的一種特殊的關係，就是「吃」的關係，而不是「信」的關係。這就是不管甚麼「教」，只要它可吃——可利用，就食之用之，一旦食盡用盡，就把它當做廢物扔掉。如同敲門磚，一旦敲開門，則把磚頭拋入荒原。魯迅說：「耶穌教入中國，教徒自以為信教，而教外的小百姓卻都叫他們是『吃教』的。這兩個字，真是提出了教徒的『精神』，也可以包括大多數的儒釋教之流的信者，也可以移用於許多『吃革命飯』的老英雄。」（《准風月談．吃教》）由於對信仰採取實用主義的態度，所以今天可以信甲，明天可以信丁，今天可以崇儒，明天可以拜佛，沒有信念可言。這種風氣，在三十年代的文壇上也很盛行，所以魯迅說：「要人幫忙時候用克魯巴金的互助論，要和人爭鬧的時候就用達爾文的生存競爭說。無論古今，凡是沒有一定的理論，或主張的變化並無線索可尋，而隨時拿了各種各派的理論來作武器的人，都可稱為流氓。」（《二心集．上海文藝之一瞥》）魯迅所憎惡的這種無特操的流氓，才是真正的巧人。他們的「巧」，不在於小伶俐，也不在於小狡猾，而在於有一套「術」。在政界，有政術、權術；在學界，有騙術、變術；在日常的社會生活中，又有心術、關係術。這是一套巧術，巧人乃是操作這些巧術的術士。在他們的心目中，術高於信念，術重於靈魂和品行，有術就有一切。他們瞧不起那種書呆子和執着於真理的老實人，覺得他們只信苦修苦練的「熟能生巧」，乃是「愚」，而他們是絕不會愚的。他們相信「術能生巧」，所以他們是以術為生的大巧人。

在現代社會中，這種「巧人」就變成了「風派」，不管甚麼風來，他們都有一套應變術，而且都有一套理論根據。階級鬥爭的強風吹來，他們自然是堅定的革命戰士；改革之風吹來，他們便「咸與維新」，又是改革的理論謀士；反「自由化」時，他們是急先鋒；反「僵化」時，他們又是「中流」砥柱；激進時代裏，他們的招牌是「紅旗」；保守時代裏，他們的招牌是「求是」。求實求是本是好的，是我所擁護的，但在風派手裏，「求是」只是招牌、廣告和敲門磚；倘若風向一變，他們的招牌肯定又得換。那時，我們便可知道他們是打着「求是」招牌的不老實人，即裝着「乖人」樣的巧人。

綜上所述，我們可以給「現代巧人」做一界定，即真正的現代巧人，乃是無特操的但富有政治技巧和人生技巧的江湖術士，即只知人間有術而不知人間有誠的巧偽人。

屠人論

屠人，也可稱為屠夫、屠伯。屠夫和屠伯這兩個概念很難分得太清。屠夫一般是指那種以屠宰牲口為職業的人。屠伯則是指那些濫殺人類的人，這裏自然包括職業劊子手，但又是比劊子手更寬泛的人類殺手。因此，在中國的詞彙系統裏，屠伯可以算是廣義的劊子手。《漢書．嚴延年傳》曰：「冬月，傳屬縣囚，會論府上。流血數里，河南號曰屠伯。」這裏所說的屠伯，顯然指的是廣義的劊子手。《荀子．議兵》說「不屠城，不潛軍，不留眾」，楊倞為此作註說：「屠謂毀其城，殺其民，若屠者然也。」這裏所說的，是指像屠夫一樣的屠伯。所以我們可以把中國稱之殺牲口的屠夫和殺人的屠伯，通通稱為屠人。

以屠宰牲口為職業的人，社會地位都比較低，但從事這一職業的人，需要力氣，也需要技術，所以這一行業裏也走出一些英雄豪傑。莊子在「庖丁解牛」的故事中所寫的庖丁，實際上也是個屠人。不過，他恐怕是專門的牛屠，不兼豬屠、羊屠。但因他的技術高明到「遊刃有餘」的境界，變成專家，所以人們常常忘了他是屠人，而覺得他是奇人。《史記》中《魏公子列傳》所寫的朱亥，也是一個屠人，但又是一個英豪。隱士侯嬴向魏公子信陵君推薦他時就說：「臣所述屠者朱亥，此子賢者，世莫能知，故隱屠間耳。」朱亥不單力氣過人，而且是一個很有膽識的賢者。當秦兵圍困趙國邯鄲時，他見義勇為，置生死於度外，和信陵君前去請兵救趙並果斷地以四十斤鐵錘擊殺魏國大將晉鄙，幫助信陵君完成抗秦救趙的重大使命。除了《史記》之外，中國有些文學作品也寫到屠夫在戰亂的時代成為風雲人物，如《三國演義》中的張飛，他本來也是一個殺豬的，但與劉備、關羽結拜後便成為劉備打天下的開路將軍，為劉備創建蜀國立下了汗馬功勞。可見，屠人中也屢出英雄。

屠夫中也有很殷勤可愛的，如古華《芙蓉鎮》裏的女主角胡玉音的第一個丈夫黎桂桂就是。小說介紹他的時候說：「胡玉音的男人黎桂桂，是個老實巴交的屠夫，平日不吭不聲，三錘砸不出一個響屁。」他和胡玉音由鎮上的一個老屠戶做媒成了夫妻。開始時，胡玉音的父母說，「這回好，小屠戶，殺生為業！」很瞧不起他，但最終因為他的確是一個「實在人」，一個「厚道的崽娃」而喜歡他。玉音開始也不喜歡他，但慢慢地就覺得「桂桂長相好看，人秀氣，性子平和，懂禮。看着順眼、順心了」。一個屠人，竟有一副秀氣的、平和的、文雅的模樣和性情，很不容易，難怪胡玉音老想在他面前撒撒嬌。

但是，文學作品中，更多的是把屠人寫成一個丑角，而且醜得給人的印象相當深。例如《水滸傳》中那位在狀元橋下賣肉的鄭屠（綽號鎮關西），就是靠宰屠而成了地方上的一霸。他寫三千貫文書，要買前來渭州投親的女子金翠蓮做妾，待強佔了翠蓮三個月後，又夥同他的妻子把翠蓮趕打出家門。這還不算，三個月前他寫的三千貫文書完全是張虛紙，不曾給翠蓮的父親一分錢，而現在把翠蓮趕出門，反而要向翠蓮家討索典身錢三千貫，弄得翠蓮天天賣唱乞討來還鄭屠的閻王債。當魯智深聽到翠蓮父女的訴告之後，怒不可遏，便以買肉為名，讓鄭屠親自把肉剁碎，然後抓起碎肉臊子，劈頭往鄭屠臉上打過去。狠狠地整了鄭屠一頓，之後，又把他打死。魯智深一邊打一邊還這樣罵道：「你是個賣肉的操刀屠戶，狗一般的人，也叫做『鎮關西』……」罵裏充滿着對「操刀屠戶」的蔑視，把屠人視為「狗一般的人」。

《儒林外史》寫的另一名屠夫，即范進的岳父胡屠戶，更是精彩。他這個人極端勢利，長着一副俗眼。范進中舉前，他從骨子裏瞧不起這個窮女婿，送了一副大腸來就當着女兒和親家母面奚落范進說：

「我自倒運，把個女兒嫁與你這現世寶，歷年以來，不知累了我多少。」當范進想去參加鄉試並想向他借點盤纏時，他卻一口啐在范進臉上，說范進完全是「癩蛤蟆想吃天鵝屁」，癡心妄想當老爺，還說中了的老爺都是天上文曲星，而范進這種尖嘴猴腮樣的人也想當？但是，一旦范進中了舉，他的那一副俗眼也媚笑了起來，認定女婿是天上的星宿。現在可沾女婿的光，不想再殺豬了。他說：「我那裏還殺豬，有我這賢婿老爺，還怕後半世靠不着麼？」吳敬梓筆下的這位屠人，寫得真是非常有趣。屠夫如此勢利，真是不可思議。

屠夫在紀曉嵐的《閱微草堂筆記》裏，更是罪行匯累的罪人。紀曉嵐稱屠夫為屠人，他的意思是屠人以殺生為生，理應得到報應。他寫了好幾則屠人的故事。《筆記》第廿一卷載有一「屠人」，「年三十餘死，魂為數人執縛去。冥官責以殺業至重。押赴轉輪受惡報。覺恍惚迷離，如醉如夢，唯腦熱不可忍。忽似清涼，則已在豕欄矣。斷乳後，見物不潔，心知其穢，然飢火燔燒，五臟皆如焦裂，不得已食之。後漸通豬語，時與同類相問訊，能記前身者頗多」。同一卷中的另一故事則說，「一屠人死，越一載餘，其妻將嫁，方彩服登舟，忽一豬突至，怒目眈眈。徑裂婦裙，齒其脛。眾急救護，共擠豬落水，始得鼓棹行。豬自水躍出，仍沿岸急追」。還有一個故事，說「有屠人殺豬甫死，適其妻有孕，即生一女，落蓐即作豬號聲，號三四日死」。紀曉嵐在講這些故事，說的是屠人從殺豬變成豬的報應道理。我們先不論故事的虛實和道理的深淺，只是想證明一點，屠人在這位四庫全書總主纂筆下，也是無可超生的丑角。

屠人的形象到了現代，雖有桂桂的溫柔形象，但使人印象更深的倒是李昂《殺夫》中的那位暴虐的屠夫陳江水。《殺夫》是一篇非常成功的小說，它所寫的屠夫形象尤其精彩。這位「殺害生靈無數」的陳江水，簡直是暴力的化身。他不僅在宰屠場上使用尖刀暴力，更古怪的是，他在性場上，也在女人身上使用暴力。他和女人的性過程，也是暴力的過程。他與常人不同，不是在溫柔中享受快樂，而是在女人的掙扎、痛苦、尖叫中得到滿足，因此，他總是「把女人整治得殺豬般地尖叫」。他的苗條年輕的妻子林市，總是被他整治得連聲慘叫，以至四鄰夜夜都可以聽到她的乾嚎。而陳江水恰恰嗜好聽女人恣意的狂叫，倘若不能狂叫，慘叫也行。只有在狂叫與慘叫中他才能領略到性和暴力相結合的快意。如果林市疲倦得未能出聲慘叫，陳江水反而要陷入瘋狂的狂暴中，更兇殘地整治林市，「揍她，掐她，擰她，延長在她裏面的時間」，此時「林市咬牙關承受，只從齒縫中滲出絲絲的喘氣，咻咻聲像小動物在臨死絕境中的喘息」。陳江水這種性暴力終於使林市無法忍受，最後，她拿着陳江水殺豬用的屠刀，殺死了自己的丈夫。對她來說，結束和陳江水的性生活也只有一條路，就是暴力——以暴力結束暴力。陳江水是個奇特的在做愛中欣賞自己的暴力的屠人形象，他對待女人完全和對待豬一樣，只是屠宰的器具不同而已。這裏，我不是在評論這個慘烈的故事，也不是在評論小說的藝術。只是說，屠人在現代作家的筆下，甜蜜的性與殘酷的暴力竟可相通，真是有趣。

在上述諸作家的筆下，屠夫的形象確實很精彩。不過，和《史記》中的朱亥之豪氣相比，後來的屠夫形象，除少數例外，大半是充滿粗氣、俗氣和晦氣。我自然不是責怪小說家們，這篇文章也不是文學批評，我只是站在現實社會的層面上，私下替以屠宰牲口為職業的人抱不平，也許因為自己每天都需要吃點豬肉或牛肉，覺得自己的生活離不開他們。倘若沒有他們，或所有的人都很清高，拒絕屠宰，那就非常麻煩。中國有句俗話說「死了張屠夫，不吃混毛豬」，自然沒錯，因為死了張屠夫，還有林屠夫、賀屠夫、侯屠夫等，人類社會絕對不會就吃混毛豬。但是，如果沒有人願意當屠夫，那就難辦了，要麼，大家就沒肉吃，要麼就自己動手，親自當屠夫，這樣，除了不吃肉的和尚，就得人人當屠夫。這麼一來，「人類」就會變成「屠人類」，名聲要壞得多。可見，社會還是少不了屠殺牲口的屠人的。像紀曉嵐把屠人說得罪孽深重而且自己一定要變成豬，我是不能苟同的。按此邏輯，那麼，我們吃了豬、牛、羊肉，豈不是也罪孽深重？豈不是也該變成豬、牛、羊嗎？

我為以屠宰牲口為職業的屠夫抱不平，還有一個原因是小說家們對以殺人為職業的屠人反而有點筆下留情。我很少見到作家像寫胡老爹、陳江水如此精彩地寫職業劊子手。這種職業屠伯的生活和心理很少得到藝術表現。魯迅在《藥》裏寫了一個劊子手康大叔，他除了操刀砍人頭之外，還附帶做點人血饅頭的小生意，而且做生意時也乾脆得很，決不拖泥帶水，其原則是「一手交錢，一手交貨」，沒甚麼可討價還價的。雖然只寫了寥寥幾筆，但給人的印象頗深。這種職業殺手的內心世界和家庭生活及社會交往，一定很有趣，而且也一定有魯智深把「肉雨」擲向鄭屠似的令人稱快的故事，和李昂寫的那種壯夫反被弱妻所殺的故事。自然，或許也有像黎桂桂那樣，如溫馨兒，因生活被迫，不得不當屠人。倘若有專門負責砍頭和槍斃的職業殺手，但在家庭中卻是一個很秀氣很靦腆的好丈夫，寫起來一定很好玩。

還有一種屠人，就是我所說的廣義的屠伯或領導屠伯們的高等屠伯，也常常被作家所忽略。其實，這種屠人群中，他們「屠」的動機，「屠」的心理，「屠」的花樣，「屠」後的社會生活與家庭生活，也一定很有趣。這種人和在戰爭中因為某種使命和某種原因不得不互相射殺的將士不同，他們乃是一種嗜殺成性的人，其整個人的精神特點是嗜屠並以屠殺同類為職業，例如，希特勒和他手下的負責屠殺猶太人的將軍們，原蘇聯克格勃的頭子貝利亞及他手下的殺手就是。

在廣義的屠人中，還有一種專門製造文字獄的職業文化殺手。這種精神屠人，在中國，從古到今都有。他們具有職業劊子手的全部性格特點，也嗜屠成性，嗜殺成性。只是他們的「屠」和「殺」帶上文明的外套，所以常冒充「文人」，甚至冒充「學人」和「哲人」。

這類屠人把屠殺的目標從肉體變成精神，所以，其操刀術，也和一般意義上的劊子手不同。他們操的是文明刀，是筆桿子，砍的不是頭顱，而是心靈，但也志在把人置於死地。他們也很講究砍中要害，但一般的劊子手盯緊的是脖子，而他們盯緊的是靈魂。在「文化大革命」中，這種文化屠人，如張春橋、姚文元等，社會地位提得很高，變成一黨一國的「旗手」和指路「紅燈」。我國文化屠人中的名家不少，從批判捕殺王實味到捕殺胡風、路翎到吳晗、鄧拓，一直捕殺到所謂「資產階級自由化分子」，翻來覆去就是那麼十幾個或幾十個人，他們不斷叱咤風雲，所以也就屠名大震。但是，這也使人們明白，他們乃是一些以殺戮知識者為職業的文化屠人。

有趣的是，這些人明明是屠人，卻說自己是詩人、文學批評家、理論家，而且還佔據下視的位子，說是在堅持革命文藝運動。

中國文壇常常落入屠人的操持之中，實在是很可悲的。不過，一旦作家文人們不服管轄，贏得獨立寫作的自由，他們反過頭來著述這些文化屠人的列傳，不一定會遜色於司馬遷的《酷吏列傳》，而且也不一定會遜色於李昂的《殺夫》。

這些職業文化屠人，在摧殘和姦污知識分子，即對知識者進行「大批判」時，也非常喜歡聽到被批判者的「反響」，特別是痛苦的反響，這與陳江水喜歡聽到身下女人的慘叫、尖叫一樣。惟有在尖叫、慘叫的「反響」中，文化殺手們才能獲得欣賞自己的文化暴力的快感，並通過這種暴力贏得「部長」、「書記」、「主編」一類桂冠，然後再細細品賞自己的操刀術和姦污術。可見，這類人也是有個性的，寫入小說絕不會乏味。

畜人論

說起畜人，我們便會想起那種帶有畜相的人，如《西遊記》中的豬八戒。

在現實生活中，長相真的如豬八戒的大約很難找到，倘若有，人們也會認定他是怪物，絕不會承認他是人。拉丁美洲作家馬爾科斯（G. G. Márquez）的小說《百年孤獨》（*One Hundred Years of Solitude*）描寫了布恩蒂那（Buendía）上校家族第六代生下的男嬰，竟長出一條豬尾巴，可惜生下來之後不久就被螞蟻吃掉，否則，長大後也許可算是個畜人。不過，《百年孤獨》畢竟是小說，現實中是否真有帶豬尾巴的人，也值得懷疑。然而，不管真假有無，人類的聰明子孫，確實喜歡探索人與獸、人與畜的奇妙結合。於是，就有著名的埃及的獅身人面相，有著名的人身猴面的孫悟空，還有《大乘金剛髻珠菩薩修行分經》所說的於人一身中生「無量頭面，或馬面，象面，豬面、鼠狼面，鱷魚面」乃至「百足蟲面」等等，而且說，狗身人面為怪相，而人身豬面、馬面則為佛相。為甚麼這樣，我無法說清。大約也因此，《西遊記》中人獸人畜合成物，只有猴相、豬相，而沒有狗相。

《聊齋志異》中有許多精彩的故事，那些美麗的女子往往是狐人，常有狐的聰明與伶俐。此外，《聊齋》還有許多描寫人性與動物性相通和互變的故事，也非常有趣，如《大鼠》、《義犬》、《豢蛇》、《蛇人》、《獅子》、《鼠戲》、《象》、《阿寶》、《向杲》、《阿纖》、《綠衣女》、《花姑子》、《阿英》等，其中有的是人化為動物，有的則是動物化為人，諸如變成蛇人、蜂人、鼠人等。這類特異人也並非都可怕，以蛇人為例，《聊齋》中《蛇人》篇中的蛇人，就很有人性，正如篇末「異史氏」所說：「蛇，蠢然一物耳，乃戀戀有故人之意。」當然，蛇人也有可怕的，如《花姑子》中的蛇精，身上除了有「羶腥」之外，與人相依時，還會以舌舐人鼻孔，令人「徹腦如刺」，被偎傍之人一旦想逃走，則「身居巨綆之縛」。蛇人有近蛇的特點，鼠人則有近鼠的特點，《阿纖》中的鼠人阿纖父子完全是老鼠化了，他們的家像老鼠的家，堂上迄無几榻，接待客人時，也只有低矮的「足床」、「短足几」，吃的東西則「品味雜陳」。阿纖父親死時是被「壓於敗堵」，因為他實在是常居於牆洞之中。可惜蒲松齡沒有寫到老鼠喜歡用牙齒批判書籍的特點，大約是因為他那個時代的鼠人都不善於大批判。我最感興趣的是畜人，如犬人、馬人等，《彭海秋》中寫人化為馬，不能說人話而只有馬的功能，重新化為人後，則又有馬的馴良特點和馬的生理特徵，以至於「下馬糞數枚」。

本文不想細考在漫長的人類歷史中，外形特徵上是否真的出現過蛇人、鼠人、馬人等，也不想考證是否真的有獅身人面或人身獅面、人身狗面、人身豬面等異物異人的存在，只是想說，人性與獸性、畜性確實相通，在社會中，精神氣質上與獸、畜相似的人，確實不少。本文所說的畜人，就是在精神上帶有畜性的人。倘若真的有長似畜樣又具有畜精神的形神兼備的人，自然就是更典型的畜人，也自然更符合某美學家「美即典型」的標準。

畜人常常是很可愛的。以豬八戒為例，他長得一副豬相，豬大耳朵，豬大鼻子，豬大肚子，而且性情上也有豬的溫順、簡單、馴良。讀過《西遊記》的人，頭一個自然是喜歡孫悟空，第二個恐怕就會喜歡豬八戒。唐僧和沙僧都太乏味，不容易讓人愛。當然，玉皇大帝、鐵扇公主和其他諸神諸妖，也不會使人喜歡。在取經的萬里征途上，豬八戒也是相當辛苦的，打仗時他雖然不是主力，但畢竟是孫悟空的主要幫手，日常生活中打雜的事，他也做得多。如果不是他那麼隨和有趣，唐僧師徒們一路上肯定要寂寞得多。

然而，豬八戒作為一個畜人，也帶有豬這類畜的弱點，這就是好吃和好色，食慾與色慾都太旺盛。《西遊記》說他「食腸如壑」，「色膽如天」。第十九回中他自稱「色膽如天叫似雷」。首先是太饞，一見到可吃的東西就不要命了，肚子好像無底洞，怎麼吃也總是餓呼呼的，而且吃相極壞，常尚未分清食物的精細，拿到手就囫圇吞棗往下嚥，人參果是那麼珍貴的寶物，孫悟空偷來後分給他一個，他一送到嘴裏就立即滑到肚裏，連甚麼味道也不知道。還有一個嚴重缺點是太好色，見到美女也像見到食物一樣，餓飢飢的。他在拜唐僧為師之前，就隱瞞過自己的豬性，在高老莊充當了一回女婿，這實在是坑人的事，幾乎毀了一個好端端的良家女子。一個半畜半人的怪物，倘若不自私，是不應當騙人而成親的。參加取經之後，他屢犯錯誤，看不出裝扮成美女的妖精，差點誤了取經大業，也是好色的性格在作祟。

有趣的是，古今中外，都把人的好食性與好色喻為豬性。錢鍾書先生《管錐編》第一冊《周易正義》中《姤．豕象食色》一則和第二冊《太平廣記》中的《豕視》一則匯集了中外這一共通點。《豕象食色》中載：

> 蓋以豕之象擬示淫慾也。《左傳》定公十四年，衛夫人南子與宋朝淫亂，「野人歌之曰：『既定爾婁豬，盍歸吾艾豭？』」；《史記．秦始皇本紀》三十七年十一月望於南海而刻石，文有曰：「防隔內外，禁止淫泆，男女絜誠；夫為寄豭，殺之無罪。」可資參驗。寒山詩曰：「世有一等愚……貪淫狀若豬」；《太平廣記》卷二一六《張璟藏》條引《朝野僉載》云：「准相書：豬視者淫。」俗說由來久矣。古希臘、羅馬亦以壯豕、羸豕等詞為褻語，與周祈《名義

考》卷一〇《猳豝》所言「巴」字同義；近世西語稱淫穢之事曰「豕行」(Ferkelei, cochonnerie, porcheria)。顧豕不僅象徵色慾，亦復象徵食慾。封豕、封豨，古之口實，《藝文類聚》卷九四郭璞《封豕贊》所謂：「有物貪婪……薦食無厭」。古羅馬哲人言，人具五慾，尤耽食色 (libidines in cibos atque in Venerem prodigae)，不廉不節，最與驢若豕相同 (sunt homini cum sue atque asino communes)；分別取驢象色慾，取豕象食慾。可見，吳承恩描述豬八戒嗜好食性兩個特點並非杜撰。

除食色之外，豬八戒還有一個性格特點，就是比較馴良。他絕不會像孫悟空那樣頑皮，胡鬧，有自己的見識。在取經的道路上，他基本上是一個馴服工具，從來也沒有頂撞過唐僧師父。在孫悟空與唐僧發生爭論時，儘管實踐最後總是證明孫悟空正確，但老豬總是站在唐僧一邊；要說「下級服從上級」，他可以說是一個紀律模範。但是，馴良並不等於老實。馴良者常常是一個很狡猾的傢伙，他也是如此，常常在唐僧面前說孫悟空的一點壞話，天生有一套取媚上司的技巧，這一點實在沒有孫悟空的可愛。總之，他很像鄉村中那些會耍點嘴皮子的不是很本份的農民。

不過，當代的畜人與豬八戒相比，可大大不如老豬可愛。最要緊的一點是豬八戒雖也有點農民式的狡黠，但總的說來還是比較老實，說謊話會覺得有點不好意思，而當代畜人們，則富有心機，不僅不老實，還常常以聖人自居或以革命戰士自居。這一點使畜人在我心目中的形象大大改觀。例如很多當代畜人也好吃好色，食、性之好，如果不太過份，也不必求之太苛；但令人討厭的是，他們老是裝正經，擺革命聖徒之架子。豬八戒對於自己的好吃好色一點也不隱瞞，暴露了弱點之後讓人取笑也不生氣，這樣，儘管食相色相不佳，但還自然。而當代畜人們卻總是掩蓋自己的本性，還滿口大道理，把自己的醜行說成是革命的需要，真叫人受不了。試想，如果豬八戒在高老莊強娶良家婦女之後又當上生產隊長或支部書記，而且整天教訓年輕人要「存天理、滅人欲」，反對「資產階級自由化」，年輕人能服氣嗎？

米蘭．昆德拉寫了一篇名叫《愛德華與上帝》的小說，其中有一個學校的女書記，也是極好色的畜人。小說一開始就讓男主人公愛德華的哥哥對自己的弟弟介紹這個馬列主義老太太，說「她像豬似的」，非常好男色，雖已是徐娘半老，卻專愛「老牛吃嫩草」，喜歡獵取比她年輕的男人尋歡作樂。可是，她卻是一個專做政治教育工作的女書記，「同志，我有件事得跟你談談！」這是她的口頭禪，而且一談總是說：「我們應當毫無偏見地教育健康的年輕一代，我們是他們的模範。」當主人公愛德華和一個信教的女教師戀愛時，她也是這樣教訓他，然而，正是她，把愛德華找到公寓裏，然後以革命的名義要愛德華和她做愛。這位女書記，令人噁心的地方不在於她好色好「吃嫩草」，而在於她裝出一副革命教師爺的樣子，滿口馬列。女畜人我國也有，《周易正義》註《姤》說：「此女壯甚，淫壯若此，不與之長久。羸豕牝豕也，孚猶矛務，躁也。」昆德拉這篇小說中的女書記正是這樣的「淫壯」之人。但是，我國古代的「牝豕」式的女人，絕沒有像這位女書記，開口閉口「革命」、「主義」和「奮鬥」。這種以革命的名義姦污別人意志的當代畜人，不僅虛偽，而且強姦之後還要人們感激，倘若不接受姦污或姦污後不說感激，仍然要被視為異端異類，這真是令人受不了。試想，如果豬八戒也這樣裝出一副革命教師爺的樣子，也教訓一頓高老莊的那位良家女子說，不願意和我結婚就是不革命就是不為工農兵服務，然後又像飢狼餓虎似地佔有這個女子，我們會覺得豬八戒可愛嗎？

當代畜人還有一點使人特別不舒服的，是其家畜性有很大的發展，以至完全壓倒了人性。豬八戒也有

「馴良」這種家畜性，但是，他在馴良之中還有正義感、恥感，而且也有武藝和某種英雄氣。當代畜人們則不然，首先，他們講究把自己當做馴服工具，馴良得太徹底。其次，他們又打出一整套馴良的招牌和理論，如革命螺絲釘精神啊，革命老黃牛精神啊，革命傻子精神啊，獨立思考和自由意志即罪惡啊，等等。魯迅在《略論中國人的臉》中曾譏諷馴良，說中國人如果真消除了獸性，就可能產生兩種結果，一是產生人性，一是產生家畜性。「是漸漸淨盡而剩了人性的呢，還是不過漸漸成了馴順？」「倘若剩了『馴順』，那麼，野牛成為家牛，野豬成為豬，狼成為狗，野性消失了，但只是使牧人喜歡，於本身並無好處。」

魯迅說，這種馴順得足使牧人喜歡而本身甚麼也沒有的人其實是另一種人，這種人可用一個算式表示：

人＋家畜性＝某一種人

我把魯迅說的「某一種人」，稱作畜人。不過魯迅大約沒想到當代畜人能把馴順理論發展得如此豐富，以致不願意太馴順，要做一個有獨立人格的人，便成了一個很大的問題。

當代畜人們有了一大套馴良理論，卻少了許多本領，文功武功均不斷退化，所以顯得很乏味和沒有力量。他們也喜歡用豬八戒那種武器——耙，但已無豬八戒的精彩功夫，只是在敵手身上亂耙亂抓亂批，毫無戰法。更糟的是，他們的主要武器已經由耙變成嘴巴，戰鬥時總是揚起濕漉漉的、髒兮兮的長嘴巴在對手身上亂拱、亂塗，甚至亂咬。對陣時，完全靠沾在嘴巴上的屎。他們的戰鬥性，其實就是往對手身上衝，一味要把對手弄髒。他們不在乎手段的卑劣，只要搞髒搞臭對手，就是勝利。他們把這種戰術叫做「抹黑術」和「搞臭術」。這種策略在「文化大革命」中盛行了好一陣，近兩年來又復興了。

復興後的畜人們，嘴巴上的屎不但更髒，而且還帶着血腥味。

我不喜歡這種抹黑術和搞臭術，還有一個原因，是畜人們儘管在使用這手段時，表面上氣勢洶洶，很有一點猛獸樣，但完全沒有獸的氣魄，只要一發出聲音，就讓人知道這不是龍吟，不是虎嘯，連狼嚎也不是，完全是畜鳴。一團吁吁的噪音，令人莫名其妙。更使人失望的是，即便這點作畜鳴的洶洶狀，也不是靠自己的力量，而是仰仗具有獸性的主子的「支持」，只有在主子旗號下才敢衝鋒，因此，骨子裏還是絕對的馴良。一旦主子生病或摔斷了腿，他們就慌了手腳，又是吁吁的一團噪音。

對於這種畜人，最好是迴避，不和他們扭打。如果和老虎打仗，如武松那樣，不管輸贏，總還是一種壯觀，一看就令人神往。而如果和畜人扭打，則無論勝敗，都不美觀，不僅會弄得一身髒，而且還會使觀者氣喪。不過，迴避畢竟是消極的，倘若有真英雄出世，或有神道之力，也可以駕馭這種畜人的。紀曉嵐《閱微草堂筆記》的開篇第一則，講的就是降服一人畜的故事。說的雖是人畜而不是畜人，但精神相通，可資借鑒。故事云：「其里有人畜一豬，見鄰叟輒瞋目狂吼，奔突欲噬，見他人則否。鄰叟初甚怒之，欲買而啖其肉，既而憬然省曰：此殆佛經所謂夙冤耶，世無不可解之冤。乃以善價贖得，送佛寺為長生豬。後再見之，弭耳昵就，非復曩態矣。」這隻特別的人豬，對他人表現出家畜性，唯對鄰叟表現出獸性，而鄰叟則以佛性治之。紀曉嵐對此發議論說：「至人騎猛虎，馭之猶騏驥，豈伊本馴良，道力消其鷙。」在紀曉嵐看來，畜類時而馴良時而兇猛，這並不重要。說他們馴良，那也只是對一部份人；說他們兇猛，也是對一部份人。關鍵是對於這種勢利的人畜（畜人也相通）要有一種道力來制服牠們。這種辦法，比起我主張的消極的「避免與之扭打」，自然是積極得多。但是，像我這種沒有道力的人，對付畜人就很難辦了。

讒人論

我國古代思想家們對讒人非常討厭，常常把國家的腐敗歸罪於讒人的讒言。荀子在《成相》篇中說：

世之衰，讒人歸。比干見刳箕子累。

讒人罔極，險陂傾側此之疑。

荀子把讒人看成是國運衰敗之源，認為一旦讒人得道，國家的大廈將崩潰無疑。荀子以紂王的滅亡來證明他的論點。紂王本來也是一個文武雙全的能人，據《史記·殷本紀》記載，他文則「資辨捷疾，聞見甚敏」，武則「材力過人，手格猛獸」。在他周圍的群臣中，有兩種人：一種是對他忠誠而敢於直諫的箕子、比干、商容、西伯昌（文王）等；一種則是以讒言包圍他的費中、崇侯虎、蜚廉和惡來父子以及他所寵幸的妲己。荀子認為商朝的滅亡就在紂王殺了敢說真話的比干等人，而被一批讒人所包圍。商國西伯昌父子的軍隊對商王朝造成致命的威脅，此時，商朝中一些「賢臣」不得不進諫，但都因紂王拒諫而棄官逃亡。最後只剩下比干、箕子等一些敢於繼續直言的中堅了。比干是紂王的叔父，他仗着自己是王親，便直言不諱，以至進諫的奏詞過了火，紂王為此而勃然大怒，竟將他挖心殺死，並把還在懷孕的孀母也一起殺掉。箕子聞訊前來相救，又被紂王將他當成瘋子囚禁在奴隸營中。紂王殺死了最後的幾個賢臣後，剩下的就只有會說謊話和媚話的讒人了。所以他從此閉目塞聽，甚麼也不知道，直到文王率領的周師距朝歌只有三日的路程時，他才開始點兵迎戰。此時恍然大悟已太晚，敗局已定，接下去便是自殺身死，商王朝覆滅。荀子以這個例子來說明「世之衰，讒人歸」的道理；儘管誇大了讒人的作用，把商朝滅亡的原因簡單化了，但是，讒人在導致一個國家滅亡的諸因中，確實是個重要的原因。

讒言禍國殃民，使荀子和後來的許多學人感到異常可怕。但也有非常蔑視讒言的，覺得讒人乃是嘰嘰喳喳之輩，不過是歷史的渣滓，大浪淘沙，他們總是要被淘汰掉的。劉禹錫就持有這種浪漫主義態度。他的詩《浪淘沙》第八首云：

莫道讒言如浪深，
莫言遷客似沙沉；
千淘萬漉雖辛苦，
吹盡狂沙始到金。

古代的思想家儘管有不同流派，但都討厭讒人。我們至今還找不到一篇為讒人辯護的文章。他們都把讒人與佞人視為不齒的小人類型，在文子所排列的二十五等人中，屬最後的一等。然而，對於如何界定讒人與佞人，兩者有何區別，常有爭論。因為佞人正是善於花言巧語、阿諛奉承之人，所以讒人正是佞人的一種。佞必讒，讒必佞，這兩種小人是很難分清的「兩兄弟」。但有些古代的思想家，還是很細心地分清這兩個概念。例如王充《論衡》中的《答佞篇》，就把讒人與佞人區別：

問曰：「佞與讒者同道乎？有以異乎？」曰：「讒與佞，俱小人也。同道異材，俱以嫉妒為性，而施行發動之異。讒以口害人，佞以文危人；讒人以直道不違，佞人依違匿端；讒人無詐慮，佞人有術數。」

按照王充的看法，讒人與佞人有三點區別：一是讒人的特徵在於善於讒言，主要的手段是以口害人，而佞人不一定善於說話，主要是以行動害人；二是讒人一般都以讒言公開惑君惑眾，與之相比，佞人更善於隱蔽，藏匿得更深；三是讒人總是以為自己的讒言可以欺騙天下，所以往往無所顧忌，而佞人則更有心術，更懂得陰謀與策略。在這三點區別之外，他們的共同點就很多了。

王充概括得相當清楚。但有一點值得商榷的是，他說讒人「無詐慮」恐怕不妥。因為讒人既然以口害人，以善讒為特徵，那麼，這種讒言自然是一些謊話，鬼話，不負責任的話，這種話裏本身就包含着「詐」與「心術」。再說，人世間如唐代的李林甫這種口蜜腹劍的人不少，他們不僅口中有蜜——善於辭令，而且腹中有劍——也有心術，真正的讒人必定富有心術。此外，王充說讒人「直道不違」，似乎也值得商榷。因為讒人走的都不是直道而是邪門歪道，而且無孔不入，特別是喜歡在人們背後進讒，撥弄是非，這就不能算是「直道」。中國古書中記載有些官員非常害怕讒人，他們不放棄官位，主要不在於戀其榮華，而在於官位乃是保護自己免於受讒人之害，也就是把官位當做防讒的盾牌。因為有了官位，讒人才能畏懼三分，不敢當面毀謗，而一旦棄官退職，讒人的詆毀就開始了。如《毛傳》云：「一日不見於君，憂懼於讒矣。」又《晉書．閻纘傳》記皇太孫立上疏云：「故曰：『一朝不朝，其間容刀』。」唐朝李德裕，講得更為深切，《李衛公外集》卷二《退身論》云：「其難於退者，以余忖度，頗得古人微旨。天下善人少，惡人多，一旦去權，禍機不測。操政柄以禦怨誹者，如荷戟以當狡獸，閉關以待暴客。」這些話都是在說，讒人的讒言常常在你不在場、不當官的時候乘虛而入，為了讓讒人無法進讒，只能硬着頭皮在不稱意的官位上待下去。

中國古代官員這種惴惴不安的心境，幾乎使人難以置信。但是，中國的官場以及官場之外的人文環境，確實充滿着兇險。上述官員和官員研究者的話說明，讒人的讒言已經達到無時不在、無孔不入的可怕境地，以至一日沒有權柄的保護，就覺得不安全，會被讒人的讒言所殺。這真是一種中國特有的讒人恐怖。

說讒人恐怖是中國的特色，乃是說，它與中國非常發達的「口腔文化」有關。有人說中國文化乃是一種「口腔文化」，這是在與西方文化相比較之後所得到的一種模糊的直覺和模糊的把握。但這種把握卻反映了一個基本事實，就是中國的現實文化確實與「吃」的關係特別密切。甚至可以說中國文化就是吃的文化。而且吃文化常常被推向人與人的關係、人與大自然的關係。「五四」運動的改革家們早已指出，中國文化有「吃人」的問題，這是大家所熟知的。在吃人之外又吃大自然，這也是很突出的。中國有句民諺，叫做「靠山吃山，靠海吃海」，這是吃大自然的一種生動又坦率的表述。這裏的吃，是很具體很切實的吃，決不客氣。現在已把山吃得差不多了，甚至海，也正在慢慢吃。然而中國的「口腔文化」最可怕的一面，還是以口吃人。這對於不會用筆的人，是「口戕口」，以口戕人；對於會用筆的「筆桿子」，則是以筆為刀槍，以文章殺人。

中國古籍中早已有「口戕口」的觀念，這自然是口戕口現象的概括。鍾惺、譚友夏的《古詩歸》就引用過全上古三代文武王《機銘》的話「皇皇唯敬，口生，口戕口」，然後又加以評說，譚評：「四『口』

字疊出，妙語」；鍾評：「讀『口戕口』三字，悚然骨驚。」古人一聽到「口戕口」就毛骨悚然，可見以口殺人之厲害。這種口戕口的「文化」，才是更深層的口腔文化。我國古代的一些知識分子看來還是比較嬌嫩，一聽到「口戕口」三字就嚇得發抖，大大不如我們這些經歷過多次政治運動和「文化大革命」的現代人。批俞平伯，批胡風，批路翎，批「右派」，場場是「口戕口」，到了二十世紀六十、七十年代「文化大革命」，更是把口戕口的「文化」發展到高峰。那時，天天戕，月月戕，年年戕，戕得又狠又辣，戕得天昏地暗。

以「口腔文化」來看讒人，讒人的面目便更清楚了。其實，讒人就是口戕口的能手，因此，凡是以口戕人，以話語誣衊毀謗欺騙他人的人，都可以視為讒人。正是因為中國有大批讒人在，所以他們才把「口腔文化」發展為害人殺身的「讒人文化」。歷次政治運動和「文化大革命」，正是「讒人文化」的大氾濫，「讒人文化」在革命中得到充份發展並進入它的黃金時代。

所以說歷次政治運動和「文化大革命」時代是「讒人文化」的黃金時代，首先是因為到了此時，「讒人文化」已發展為無數類型，有大揭發，有大批判，有大聲討，支持批判揭發聲討的，有雜誌，有電台，有報紙，有大字報，沸沸騰騰之中，有以口戕之，有以筆戕之，有以效忠信戕之。以口戕之則有所謂面對面的，也有所謂背靠背的，也有所謂肩並肩的；以筆戕之的，則有大字報，小字報，紅衛兵報，還有揭發材料，檢舉材料，交代兼揭發檢舉材料等等。無論是口還是筆，流出來的均是讒言。其次是在這個黃金時代中，讒言已具備神聖的形式，並且有「反修防修」、「防止吃二遍苦」的崇高名義，像姚文元批判《海瑞罷官》、「三家村」等文章，以及無數批判作家學者的文章，其實是滿篇殺人的讒言，滿紙造謠，毀謗，中傷。然而，因為名義崇高，所以文章總是氣勢磅礡，慷慨激昂，充滿革命義憤。在這個意義上，他們倒符合王充的讒人標準，即雖然以口戕人，但「直道不違」，而且無所「詐慮」，不像佞人那麼偷偷摸摸（按照王充的標準，只有那些辦案人員，才不算以口害人而是以事危人，乃屬佞人範圍）。可惜王充不是生在現代社會，否則他一定會看到讒人的現代形式和「讒人文化」的當代宏偉景觀，面對這種空前規模的景觀，他一定會感嘆不已。

我過去讀死書時，一見到讒人這個概念，就想到那些在人家背後嘰嘰喳喳的人，也沒有想到在宏觀層面上有如此「氣魄雄大」的現代讒言家和「讒人文化」。而現代讒言家以口戕人的本事之大，根本不是「嘰嘰喳喳」人所能比擬的。「文化大革命」中像老舍、傅雷、鄧拓、吳晗、翦伯贊這樣一大批知識分子均無法忍受讒言而自殺，這些事例都足以證明現代讒言家力量之巨大。一個國家元首轉眼間成了叛徒、內奸、工賊，一個卓越的作家和學者轉眼間可以變成「反共老手」；這種現象，確實是史無前例的。所以，王充等古代思想家一說讒人就認為他們是小人，這固然是對的，因為他們的人格、靈魂確實渺小得很；但是他們的氣魄如此之雄大，殺傷力如此之驚人，我們能說這些小人不是「大人物」嗎？

這樣想來，讒人的定義似乎應當重新界定，至少需要區分大讒、中讒、小讒。嘰嘰喳喳的人自然可歸入小讒，例如小胡同裏的居委會，其主任可以說是「官居極品」，官小得不能再小了。但他的周圍竟也用了幾個比他更小的讒人給他彙報「階級鬥爭新動向」，倘若胡同裏有幾個被解除公職而退入街道的「右派分子」，那麼，這幾個小讒人就會忙得不亦樂乎；倘若胡同裏有個小寡婦，而且她的門前又有男人走過，她們更是忙得不可開交，嘰嘰喳喳地在「主任」面前嘮叨個沒完。

而康生、張春橋、姚文元這種「直道不違」、「無詐慮」的讒人，則屬大讒。而在大小讒之間玩些小聰明、小狡猾，隨風旋轉，時時寫點「大批判」文章，只能玩玩「反和平演變」、「反自由化」的標籤，其目的只在排除異己，尋求榮升之路，而文章並無姚文元之氣勢，就只能算是中讒。中讒雖比街道中的馬列主義老太太多一點墨水，但卻屬於三四流文棍、文痞，其讒言的功能有限，成不了大氣候；目前文壇、報刊上活躍的大批判家，不少屬於這種讒勁有餘但讒才不足的中讒，他們的調門雖高，但字裏行間確實已空空洞洞，渾渾噩噩了。

儘管新讒人可鄙可笑，但他們的大量出現和讒人文化的空前發達，卻對社會造成很大的影響。以「文化大革命」來說，當讒人文化發展到極盛的時候，全國全民的全部興趣，即民族生活的焦點，就全落在口槍舌劍之中。你揭發我檢舉，個個想方設法打倒一些人，功夫全用在「讒諂」二字之上。這樣，其結果一是人心越變越壞，壞到難以估量；二是國家日益空疏，無聊，逐日失去元氣。那個時代，誰讒的本領最大，誰的地位也就最高，這與古代某些王朝中誰最會鬥蟋蟀誰就最得到皇帝的重用一樣。所以康生、張春橋、姚文元等讒人皆當了政治局委員。此時的政治，便成了讒人政治。

我在《猛人論》一文中引用了魯迅關於猛人被包圍而變得昏庸的思想，而包圍猛人並使猛人有效地變形（包括變聾、變瞎、變昏）的包圍者，常常就是一些讒人與佞人。因為這些讒人雖然對下非常兇狠，但對上卻很會獻媚。佞人與讒人都是作態獻媚的能手，不僅常故作小兒態，還常故作女人態。李賀的《榮華樂》描述他們說：「玉堂調笑金樓子，台下戲學邯鄲倡，口吟舌話稱女郎，錦袪繡面漢帝旁。」他們簡直是一面撒嬌，一面進讒，所以皇帝就容易被他們所包圍。如果皇帝或其他猛人周圍有些正直有識之士，敢說些使猛人清醒的話，那麼，讒人一定要「清君側」，把這些有識之士吃掉。中國的專制政治，常常正是讒人佞人包圍和猛人被包圍的互動政治體系，結果呈現出來的便是一種莫名其妙的滑稽劇。而猛人所以不可避免地落入讒人佞人們的包圍，又與他們實行的一套制度有關。專制制度需要佞臣和讒臣。

愛因斯坦說得很好，他說：「強迫的專制制度很快就會腐化墮落，因為暴力所招引的總是一些品質低劣的人。」（《紀念愛因斯坦譯文集·我的世界觀》）在專制制度下，最高專制者要求下屬最重要的是忠順，而不是清廉，忠順高於一切。而讒人佞人不管品質多麼低劣，他們卻有表演出忠順的特殊本領。他們無休止地歌功頌德，講皇帝愛聽的話，而且天天講，月月講，年年講。皇帝在他們面前不僅不會感到自己昏暗，反而感到光芒萬丈，光焰無際。所以中國的讒人佞人總是綿延不斷，至今仍然相當威風。

儉人論

儉人，也就是慳吝人，吝嗇人。這是一種節儉過度而性格變態的人。

陳文燭所撰《天中記》，搜集了許多儉人的故事。這些儉人們均愛錢如命，愛財如命，愛物如命，吝嗇得非常「古怪」，並形成一種不可救藥的癖性，所以，儉人也被稱為「錢癖」、「財癖」、「物癖」。這種人雖擁有家財萬貫，但其生活如同乞丐，常常因惜財而自我折磨以至餓死。其中有一則故事，是寫漢代有個老人，一直無子，但家極富有，可惜性吝嗇，他侵晨而起，侵夜而息，營理產業，聚斂不厭，但總是「不敢自用」，捨不得花一文錢。他生平做了一件大事，就是偶爾有一乞丐來求他救濟，他實在推諉不掉，不得不入內取出十文錢，一面走一面看着手中的錢，走一步減一文，走到門口，只剩下五文錢，最後他下了狠心，才閉起眼睛，「閉目以授乞者」，然後又對乞者千叮嚀萬囑咐：我傾家而給你這些錢，千萬不要告訴別人。最後，這個老富人竟餓死而終。死後他的財產被「沒入內帑」。儉人不僅愛財如命，而且覺得「財大於命」，因此要他幾分錢，就像割他身上的幾両肉，以至使他如同赴湯蹈火。所以他給人幾分錢時，便閉起眼睛，自己不忍目睹。

使我想不到的是，唐代的著名詩人韋莊也是一個儉人。《朝野僉載》中說：

韋莊頗讀書，數米而炊，秤薪而爨，炙少一而覺之。一子八歲而卒，妻斂以時服，莊剝取，以故席裹屍。殯訖，擎其席而歸。其憶念也，嗚咽不自勝，惟慳吝耳。[1]

韋莊愛惜錢物勝於愛惜親子。兒子死了，他竟然捨不得給兒子的遺體一件衣服一條草席。可見，吝嗇性會使人變態到甚麼地步。

韋莊如此吝嗇，是我想不到的。這大約是因為我過去看到的文學作品，知道作家是比較鄙視儉人的。

中外作家筆下都有這種人，最著名的是法國喜劇作家莫里哀（Molière）筆下的「慳吝人」，巴爾扎克筆下的葛蘭台。這些愛錢如命的人，是作家很不喜歡的人，甚至很鄙視的人，他們着實被作家狠狠地挖苦嘲諷了一頓，以儉名遠揚千秋。

本文不想談外國的儉人，倒想説説中國的儉人。人性的弱點、性格的弱點確實有普遍性，無論哪一民族，都有很古怪的儉人，都有愛錢比愛自己的生命更甚的人，而且儉性浸入骨髓，至死也不悔悟。

《儒林外史》裏的嚴監生（嚴致和），就是一個至死本性不移的儉人。他家私豪富，足有十多萬銀子，可是一生膽小守錢，一事無成。他臨死時，喉嚨裏的痰響得一進一出，一聲不到一聲的，但總不肯斷氣，還把手從被單裏拿出來，伸着兩個指頭，幾個侄子和一些家人，不知道甚麼意思，都忙着亂問。大侄子上前問：「二叔，你莫不是還有兩個親人不曾見面？」他把頭搖了兩三搖；二侄子走上前來問道：「二叔，莫不是還有兩筆銀子在那裏，不曾吩咐明白？」他把兩眼睜得溜圓，又把頭狠狠搖了幾搖，而

1 《天中記下》，第廿八卷。

把兩個手指越發掐得緊了；接着，他的奶媽又插口道：「老爺，想是因兩位舅爺不在眼前，故此記念。」嚴監生聽了這話，把眼閉着搖頭，那手只是指着不動。後來，還是他的妻子趙氏了解他的心思，她揩了揩眼淚，分開眾人，走近前去説一聲，「爺，只有我曉得你的心事。你是為那燈盞裏點的兩莖燈草，不放心，恐費了油，我如今挑掉一莖就是了。」説罷，她忙走去挑掉一莖，此時，嚴監生才點一點頭，把手垂下，登時斷了氣。嚴監生生性節儉，直到死神已等在他的身邊，他馬上就要離開人世間，最牽掛的還是眼前燈盞裏多用了一莖燈草，實屬「浪費錢財」，多費一莖燈草，使他死不瞑目，可見，人的儉性，常常是根深蒂固，連很有力量的死神也拔不掉。

在中國，像嚴監生這種人很不少。為了一點像燈草輕的小錢財，常常不顧面子，不顧感情，不顧大義甚至不顧生命，一莖燈草似的錢財，竟重於一切，高於一切，這種人真是可笑又可憐。

《閱微草堂筆記》中還記載了一個被舉為孝廉的儉人，也是儉性壓倒一切，以至壓倒其立身之本——孝：

> 一孝廉頗善儲蓄，而性嗇。其妹家至貧，時逼除夕，炊煙不舉，冒風雪徒步數十里，乞貸三五金，期明春以其夫館穀償；堅以窘辭。其母涕泣助請，辭如故。母脫簪珥付之去，孝廉如弗聞也。[1]

1 卷十·如是我聞四。

這個孝的模範變成反孝道的儉人故事，有意思的地方是說「嗇」可以毀掉最基本的人性，可以改變人的各種關係，以至使人六親不認，喪失天良。它說明不可救藥的儉性，會導致人類掉入一種很冷酷又很黑暗的陷阱。

因為「慳吝」令人討厭，因此也就有破慳的故事。傳說元代，有一個幻術高明的外國道人，着意要和一個巨富而性慳的人開點玩笑。有一天，他到這位慳吝人家中，發現這個人對家中的好馬異常珍愛，繫在柱下，不斷玩賞。這位道人便使用幻術，讓馬突然消失，慳吝人非常着急而四處尋找，第二天發現馬就在一個五升甕中，但這甕無法打破，他只好求助道人。道人說，只要你花些錢準備好一百人的飯菜以周濟窮人，馬自然就會回到你家的柱下。慳吝人只好忍痛「作百人廚」，作畢後馬果然返回原處。又一天，慳吝人的父母忽然不見，舉家惶恐，四處尋找後發現父母就在一個澤壺中，只好又求道人，道人說，這回你得準備可供一千人吃的東西，以周濟窮人。慳吝人只好又忍痛破財，照辦一千人的飯菜，然後，其父母果然又自在床上。這個故事告訴人們，慳吝人的儉性已病入膏肓，除了用幻術，已無法從他們手中取出一點錢財以救濟社會。

但是，在中國，也許因為太貧窮，儉德一直被認為是美德。中國比較窮，講究一點節儉，本來也無可非議，但是，節儉一過份，就從儉變成「嗇」，儉與嗇幾乎劃不清界限。由於儉被視為美德，就帶給許多中國人一種很不好的精神性格，即消極保守而缺乏進取和探險的性格，甚至缺乏同情心和援助他人的性格。關於這一點，譚嗣同曾很尖銳地指出過，對中國人的「崇儉」極為不滿。他的《仁學》第二十節裏，對「僉人」批評得毫不留情。他認為「僉人」簡直是天下之大罪人，他說：「若夫力足以殺盡地球含生之類，胥天地鬼神以淪陷於不仁，而卒無一人能少知其非者，則曰『儉』。儉，從人，僉聲；凡儉皆僉人也。」

譚嗣同給「僉人」列了許多罪狀，其中最重要的有兩條：

一、導致流通的停滯，遏制生民之大命，使錢財不能再生產，「以其尚儲九千」於「無用武之地也」。

二、不仁：「坐視羸瘠盈溝壑，餓殍蔽道路，一無所動於中，而獨室家子孫之為計。天下且翕然歸之曰：儉者美德也。」意思是說，一儉，便只顧自己的錢財而不顧他人的死活，儉人總是見死不救的冷酷之人。更有甚者，就是有些儉人為了守住財富，不去生產，而靠放高利貸，「以剝削貧民為務」，結果一鄉財富皆為他們所併吞，「遂不得不供其奴役而入租稅於一家」，這樣，「愈儉則愈陋，民智不興，物產凋窳，所興皆窶人也」。所謂「窶人」，就是窮人。儉人自己佔有財富，卻製造大量「窶人」，這是譚嗣同的一個發現，所以，他對「儉人」極為反感，說儉人乃是德之賊，「言儉者，齷齪之昏心，禽道也」。把儉人的儉德，稱為反人道的禽道，這可以說是攻擊到無以復加的程度了。

譚嗣同作為我國近代的第一批改革家，其思想是相當激進的。他痛切地感到中國積弊太重，民族的精神素質上的弱點太嚴重，不得不用很激烈的語言來批評。他雖然罵得過於激烈，但對於儉德可能造成的危害，卻是看得很透的。

譚嗣同在對儉人的批判中還有一點很有意思的是，他有力地說明一條人所共知但不容易覺悟的道理，這就是性格決定命運。他說，這些儉人，「家累巨萬，無異窮人」，「寧使粟紅貫朽，珍異腐敗，終不以分於人」。儉人一旦慳吝成性，雖擁有巨大的財富，但其命運也如窮人、乞丐。所以，一個人的命運，往往不是他的財富所規定的，而是他的性格所規定的。許多百萬富翁、千萬富翁，一味追求財富，忘記生命的本體意義，忘記金錢之外，還有更重要的東西。其結果，雖然掌握了錢財，卻被錢財所控制，反倒成了錢財的奴僕。這種人的命運並不好，在物質層面上，他們形同窮人，在精神層面上，他們更是缺少人性人情的窮漢。一個人，如果只是以自己的人生證明財富，而不是以財富證明人生，那麼，他的性格、才智、熱情，一定會被金錢所吞沒，所變形，變成十分醜陋和不幸。儉而墮落，儉而導致心靈的冰冷，情感的偽善，性格的殘暴，這類事實不少。看看這些現象，覺得譚嗣同說得很有道理。可惜了解這種道理的人很少，所以只要錢財、不要良知的經濟動物就愈來愈多。

我原先也是一個尊敬儉人的人，而且也不斷地接受儉德的教育。在「增產節約」運動中和學習雷鋒的活動中，我和同學們都去撿廢銅廢鐵和其他廢物獻給國家，而且從小就接受老師的教育：任何一顆掉到桌上的飯粒都要撿起來吃，任何一塊乃至十分之一塊饅頭扔到地上都是罪惡。於是，我和同學們個個都變得很節儉。老師這樣教育也無可非議，只是，他們光說節儉，不說創造和勇敢探險，不說應當慷慨地幫助別人，久而久之，會算計的人就愈來愈多，人的精神境界也愈來愈低。這種精神退化現象，倒使我認同譚嗣同關於儉人的見解了。如今，我對儉人，特別是那些性格變態的儉人，雖也同情，但已很不喜歡，就像看到乞兒，雖也同情，但並無敬意。

癡人論

黃庭堅給晏幾道的「小山詞」所作的序云：

> 余嘗論叔原固人英也，其癡亦自絕人。……仕宦連蹇而不能一傍貴人之門，是一癡也；論文自有體，不肯一作新進士語，此又一癡也；費資千百萬，家人寒飢，而面有孺子之色，此又一癡也；人百負之而不恨，己信人終不疑其欺己，此又一癡也。

黃庭堅所描摹的北宋詩人晏幾道，就是一個癡人。他的癡情癡氣癡行，真是天真可愛。

中國人說到癡字，總是把它和「呆」字相連，癡人的特點確實是癡呆氣，不管別人怎麼說，怎麼看，他們總是癡癡地做下去，追求下去。像晏幾道，他是著名詩人晏殊的幼子，屬高官之後。宋仁宗時，晏殊官至宰輔，被稱為賢相。晏幾道雖是宰相之子，但他完全沒有台閣重臣子弟的架子，只是癡癡地追求他的人生和他的詩歌藝術，做人作文都有真性情。他的四種癡都充滿呆氣，身居宦門之家而不懂得和其他權貴交往；文自有體，不懂得迎合當時的八股；花費千百萬資金去資助別人，自己寧願過貧寒生活；被他幫助過的人紛紛背叛他但他從不喪失對人的信念。這種種癡，都是至情至性，非常可愛。一個宦門子弟，能拋棄官家氣，世俗氣，而保持人性中美好的情性，實在難得。正是黃庭堅所說的這一癡又一癡，使晏幾道的詩詞淒楚動人，至今還發射着獨異的光彩。

癡人有許多種，有詩癡，有文癡，有書癡，有情癡，有事業癡。癡人有癡氣呆氣，但並不是傻子笨伯。癡人往往絕頂聰明。《紅樓夢》中就有許多極聰明的癡人，賈寶玉、林黛玉等，都是很有才能的絕代癡人。賈寶玉常為他所愛的林黛玉和其他姐妹發癡發呆，曹雪芹稱他為「癡公子」。而林黛玉更是一個徹頭徹尾的癡人兒，她對寶玉是那樣一片癡情：情癡，意癡，神癡，所作的詩詞也句句癡。她去葬花，就已經癡得出奇，而她的葬花詞，更是句句癡得出奇，「儂今葬花人笑癡，他年葬儂知是誰」，這真是癡人之音，癡人之淚。難怪「寶玉聽了不覺癡倒」，同時也發出癡音。聽了這聲音黛玉心想：「人人都笑我有癡病，難道還有一個癡子不行？」黛玉和寶玉真真都是癡子，真真都害了癡病。因此，當他們的祖輩父輩決定讓寶釵和寶玉結婚的時候，這兩個癡兒再也承受不住了。一個變得瘋瘋傻傻，一個變得恍恍惚惚。當黛玉從傻大姐那兒得知這個消息時，身子變得千斤重似的，兩隻腳像踩着棉花一般，腳已輕了，眼睛也直了，她迷迷癡癡地東轉西轉，當紫鵑挽着她走到寶玉屋裏時，他們倆都只剩下嘻嘻地傻笑——癡情被摧殘了，精神也崩潰了。林黛玉受了致命的打擊後，做了最後一件事——燒掉她和寶玉那些癡情的詩稿，最後唸着「寶玉，寶玉，你好……」而死了。而寶玉也從此喪魂失魄，瘋瘋癲癲，最後帶着迷惘和絕望離開他的家了。

曹雪芹塑造的這兩個癡心人，不僅是一般的癡，而且可以說是「癡絕」。人一癡到絕處，癡也就是生命本身；摧殘了他的癡情，也就是摧殘了他（她）的生命。「癡絕」一詞，並非我的發明，《晉書・顧愷之傳》中說：「故俗傳愷之有三絕：才絕、畫絕、癡絕。」可見人世間的癡絕早已有之，而且早已被命名。賈寶玉、林黛玉的這種發展到極致的癡情，正是人的真性情。他們打動人的地方，正是這種真性情。明末袁氏兄弟和李贄提倡性靈說、童心說，呼喚人的真性情，而《紅樓夢》中這種刻骨銘心的癡情，恰恰把他們的呼喚表現為偉大的劃時代的藝術。

賈寶玉林黛玉這類癡人，可以算做情癡。而情癡之外，還有種種癡人，如書癡、學癡、詩癡、文癡、事業癡等等。他們或對書本入迷，或對學問入迷，或對藝術入迷，或對自己的事業入迷；也常變成癡絕。

蒲松齡的《聊齋志異》中有一篇小說叫做《書癡》。講的就是一個名叫郎玉柱的書癡的故事。故事說：山東彭城郎生，他的祖輩當了大官，但不願意把俸祿拿去揮霍，卻用它買了滿屋子的書。到了郎生時，更是成了書癡。家道已經中衰，甚麼東西都拿出去變賣，唯獨捨不得賣掉父親給他留下的書。他日夜苦讀，直到二十多歲了還不想婚配，因為他相信「書中自有黃金屋」「書中自有顏如玉」的古訓，相信不斷讀下去，書裏就有黃金，就有美女。可是苦讀到三十多時，還是見不到美女。此時，有人就勸他娶妻，他還堅持說：「書中自有顏如玉，我何憂無美妻乎？」又苦讀了二三年，還是沒有效果，有人就揶揄他說，最近天上織女私逃，說不定為你而來的。郎玉柱知道這是開他的玩笑，也不在意。但有一天晚上，他讀《漢書》第八卷將讀到半卷的時候，看到了一個紗剪美人夾藏其中，他感到很驚訝，說：「書中顏如玉，還不是應驗了嗎？」他細細地看了這個美人，眉目如生，背後隱隱寫着「織女」兩個細字。他更是驚訝，因此反覆玩賞，以至於忘了寢食。有一天，他正看得入神，這個紗剪美人突然折腰而起，坐在書中微笑。郎生一時驚絕，立即拜倒在桌下，等到他抬起頭時，發現美女已有一尺之高，他更為驚恐，連忙又叩拜，再抬起頭時，一個絕世美人已亭亭玉立於他的面前。美人自我介紹說：「妾，顏氏，字如玉，我已知你盼我很久了，如果我不來一道，恐怕今後千秋萬載誰也不相信古人所說的『書中自有顏如玉』的話了。」郎生聽了非常高興，每次讀書都讓她坐在邊上，可是，顏如玉一直告誡郎生不要讀書，她說：「你所以不能飛黃騰達，就因為你老是讀書，你看春秋榜上有名的，有幾個像你這樣讀個不停的。你如果不聽我的話，我就走了。」郎生怕她真的走了，只好放下書本，可是過了一會兒，他又忘記顏如玉的告誡，吟誦起書來。片刻，他發現如玉沒了，這時他才着了慌，連忙跪而禱之，但仍無蹤影。忽然，他想到她可能藏在《漢書》中，一查，果然在那裏，但是怎麼叫喚她也不動，郎生只好「伏以哀祝」。此時，如玉才說：「如果你再不聽我的話，那我一定和你絕斷了。」郎生答應並擺出棋盤和賭博器具和顏如玉遊戲，但是遊戲時心思總是不能集中，偶爾如玉不在，他就趕緊偷偷地瀏覽書本，然而，他怕如玉發現，就悄悄地把《漢書》第八卷雜放在其他書中。有一次，他又抓住一個機會猛讀起來，讀得正酣，如玉突然來了，並發覺郎生又在讀書，當郎生急忙地把書蓋上時如玉已經不見了。郎生非常焦急惶恐，查了好些書都找不到她，最後還是在《漢書》第八卷中找到，他一再拜叩檢討並發誓以後決不讀書，顏如玉才從書中下來和郎生下棋，並說：「給你三天時間，如果學不好下棋，我就走了！」三天後郎生果然有了長進並二子勝了顏如玉一局，顏如玉因此非常高興，送了郎生一把琴，並要他在五天之內彈出一曲。郎生專注於此，無暇顧及其他事情，果然慢慢地彈出節拍了，他真是受到了鼓舞。顏如玉如此整天和郎生飲酒下棋，郎生也樂而忘讀了。此後，顏如玉又叫郎生出門去結交朋友，不久便有了「倜儻」的名聲。這時，顏如玉才對郎生說：「這回你可以出去當官了。」郎生在這之後，還有反覆，請有興趣的讀者自己去欣賞以後的情節。而故事到了這裏，已足以讓我們看到一種書癡的形象。郎生這種癡人，就是書癡，所以，美人在側，他還是常常要開小差去讀書，難怪顏如玉要生氣。

不管是做學問的人，還是做其他事業的人，有這樣一種癡情，實在是極寶貴的。我們平常揶揄一些勤奮治學的人，稱他們為書呆子，或說他們有書生氣，其實，有一股書呆氣，是很難得的。這種書呆氣，正是對知識對事業一往情深的氣質和精神。古人云「大智若愚」，就是說，傑出的人才，常常表現出一種癡呆氣。許許多多的所謂天才，他們在另一方面，卻是一個書生氣十足的癡人。陸游《劍南詩稿·舟山戲書》云：「英雄到底是癡絕，富貴但能妨醉眠。」講的是功名富貴難以泯滅英雄瀟灑自由的真性情。而「英雄到底是癡絕」一句，則道破古往今來的英雄和成功者的一個特性，就是他們的性情和精神，都屬「癡絕」。如果不是對自己尋找的目標，孜孜以求，矻矻以修，如果不是在自己追求的目標中注入全部情感，對它有一種癡情的執着，一切都是難以成功的。英雄所以成其為英雄，在性格上，都有其「癡絕」的一面。

十幾年前，大陸科學界「發現」數學家陳景潤時，我着實欽佩這個數學癡子。這位癡人選擇一個危險的課題——哥德巴赫猜想，作為自己追求和攻克的目標。這種選擇，如果不成功，人們就要說，此人完全不自量力，完全是狂妄，是癡呆。而他也可能為此付出一生精力而無所獲，這真是智力的冒險。然而，他卻癡呆地選擇這種冒險，並對選定的目標一往情深，癡癡求索。這就是追求事業的真性情，就是科學的獻身精神和執着精神。從事科學和從事文學和從事其他事業的人，需要的也是這種專注的癡情。難怪許多大科學家、大作家，從表面上看來，都是糊裏糊塗的，決無政治家們的「精明」和「機敏」。那種善於隨風轉向，可以跟着政治家的意志隨時表態的科學家，絕不是真正的科學家。

文學研究所在紀念何其芳逝世十週年時，我寫了兩篇文章，也稱何其芳這位學人詩人為癡人，覺得他身上最可寶貴的還是那股執着追求的書呆氣。他生前雖然詩名文名遠播四方，而且身為研究所所長，但是，由於他對自己追求的文學事業一往情深，所以並不覺得自己的社會地位提高之後藝術水平也跟着長進。當那些和他經歷相似的革命作家自我陶醉並忙於批判「反動作家」的時候，他傷心地發現自己「思想進步」而「藝術退步」了。他很老實地承認自己詩文的退化並為此而焦急和困惑不解。他像孩子一樣傷心並請教朋友：這是為甚麼？為甚麼？這就是詩人學人的癡情，完全不懂得自我粉飾的真性情。儘管他曾被政治所駕馭，犯了那個時代許多作家都犯的共同錯誤，但我們還是喜愛和尊敬他，這就因為他還保留着這一種癡人的執着的真性情。這種癡情，比起那些善於自我掩蓋、把政治當成文學廣告的文壇伶俐人，真不知道要寶貴多少倍。

可惜，現在的社會，像陳景潤、何其芳這種癡人愈來愈少，而巧人伶俐人卻愈來愈多。人們對於事業，癡情太少，而矯情太多。現代社會生活，大半被利益原則所支配，為了爭得眼前的利益，人類變得愈來愈「聰明」，愈來愈懂得各種生活的技巧，愈來愈注意所謂「社會效應」，沒有多少人對事業還願意孜孜以求。如果癡癡地執着地追求某種事業，不僅讓人笑為癡呆，而且還常常沒飯吃，連立足之所也沒有。過去強調和「實際」相結合，而現在卻注意和實惠相結合，因此，那些不顧實惠而執着追求某些目標的人，更不知如何是好。正是有感於此，我反而記起種種可愛的癡人們，還記起蘇軾的自嘲詩句：「堪笑東坡癡鈍老，區區猶記刻舟痕。」我雖不算老，但已有點癡鈍，所以許多事都轉不過彎子，不管人們怎麼説，總是不喜歡那些太聰明的巧人與油子，倒常常懷念那些癡人和赤子。不過，未來的世界，也許是巧人和油子的世界，並非癡人與赤子的世界，所以我寫下這篇《癡人論》，也算是在歷史之舟船上刻一痕跡。

怪人論

我寫的人論裏，不少確實是譏諷的，但也有同情和辯護的。對於怪人、癡人、逸人等，我就給予辯護。

我的辯護不是從這個時候開始，在幾年前，在我的文章裏，就為之辯護過幾次。那時，我發覺，中國怪人太少了，而千篇一律的人太多了。我向社會呼籲，應當尊重怪人的獨特的存在方式，保護他們獨樹的才能。一個社會倘若不允許怪人的存在，一發覺某個人有點異樣，説一點與眾不同的話，做一些不合流俗的事，就撲滅，那麼，這樣社會就難以產生傑出人才，只能產生庸才甚至奴才，這種社會就一定不會有甚麼生氣。

「怪人」一詞，無須多做解釋，它是一個常用的概念。人們都承認，在日常生活中，有一種人具有特異的氣質，特異的脾性和特異的生活方式，這其實就是怪人。這種怪人，其長處和短處都異常突出。由於太突出，就使他們的性格與常人的性格產生很大的反差，也形成常人所沒有的特別的故事。這些故事，往往是人們難以接受的故事，但卻是屬於他們自己的故事。

怪人所以難以使人接受是因為他們身上有一些「怪癖」。「怪癖」總是反習慣性思維，反習慣性行為模式，總是與社會的多數格格不入。因此，常常令人們感到「頭痛」，稱他們為怪人。這種人在人類的精神領域尤其是藝術領域特別多。總之，所謂怪人，就是一種富有個性同時又有突出怪癖的人。

在文學藝術史上，被稱為怪人的很多。有的直接被同時代人或後人命名為「怪」，如「揚州八怪」。所謂揚州八怪，是指清乾隆年間在江蘇揚州賣畫的八個代表性畫家，一般是指汪士慎、黃慎、金農、高翔、李鱓、鄭燮、李方膺、羅聘。他們所以被稱作「怪」，是他們的畫獨具風格，和當時的傳統畫法不同，因此就被稱為「偏師」、「怪物」。可是他們的寫意花卉畫卻贏得抹殺不了的成就。所以被稱為「怪」，常常只是和「正統」有別，突破正統的架構而已。如果法國印象派大師莫奈、梵高、高更等在中國，自然也得被命名為「怪」，即使在他們故國的傳統畫家或鑒賞家眼中，也屬怪人。所以怪人常常是一些有特殊才能的人。

中國最著名的文學怪人恐怕首先要推魏晉時期的嵇康和阮籍。這是一對著名的怪人。嵇康不僅有才能，而且身高七尺八寸，是當時公認的美男子，但是他卻毫不修飾，不愛洗澡，不講衛生，他說自己「頭面常一月、十五日不洗，不大悶癢，不能沐也」。因此，他身上長了許多虱子，癢了就不分場合地亂搔亂抓，一點也沒有所謂知識分子的「風度」。特別古怪的是他喜歡「打鐵」，他家門口有一條小河，河邊有一棵柳樹，他常在柳樹下鍛鐵。他的鍛鐵，只是為鍛鐵而鍛鐵，所以分文不取地為鄰里修鐵器，但是，他卻總是給當時的豪門名家難堪和碰釘子。例如，當時有個名聲很大並深受司馬氏信任而身居司徒要職的鍾會，總想巴結他以點綴風流，於是，便拿着自己的玄學論文《四本論》想請嵇康給他一點評價，但是他知道嵇康脾氣非常古怪，怕碰釘子，就悄悄地走到嵇康家門口，遠遠地把文章擲了進去，然後轉身就走。嵇康的道德文章，真使時人折服，因此他最後入獄時，有許多豪俊之士願陪他坐牢；當他被判處死刑時，竟有三千太學生聯名上書，要求赦免。

與嵇康齊名的阮籍，也是個怪人。他有一雙著名的翻轉自如的「青白眼」，見到那些庸俗的助紂為虐的人，他就輕蔑地給一個「白眼」，這種特異的蔑視，常使禮教之士們非常狼狽。在他的母親去世之後，嵇康的哥哥嵇喜前來弔喪，但因為嵇喜和他的弟弟路子完全不同，甘願依附朝廷，缺少士人骨氣，因此阮籍就不顧弔喪時的禮節，給了一個「白眼」，把嵇喜氣得夠嗆。然而，一會兒嵇康來了，他卻很高興，並報以「青眼」。他常常閉門讀書，整日不出門，一旦走入山水之中，就終日忘返。有時他還自己駕着牛車出門，任牛拉着走，不管去向，常常走到無路可走的荒野處，才慟哭而回。他嗜酒時，常醉得不知身在何處，倒地就睡。他家附近有個酒店，店裏的女主人年輕漂亮，他喝醉了就躺在她身邊睡着了。而女主人的丈夫知道阮籍的為人，從不生氣。他個性特異，寫出的詩文也驚世駭俗，不同凡響，因此和嵇康一起，成為「正始文學」的雙星。

嵇康、阮籍的「怪癖」和言論中的「驚世駭俗」，是他們性格的獨立形式，這正是他人所沒有的獨立形式。當時的統治集團感到這種獨立形式威脅着他們的「名教」，所以非除掉他們不可。可見，怪人而且怪得才華出眾時是很危險的，他們往往被社會所不容。

在我國思想史上，有一些「怪人」也是被社會所不容。這種怪人，不見得是行為怪誕，而是思想特異，帶有反經典的異端性，這在世俗的眼中，也屬怪類。對於這種「怪」的鏟除，也往往極不留情。例如明末的左派王門學群中，由於言論被指責為「詆毀聖教」，因此其中有幾位的遭遇就很慘，顏鈞被捕受刑，何心隱被殺，而李贄則被迫害死於他鄉。以李贄而言，他的人品極好，很通人情，但他的言論對於習慣以孔子之是非為是非的人來說，卻是古怪而可怕，他們便覺得不消滅這種異端怪人，天下難以太平，所以，他的書一再被焚。現代思想史家侯外廬所作的《中國思想史》，儘管此時看來有許多地方值得商榷，但他特別注意肯定「異端」思想家，也就是肯定思想界中之怪人，則是很可取的。

在我國傳統社會向現代社會轉變之際，出現了一個能充份理解怪人、容納怪人的偉大教育家，這就是蔡元培。蔡元培的偉大之處，就是他把北京大學變成一所兼容並蓄、文化襟懷博大的現代大學。這不僅首創了一種容納各種類型知識分子的文化機構，而且為中國留下一種尊重多元文化、鼓勵多元文化競賽的精神。而他的非凡之處，不是把這種精神抽象化，而是把這種精神具體化，具體到對各種文化人包括文化怪人的尊重。只要有真才實學，只要有一技之長，不管他們採取何種政治立場和文化傾向，他都一律擇其所長，揚其所善，提供他們一種自由展示才能的場所和機會。一九一七年蔡元培任北京大學校長，容納的各種知識分子，從最激進的陳獨秀、錢玄同、魯迅、周作人到最保守的辜鴻銘，從自由派的胡適到國粹派的劉師培等，其立場非常不同，甚至處於完全不同的文化營壘，蔡元培一律愛其才識。當時這些人在「正統」文人眼中都屬「怪人」。然而，如果這批「怪人」當時無存身之所或被剿滅，便沒有中國現代文化。蔡元培因為能容納陳獨秀，所以創辦於一九一五年的《新青年》才得以生存並在他任校長之後發展為新文化運動的主要基地，並釀成一場真正的現代文化革命，其對中國面貌的影響之大實在是難以估量的。而就在蔡元培主持的校園裏，與《新青年》完全對立的一極也得以生存。當時劉師培、黃侃創辦的《國故》月刊，以「昌明中華固有之學術」為宗旨，揭起反對新文化運動的旗幟。而支持新文化運動的蔡元培並不因為他們屬於「落伍於時代」的怪人而加以排斥與壓制。他的態度與後來的某些中國現代文學史作者們給予的種種「反動」帽子大不相同。特別值得一提的是他對「怪傑」辜鴻銘的態度。辜氏有一件著名的事，就是當人人都剪掉辮子之後，他作為一個北京大學教授，卻留着辮子。他的頭髮短而稀少，半黃半黑（因為他的母親是洋人），結成髮辮，細得像小指頭，垂在腦勺上，彎彎曲曲，特別古怪。他不僅留辮子，還主張中國要有皇帝。這也許受英國政治的影響。他早年留學英國，在蘇格蘭大學畢業，了解英國的保守主義傳統，可能覺得英國保留皇冠並不壞。但此時滿清王朝已覆滅，他仍然替皇帝説話，甚至替慈禧説話，總讓人覺得「怪」。他掌握英、法、德、意、日、俄、希臘以及拉丁文等多種語言，榮獲過十三個博士學位。他在北大教的是拉丁文學功課，但偏不介紹西方文化，反而滿口「春秋大義」，致力於把中國古經典翻譯成西文。他認為中國的「國粹」就是樣樣好，連隨地吐痰，女人裹小腳，一夫多妻制也很好。他為一夫多妻制辯護，説這正像一個茶壺可以有幾個茶杯，但女人不可多夫，這又像一個茶杯不可以有幾個茶壺。他認為女人裹足好，也有一套理由，他說：「小腳女士，神秘美妙，講究的是瘦、小、尖、彎、香、軟、正七字訣；婦人肉香，腳唯一也，前代纏足，實非虐政。」所以他特別喜歡聞妻子的「三寸金蓮」，認定它是一帖「興奮劑」，可激發靈感，每想寫作時便連呼妻子「快來呀」。而對於他的二夫人，日本籍的蓉子則視為安眠劑，沒有她，便寢不安寧，通宵失眠。辜鴻銘這些「怪癖」，在我們今天看來，一定覺得太過份。確實，如果在一個不寬容的人文環境中，一定難以接受這樣一個怪癖多端的知識者。然而，蔡元培不僅給這種人以存身之所，而且十分尊重他。他知道在這個怪人身上有一些極寶貴的特殊的才能，他對中國文化特別是文化的傳播可能做出他人難以做出的事情。因此，他保護了他。現在想來，辜鴻銘的一條長辮子和喜歡聞妻子的腳等種種怪癖，其實於人於社會並沒有甚麼危害，也沒有甚麼可怕。倘若當時因此而扼殺他，剝奪他把我國的經典古籍翻譯介紹到西方的權利，豈不是真正的愚蠢嗎？

蔡元培能尊重和理解辜鴻銘這類怪人，真是難能可貴。蔡元培這樣做，絕不是一種「策略」的考慮。對於個人來說，這完全反映出他的一種博大的文化情懷，一種深廣的精神境界：對於社會來說，只有這樣做，才能使社會健康和充滿活力，使人才得到保護，使學術文化得到存身之所和發展之所。我相信，只有允許「怪人」存在，才能出現人才甚至是天才，而一味撲滅「怪人」存在的社會，則只能產生庸才，甚至奴才。

說到這裏，我想起一個有趣的現象，就是同一個北京大學，在蔡元培的時代裏，教授們都有很多故事，如我們剛才提到的那些不管是激進派還是保守派的人物，都有許多故事。在他們之後，還有一些教授，如顧頡剛、梁漱溟等，也有許多故事。然而，奇怪的是，到了二十世紀的下半葉，北京大學的教授們幾乎沒有故事了。他們除了教學、著書和寫自我批判的文章之外，頂多還留下一些「思想改造」中的笑話，沒有屬於自己的故事。為甚麼故事從教授們的身上消失了呢？為甚麼知識分子突然變得乏味了呢？現在想起來，已不難回答。在一九五七年連主張「獨立思考」都會被打成「右派分子」，那麼知識分子還可能有獨立的存在形式和相應的故事形式嗎？還有，不斷地自我檢討，自我批判，自我交心，把心都交完了，還會有甚麼個性和屬於自己的語言呢？一切怪癖、一切棱角都被強大的政治運動輾碎了，自然，故事也被輾碎了。

想到這裏，真覺得有點怪癖實在可愛，而且覺得，保護怪人，真是光明之舉。難怪十九世紀變革時代傑出的政治評論家、英國哲學家穆勒（J. S. Mill）這樣為怪人辯護——他認為由於「現在遍世界中事物的一般趨勢是把平凡性造成人類間佔上風的勢力」，所以怪人少了。

在今天這個時代裏只要僅僅是不屑苟同的一個例子，只要僅僅是拒絕向習俗屈膝，這本身就是一個貢獻。恰恰因為意見的暴虐已達到把怪癖性做成一個譴責對象的地步，所以為了突破這種暴虐，人們的怪癖才更為可取。凡性格力量豐足的時候和地方，怪癖性也就豐足；一個社會中，怪癖的數量一般總是和那個社會所含天才異秉、精神力量和道德勇氣的數量成正比的。今天敢於獨行怪癖的人如此之少，這正是這個時代主要危險的標誌。[1]

寫到這裏，得聲明一下，我並不是說一切怪人都好，都是天才。怪人也有正邪之分，深淺之分。如果一個人「怪」的方向是以奇異的才能去吃人，去凌辱人類、踐踏人類，那自然不屬於我辯護的範圍之內。分清怪人的邪正深淺，另有一番學問，還是留給別人去闡述吧。

1 《論自由》第七二頁，商務印書館，一九八二年版。

逸人論

《儒林外史》一開卷就寫了一個名叫王冕的人物。吳敬梓敍述道：他天性聰明，年紀不滿二十，就把那天文地理、經史上的大學問，無一不貫通。但他性情不同，既不求官爵，又不交納朋友，終日閉戶讀書。又在楚辭圖上看見畫的屈原衣冠，他便自造一頂極高的帽子，一件極闊的衣服。遇着花明柳媚的季節，把一乘牛車載了母親，他便戴了高帽，穿了闊衣，執着鞭子，口裏唱着歌曲，在鄉村鎮上，以及湖邊，到處玩耍，惹得鄉下孩子們三五成群跟着他笑。

王冕，就是一個逸人，也是作家吳敬梓心目中的理想人物。王冕所以是理想的，在吳敬梓看來，是因為他與當時士林中的濁流不同，他不像他們，熱衷功名，庸俗媚俗。他把這一切都視為身外之物，不予追求。他把自己與外界的關係簡化為自身與大自然的關係，並在這種關係中自得其樂，同時又進行藝術創造。他逃避政治，逃避爭奪，完全拒絕外界的誘惑，把生命蟄居於鄉野自然之中。

倘若要對《儒林外史》進行文學批評，我覺得，王冕並不是一個塑造得很成功的人物，他只是為了和士林中的濁流人物形成對照才設立的。有這個人物作為鏡子，吳敬梓就有了清濁之分，正邪之別。因此王冕在小說中只是起了一種工具的作用，而本身性格卻不豐富，完全是一個抽象的精神符號。所以，從藝術上說，我並不喜歡這個形象。在現實層面上，我也不會像吳敬梓那樣，把他作為理想人物。但是，我要為這種逸人辯護，而且覺得，社會應當給逸人有存身之所，尊重逸人。

這種逸人，也可以稱作隱士，所以逸人也稱作隱逸之人。這種隱逸之人，有的是全隱全逸的，那就是決心隔斷塵緣，遁入佛門；有的是半隱半逸的，如《紅樓夢》中的妙玉，她雖然在櫳翠庵為尼，超然脫俗，但還是「帶髮修行」，既是「帶髮」，自然就和塵緣還有許多聯繫。她稱自己為「檻外人」，與檻內人確有不同，因此仍然屬於逸人。還有一些逸人，就生活在檻內的世俗世界中，但又能超越世俗世界，並自己構築一個屬於自己的精神天地，他們也許隱居於山林之中，也許隱居在茅屋草舍之中，也許就隱居於自己的生命之中和自己的作品之中。

作為文學作品中的形象，妙玉比王冕豐富得多。妙玉雖是一個吃齋唸佛的「檻外人」，但又是身居金陵十二釵「正冊」的一位重要人物。她天性孤僻，但才華出眾，在為林黛玉和史湘雲的長篇聯句作續時，她不假思索，一揮而就，一十三韻瞬息即出，令林、史二人驚嘆為「詩仙」。她的氣質，更是非凡卓絕。在她面前，連最清高、最美麗的林黛玉和薛寶釵都自覺得不安，妙玉也不客氣地（雖屬玩笑）稱她們為「大俗人」。妙玉這種「檻外人」，社會允許不允許存在？這種人有沒有存身之所？《紅樓夢》告知讀者，這種人必定是「世難容」——「太高人愈妒，過潔世同嫌」。果真是這樣，妙玉的結局非常悲慘，「可憐金玉質，終陷淖泥中」，一個最脫俗最乾淨的人被最污濁的盜匪所淩辱、強姦。骯髒的比乾淨的更有力量，這有甚麼辦法呢？

妙玉生活在數百年前，曹雪芹就為她的「世難容」而不平。其實，在中國古代，逸人還是有存身之所的。一個選擇隱逸存在方式的士人，並不會受到社會的集體譴責，所以數千年來，中國知識分子成為逸人的不少。在中國古代社會中，許多知識分子都想做這種逸人。他們一方面看到現實社會的骯髒和黑暗，另一方面又沒有能力去抹掉這種比自己強大的骯髒和污濁，只好選擇一條路，就是潔身自好、迴避污濁之路，也可以說是自我完善的路。現實社會既無高潔心靈的避難之地，那麼，就在遠離現實社會的山林田園之中找一存身之所，這種要求，其實是很低也很合情合理的。陶淵明也是一個逸人，但開始並非逸人。當他成為逸人時，便有「實迷途其未遠」，「知來者之可追」的想法。也就是說，他覺得昨天在仕途上忙碌奔走，和他的生命本性極不相宜，純粹是浪費自己的才華。所以他決定遠離塵囂，過清貧而乾淨、充實而富足的精神生活。陶淵明生活在晉宋之際的「封建社會」年代，還有隱逸的自由，也就是說，「世」還是可以「容」下他的選擇的。隱逸之前他做過州祭酒，鎮軍將軍劉裕和建威將軍劉敬宜的參軍小官，之後，又做彭澤縣縣令。其實，他的縣令僅當了八十多天就受不了。蕭統的《陶淵明傳》中說：「會郡遣督郵至，縣吏請曰：『應束帶見之。』淵明嘆曰：『我豈能為五斗米，折腰向鄉里小兒？』即日解綬去職，賦《歸去來》。」當然，不想見郵督只是個藉口，陶淵明實際上早已和政治現實格格不入，只是借此選擇人生的另一種存在方式而已。陶淵明這種對時官的蔑視和憤然而返歸山水的選擇，倘若在二十世紀下半葉的中國，是要備受非議和批判的。其罪名至少有三：一曰對現實不滿；二曰企圖逃避時代逃避政治；三曰企圖鑽入象牙之塔。可見，陶淵明生活的時代還是有其寬容的一面，令今人羨慕。

其實，在中國，不能容忍隱逸的社會氛圍在上半世紀就形成了。「五四」之後，中國現代知識分子再也沒有「隱逸」的自由。現代知識分子形成之初，他們大部份都想走科學救國、實業救國、文化救國的道路。但是，他們從外國深造回來之後，才發現社會並沒有提供他們施展才能的職業空間，因此，他們一直徘徊於社會的門檻之外；這樣，他們之中的許多人就不得不去尋找「根本解決」社會問題的道路，即革命的道路，於是，他們便紛紛成了戰士。成了戰士自然是好，但有些人確實是書呆，只會讀書做學問，見到劍與火與血就害怕，自然當不了戰士。於是，這些人就想當「隱士」，也就是當「逸人」。但是，這個時代已不允許他們當隱士。倘若他們想「隱」，那些當戰士的知識者就指責他們：社會正在大變動，中國人這麼苦，你還想當隱士，你的良心何在？於是，當逸人的夢也就紛紛破碎。積極參與「五四」革命運動的周作人，後來就想開闢「自己的園地」，自己創造一個精神的避難之所，當談龍說虎的逸人。然而，他被指責，連他的哥哥魯迅也指責他。魯迅在一九三五年一月二十五日以長庚的筆名在上海《太白》雜誌發表了《隱士》一文，對隱士做了強烈的抨擊。他認為隱逸乃是一種招牌和手段，「登仕，是噉飯之道，歸隱，也是噉飯之道」。謀隱和謀官其實是相通的。而且，魯迅還認為，「古今著作，足以汗牛而充棟，但我們可能找出樵夫漁父的著作來？他們的著作是砍柴和打魚。至於那些文士詩翁，自稱甚麼釣徒樵子的，倒大抵是悠遊自得的封翁或公子，何嘗捏過釣竿或斧頭柄。要在他們身上賞鑒隱逸氣，我敢說，這只能怪自己糊塗」（《且介亭雜文二集．隱士》）。魯迅對隱士的批評有其歷史具體性和針對性，而且古來隱士中也確有以「隱逸」為手段而抬高自己的身價，或身在山林、心在魏闕的人。但是，魯迅沒有給一些確實希望逃避政治、逃避官場的作家詩人留下自由選擇的空間，這就太激進了。做隱逸選擇的人與強烈介入政治熱衷官場的人確實有區別，而逸者的逃避現實紛爭又確實有利於文學藝術的生長。就以陶淵明來說，如果他在四十一歲時不是選擇隱逸的道路，而是繼續走仕途的道路，那麼中國詩史上就不會有一個名字叫做「陶淵明」的重要詩人了。陶淵明的詩歌藝術成就，的確得益於他的隱逸。隱逸不僅使他贏得時間，贏得寫作的從容心情，而且使他創造出一種獨特的審美境界。這種境界和道家那種樂天安命相通，也尋求解脱，但又不同於道家的逍遙無為，他依然執着於日常的現實生活，也就是在日常的現實生活中創造一個屬於自己的，能夠守住自己理想、情操和心靈自由的精神世界。這種境界與平凡的生活相連，又超越平凡的生活；它不像玄學佛學的境界那麼虛幻，又完全不同於世俗生活的瑣碎與平庸。這種境界使它創造出「平淡」的獨到的詩歌風格，給文學史留下千古難滅的永恆詩味。在中國詩史上，陶詩真是一種罕見的現象，它似乎「無聲無味」，卻韻味無窮。他面對的是平常的山野田園，閃射的則是「生與死」思索的形而上光輝。很難想像，如果陶淵明繼續在官場胡混，還會有這種詩作出現。所以，那個時代能容納陶淵明隱逸的存在方式，真是詩家的大幸。

我並不是說，作家詩人都必須隱逸，只是說，應當尊重作家隱逸的選擇。能當戰士並能放聲歌唱自然好，而不能當戰士，只能感受自然人生，也無不可。不應把逸人當做反對政治的敵人，也不必把逸人當做「革命意志衰退」的罪人。偌大的社會天地和藝術天地應當容下隱逸這種方式。

人們到處都在生活。世界上應當有各種各樣的存在方式，應當尊重人們自己的選擇，只要這種選擇不是在損害他人和破壞世界正常的生活。我想，逸人並不違反這種原則。為甚麼一定要用一種生活方式統一所有人的生活方式呢？真正的戰士是值得尊重的，但如果世人都成為戰士，這個世界一定會充滿火藥味和戰鬥氣。隱士雖在某些方面不及戰士，但在另一些方面則常常強於戰士，例如，他們因為把世上的功名看得淡漠，因此常常能夠進入深遠的精神生活，於藝術於哲學常有戰士們難以企及的貢獻。例如竹林七賢、揚州八怪，其實都是逸人或在某一人生階段是逸人，但他們的詩書畫，都很有成就。何況，人生並非是一個凝固體，一個人時而當當戰士，時而當當隱士也無妨。弘一大師和蘇曼殊，就既當過戰士也當過隱士，因為有兩種不同的人生體驗，他們的藝術才多彩多姿。像李白、蘇東坡這樣的大詩人，其實也是時而當戰士，時而當逸人，所以他們的作品才不會落入單一的戰士模式，這與我們的一些只會「放聲歌唱」的詩人大不相同，這裏確實有豐富與貧乏之別。

我們畢竟是現代人，決不會像吳敬梓那樣把王冕當理想人物來謳歌，自然也不會把陶潛等當做權威來崇拜，我們有我們自己的生活方式。然而，如果我們自己願意或者有朋友願意生活得超脫一些，離現實社會遠一些，離政治鬥爭遠一些，也就是離所謂「時代潮流」遠一些，也未嘗不可。這些朋友不一定放情於山水田園，但他們能自己創造一個精神家園，一個屬於自己的淨土，在淨土中，就為藝術而藝術，為玄學而玄學，也未嘗不可，恐不能再譴責他們是「企圖躲進象牙塔」。其實，二十世紀中國的問題，是能躲進象牙之塔潛心於學術、藝術的知識者太少，所以社會至今充滿火藥味。如果有條件，有些朋友願意像印象畫派大師莫奈，在遠離巴黎的一個村莊裏建立自己的藝術廟堂也很好；當年，他建造一個象牙之塔，而今天，卻變成了世人「朝聖」和享受藝術的地方。所以，逸人表面上是迴避世人，實際上常常是為世人服務的模範。

論分裂人

這個世紀，從西方到東方都產生了大群的分裂人。人類走到此時此刻，突然感到整體精神破碎了，統一人格消失了，靈魂的天空裂成兩半，甚至裂成碎片。剛剛宣佈上帝死了的哲學家們，緊接着又宣佈人的主體也死了。於是，對人的否定性思維到處流行，而作家筆下則是「失落的一代」和「迷惘的一代」。

在這個世紀之前，分裂人自然也有，文學作品中的分裂人形象也有。莎士比亞筆下的哈姆雷特，陀思妥耶夫斯基筆下的卡拉瑪佐夫兄弟，都是令人解讀不完的分裂人。哈姆雷特愛父親也愛母親，然而他的母親和他的叔叔亂倫並殺死了他的父親。於是，哈姆雷特心靈中愛的整體世界分裂了，愛的一半化作恨，並鼓動着他去為父親復仇。他就在復仇與不復仇的兩項選擇中痛苦到極點。他愛他的父親，所以渴望為父親復仇；但他又愛母親，意識到復仇將給母親帶來不幸。於是，他動搖，猶豫，彷徨，完全陷入精神困頓與精神分裂之中。而陀思妥耶夫斯基更是讓他筆下的人物直截了當地宣佈，人的靈魂裏本來就有兩個互容又不互容的深淵，分裂不可避免；這兩個深淵時時在碰撞，在衝突，也時時在對話，在論辯。陀思妥耶夫斯基的研究者巴赫金（M. Bakhtin）就捕住了「對話」的特點，把陀氏的小說命名為複調小說，而高爾基則批評陀氏的「分裂」：無產階級文學導師很難接受分裂人。

人類走到了二十世紀之後，他們發現，哈姆雷特那個至高至尊的完整的父親死後一去不復返了，連鬼魂也不再顯現了。而母親的那種亂倫普遍化了，性成為社會的解放者，文學的動力源，亂倫的概念需要解構。到處是肉人，到處是惡之華，到處是暴力的凱旋。人類手造的工業文明成了自己的精神之墳，摩天大樓成了自己難以逾越的高牆。人類一面製造了比普羅米修斯還強大的原子彈，一面被自己製造的「天火」嚇得連滾帶爬地鑽入防空洞。亞當與夏娃的後裔，一會兒是英雄，一會兒是膽小鬼，一會兒是製造機器的設計師，一會兒只是機器中的一顆渺小的牙齒。人類感到自己的大荒謬，並在自己手造的世界面前發呆，發愣，發瘋了。於是，到處有分裂人的故事。艾略特（T. S. Eliot）筆下的荒原（The Waste Land）人，他看到身外是無比繁華的文明世界，而身內則是甚麼東西也沒有的「荒原」。樂園是實在的，荒原也是實在的；層層疊疊就在眼前，空空蕩蕩也在眼前。現代人一半在樂園中，一半在荒野中。於是他們開始對自己創造的文明家園感到陌生，感到滑稽，他們不認識家園也不認識自己；這個家園剝奪他們存在的意義，企圖把他們置於死地，用各種神聖的理由判處他們死刑。於是，他們意識到自己是自己故鄉中的他鄉人，是文明家園中的異己者，他們感到存在的荒謬和本質的荒謬，並嘲弄這種荒謬。他們認定只有在死亡的那一刻到來的瞬間才接近快樂，但在這一刻到來之前，他們還是緊緊地抓住生。這就是卡繆（Albert Camus）小說《異鄉人》（*The Stranger*）中的另一種分裂人。而貝克特（Samuel Beckett）筆下那個「等待果多」（Waiting for Godot）的過路人，則總是在等待，也總是在失望；失望了還等待，理想破滅了還等待，等待就是唯一意義。「等待」也分裂了，等待的彷彿是虛無，彷彿是實有，即使是虛無，也還是要等待；等待一半是欺騙自己，一半則是證明自己。分裂人其實最深刻地感知到現代社會的荒謬和自身存在的荒謬，但又不甘心於被荒謬所吞沒，於是，他們便在反抗荒謬中尋找生與死的意義。只有了解分裂人，才能了解二十世紀。

西方的分裂人正是現代社會中患有所謂「現代人的精神病症的人」。但在西方，它又幾乎成了現代人的精神特徵，他們幾乎都感到物質與精神的分裂，靈與肉的分裂，現實與理想的分裂。他們的精神無所依歸，一切精神原則都陷入混亂，一切都變得模糊，變得很不明晰，連人的生存準則、人的性格也不明晰。現代的分裂人可不像哈姆雷特有一張明晰的痛苦的臉，他們可不那麼痛苦，即使痛苦，他們也不忘玩玩笑笑。反正他們的性格已不太清楚，至於臉面，那是可以複製的，影壇巨星瑪麗蓮·夢露的臉就被畫家複製了無數張。一切的一切，只剩下語言。語言就是宇宙的本體和人生的本體。信仰，真理，歷史，未來，主體，全是虛無，惟有語言是唯一的實在。一切都取決於你怎麼說，怎麼解釋：哈姆雷特母親的亂倫也許是對的，也許她正是自由社會的先驅者；哈姆雷特的叔叔恐怕也是對的，也許他正是愛的典範。哈姆雷特再也無須舉起他的劍，人本來已被劈成碎片，人只是片刻的存在，片斷的存在，早已不是整體的存在。

當分裂人在西方迅速繁衍的時候，東方的中國也誕生了自己的分裂人。但中國的分裂人不同於西方的分裂人。當西方的分裂人已厭倦於自己手造的現代文明，而對舊時的古典文明重新懷念的時候，中國的分裂人剛剛對現代物質文明展開狂熱的追逐，並為這種追逐付出了巨大的代價——他們由傳統文化所構築的完整的精神天空破裂了，而且此後無論「女媧」怎麼修補也無濟於事，這將是永遠的破裂。

此時此刻——世紀末的中國人，經受了將近一個世紀的破裂的苦痛，在精神上常有一種喪魂失魄之感，找不到一個精神支撐點。他們像空中盤旋的鷹，飛來飛去，就是找不到一個落腳點。

所以會感到「喪魂失魄」，是因為在這百年中，中國人丟了幾次魂。一次是在五四新文化運動中。「五四」運動乃是審父運動，即審判父輩文化和祖輩文化的運動。徹底的不留情的運動，把祖墳刨了，把作為國魂的儒家學說刨了。刨了舊魂之後，本想以法蘭西的自由、平等、博愛精神作為新魂，所以《新青年》一開卷就有陳獨秀所作的《法蘭西人與近代文明》。可惜，這個魂剛剛引入，就被更強大的靈魂系統所代替，這就是馬克思主義。經過奮鬥，馬克思主義果然成為中國的立國之本和立民之魂。下半世紀，大陸不斷地在靈魂深處鬧革命，就是舊魂換新靈的革命。可是，中國的一些蠢笨的教條主義者，把馬克思主義變成壓人、整人的大本本，使馬克思主義的威信一落千丈，結果馬克思主義雖然作為一種學說還在社會中起作用，但已不是中國人的身內之物，即不是靈魂了。這樣，三種靈魂、三種精神資源全變成若有若無，若即若離，這自然就使人六神無主，感到喪魂失魄。

五四運動之前，中國人要麼以佛為魂，要麼以道為魂，要麼以儒為魂，不管儒、道、釋造成多大的問題，但魂是統一的，並不破碎。「五四」運動之後，改革家們一面審判自己的傳統文化，一面引進西方文化，每個人的腦子中，一面是祖輩文化的影響尚存，一面則是異域文化大量湧進，於是，兩種文化就在腦子裏衝突、碰撞、鬥爭，整體的儒者人格變成了非整體現代人格，整體人就變成分裂人了。

因為現實中的分裂人很多，所以文學作品中的分裂人也多起來了，現代文學的開山小說《狂人日記》，其主人公就是一個分裂人——一個從祖輩文化的胎盤中裂變出來而大哭和大控訴的分裂人。這之後，魯迅筆下又有許多分裂人，「孤獨者」魏連殳，是其中非常深刻的一個。孤獨者的痛苦就是兩種文化互容又互不相容的分裂的痛苦。他一面要告別過去，向過去宣戰，另一方面又不能不向過去屈服，躬行自己所反對過的一切。他兩面受敵，在新、舊力量的夾縫中飽受選擇的痛苦，偏偏夾縫又越來越小，最後只能咀嚼自己的分裂與孤獨。在魯迅《野草·影的告別》裏，「我」宣佈：「我不過是一個影，要別你而沉沒在黑暗裏了。然而黑暗又會吞沒我，然而光明又會使我消失。」這個「我」，就是掙扎在光明與黑暗之中的人。魏連殳也是這種孤獨地掙扎在半是希望半是絕望之中的分裂人。魯迅之外的其他重要小說家，也寫了各種在新舊中動搖、掙扎、自我搏鬥的分裂人，丁玲的莎菲女士，巴金的高覺新，都是很痛苦的分裂人。以高覺新來說，他總是處於新舊文化連接交織在一起的兩難境地。他的身後是一個龐大的陰森可怕的家宅，但他的內心又憧憬新的文明，在兩種文化的衝突中，他不得不一次次妥協，一次次扭曲自己地做人，但他的痛苦和難言之隱總是不被他人所理解，最終他不得不將自己的理想埋葬，為那個沒有希望的家犧牲了自己的希望。

在當代文學中，分裂人的形象少見了，但在二十世紀八十年代，我們又看到王蒙的長篇小說《活動變人形》中的主人公倪吾誠，這也是一個中西文化衝突所造成的「分裂人」。他出身於一個封建大地主家庭。少年時，他就有點反叛意識，這令他母親非常驚慌。驚慌中的母親竟然唆使他抽鴉片，以此窒息他走向新生活的意志。後來，他上了大學之後，又去歐洲留學，歸國後又做了大學講師。他接受了西方資本主義文明，還接受了馬克思主義。一出洋，一看到另一個世界，就麻煩了。他開始看不慣故國現實中的一切，認為自己婚後的家是沉澱着上千年的野蠻、殘酷、愚昧和污垢的家，是難以容忍的地獄，而另一方面，祖輩文化的魂魄又在他的骨髓中。於是，他總是浮動掙扎於新舊之間，承受着種種嚴酷的精神審判和精神折磨，最後，不僅一生一事無成，而且精神人格也完全分裂變形了。

當代文學中像倪吾誠這種分裂人的形象極少，這是因為中國作家找到馬克思主義之後，已有了確定的統一的主義。作家有了確定的主義，就把「主義」作為自己的創作前提，作品便成了「主義」的轉述。於是筆下的人物也從分到合，性格愈來愈高度統一，到了最後，贏得「主義」的英雄人物變成毫無精神裂痕，十全十美的「高大全」人物。可惜，這只是抽象的寓言品。

上述種種分裂人，都是精神深層面上的分裂。有這種分裂，恰恰是精神世界比較複雜，比較豐富的人。所以，分裂人並不是現實社會中那種簡單的兩面人，那種兩副面孔或多副面孔應付社會的人。那種人的兩面是適應社會的技巧和策略。所謂兩面，就是一面好，一面壞；一面善，一面惡；一面真，一面假。這本身就是一種價值判斷（judgement of values）。而分裂人的「分裂」，不是價值判斷，它是一種內心的衝突（inner complict）。一種精神世界的內在圖景。兩面人沒有這種圖景，沒有對世界深刻的感悟，在他們的靈魂世界中並沒有文化意義的衝突和對話，自然也沒有現代人的精神特徵。

面對現代的分裂人，我們只能去理解他們；何況，我們在某種程度上，也是分裂人群體中的一員，常生活在矛盾中，絕不是高大全的英雄。不過，我們可看到西方的現代分裂人與中國現代分裂人精神衝突的內容很不相同。西方的分裂人，既然對十九世紀的物質文明感到失望和迷惘，自然就嚮往起以往的文明，所以，分裂中總有一些懷舊感（nostalgia），包括後現代主義者的「並置」（just a position），也正是把時間空間化，把舊的、歷史的景觀與現代的景觀並置，讓歷史凝固在最時髦的建築群中。而中國的現代分裂人則與哈姆雷特一樣，總有一張沉重的臉，因為他們也和哈姆雷特一樣，充滿痛苦感，而且也是選擇的痛苦。不過，二十世紀八十年代中期之後，一些新起的年輕作家們，他們已開始長出一雙「荒誕」的眼，筆下也出現了一些類似西方現代分裂人的形象。他們的臉上已不再沉重，而是笑笑玩玩；面目也不明晰，但他們對於人生的荒謬感覺卻很清楚。在他們看來，人一生下來就是荒謬的，因為你來不來到這個世界，根本就沒有自己選擇的權利，不來也得來。既然來了，也無法按照你的意志去生活，只能陷入永恆的怪圈中，又是「你別無選擇」（劉索拉）。正像當代美國作家海勒（Joseph Heller）的《第二十二條軍規》（*Catch. 22*），被軍規所制約的軍人怎麼走也走不出怪圈。按規定完成了任務就可以離開戰場，可是，無論怎麼努力也完成不了任務，想盡辦法也無法擺脫「軍規」這個荒謬的陷阱。道是人可以改造環境，偏是人被環境所改造；道是我說語言，偏是語言說我；道是人制定軍規，偏是軍規制定人。你企圖像貝多芬說的那樣去扼住命運的咽喉，偏是自己的咽喉被命運緊緊扼住。既然生下來了，既然是人，就有慾望，而慾望偏偏又是無窮無盡，不可收拾。不能進「圍城」時，想盡辦法入圍，進入之後，又想盡辦法突圍，永遠不知了結，也不知如何了結。中國當代的分裂人，已發現人是荒謬的怪圈，於是，敏感的作家便抓住這個發現，描述出分裂人迷惘的世界。在甚麼都很鮮明的國度與文壇裏，突然見到一些不明晰的異樣的臉孔，使人興奮、激動，批評家們便稱他們為先鋒、前衛，而這些先鋒派和前衛分子，其實也正是分裂人。所以，要了解二十世紀的精神現象，特別是文學現象，研究「分裂人」就變成一個重要課題，也許我們的後人在幾百年之後反觀歷史時會說：二十世紀，其實正是分裂人的世紀，因而，也是一個神經質的世紀。

論隙縫人

有人問我，你描述了那麼多種類型的人，那麼，你自己屬於哪一種人？我想了想，回答說：我屬於隙縫人（man in crevice），也就是在社會的隙縫中生存和思索的人。

前一些時，有些朋友在談論邊緣文化，而且說自己是邊緣人。邊緣文化乃是與中心文化相對應的一種概念，也可以說是對抗中心文化的一種策略。但是，邊緣文化一旦發展，也可能取代中心文化，變成別一種風貌的中心文化。而我自己的感覺是無論處於中心或處於邊緣，都沒有自由，沒有路，只有夾縫。即使處於邊緣，也到處是高牆，到處是峭壁，也只能在隙縫中求生，所以，與其說自己是邊緣人，還不如說自己是隙縫人。

我一直覺得，世界上根本沒有路，更沒有甚麼金光大道。對於知識者來說，只有兩種東西：一種是高牆峭壁；一種是高牆之間與峭壁之間的隙縫。知識者就是活在隙縫中的人。

在社會上，強大的政治集團、經濟集團都是高牆峭壁，知識者很難生活在他們中間。緊貼在這種高牆厚壁上，作為牆壁的一部份不是真正的知識者。而社會中又是高牆林立與峭壁叢生，所以知識者只能在高牆峭壁的隙縫中生存和發展。

社會中有隙縫，對知識者來說，實在是很幸運的。在中國，知識者最活躍的時候，即學術文化得到充份發展的時候，正是在社會留下比較多隙縫的時期。例如中國的春秋戰國時期，魏晉南北朝時期和五四新文化運動前後時期。這些歷史時期，社會上沒有一個政治集團能形成一種絕對的中心，沒有一種政治權力足以把社會形成一個嚴嚴實實的統一體，這樣，社會就有了許多隙縫，知識者就可以在這些隙縫中自由地說話、思想、寫文章。在這種時期，「政府」有點「失控」，管不了知識者的頭腦和嘴巴，知識者就可以「乘機」自由地表達思想，所以學術反而繁榮。缺少統一權力和統一權力下的統一意志統一步調，在當權者看來自然是「不幸」，而在知識者看來卻是「幸」。古人說，「國家不幸詩家幸」，這是指國家在遭難時詩人反而贏得許多特殊的體驗。而從另一種意義上說，就是國家的失控反而造成作家發揮才能的機會，這也是一種幸。這大約正是李澤厚所說的歷史悲劇的二律背反。所以，作家詩人總是與執政的政治家有衝突，政治家常常覺得作家詩人喜歡搗亂和唯恐天下不亂。在國家的苛政苛到沒有一點詩人作家立足的隙縫時，作家詩人也許真的會有這種「壞心眼」。因為作家詩人實在是一種愛說話愛寫作的隙縫人，太高度統一、高度一致，全國只有一個腦袋、一張嘴巴，大家都說一樣的話，他們是絕對受不了的。

當然，在高度統一的絕對權力下，作家詩人也可以存在，但這就要有一種本領，即要在一種幾乎沒有隙縫的隙縫中硬是存在和伸展。魯迅多次把舊中國的文學藝術比作大石重壓下的萌芽，他們只能從大石這種幾乎沒有隙縫的地方硬是彎彎曲曲地生長出來。這一比喻是很恰當的。後來，我發現在我生活的年月裏，能生活在金光大道上的中國作家極少，許多作家均屬大石下的隙縫人，在難以作詩作文的壓力下，還硬是擠出一些詩與小說來，真不容易。

想想中國的歷史，更覺得中國知識者不容易。中國在很長的歷史時間中，總有大一統的政治霸權與文化霸權，這兩種霸權一結合，就沒有一點隙縫。在這樣的時候，倘若知識者還硬要說話，就得進文字獄，甚至要被剝皮或油炸。因此，中國知識者常常得等到山崩地裂，在政治霸權與文化霸權瓦解的一瞬間中，才活躍起來。然而，這畢竟是歷史的瞬間，機會不多。所以有靈氣並想要表達自己個性的中國知識者一般都很苦，能有出息的，大半都有一本「辛酸史」與「血淚賬」。

對於知識者來說，西方世界似乎隙縫多一些。西方國家高度統一的時間較少。許多國家有政治權威與宗教權威的對峙，有對峙就有空隙。還有許多國家歷史上長期「諸侯」稱王，貴族分封，例如德國，版圖並不大，但高度統一的局面是近代的事。這種情況，就給知識者留下許多隙縫。德國出了那麼多大思想家與大文學家，也許與此有關。倘若他們也像我們的秦王朝與秦以後的統一霸權，那麼，像康德、黑格爾這種龐大的哲學身軀，恐怕就沒有存身之所。

現代的西方國家，政治文化霸權沒有那麼絕對和統一，所以隙縫總的說來就比東方大一點，因此，它允許思想與言論自由的幅度就寬闊一些。但也僅僅是大一點，還是隙縫，不能說是金光大道。西方也有西方的高牆與峭壁，只是這種高牆更多是金錢鑄造的。沒有錢，作家詩人就難以存活，為了存活也常常弄得筋疲力盡。發展下去，西方的隙縫也可能被金錢所塞滿。金錢，真不知扼殺了多少天才。所以，對於知識者來說，西方其實也沒有金光大道，也只有經濟集團與經濟集團之間的隙縫，因此，知識者也得學會在隙縫中生存。有的國家時而有隙縫，時而沒有，就說德國，在希特勒「高度統一」時，就變成鐵板一塊，絕對沒有甚麼縫了。所以愛因斯坦、布萊希特（B. Brecht）、托馬斯·曼（Thomas Mann）等大知識者都流亡到美國，他們全靠美國提供的隙縫實現了自己的天才。二十世紀流亡文化流亡文學很發達，就因為現代科技發展之後，交通方便一些，知識者可以從沒有隙縫的地方找到有隙縫的地方。所以，流亡文化也可以說是尋找隙縫和在隙縫中生長起來的文化。

當隙縫人未必是壞事。自知生存於隙縫之中，反而少有走金光大道的非份之想，不會以所謂「豪邁」、「躍進」來代替真實的生活，這樣，就會比較富有實際精神地對待複雜的世界和艱難的人生，充份培養的自己的理性和智慧，從而獲得適應世界與建設世界的能力。

在地球上，就一個民族來說，典型的隙縫人是猶太人。世界不僅沒有提供給他們任意馳騁的金光大道和廣闊天地，而且在好長的時間裏，他們幾乎沒有立足之所。現在他們有了以色列國，但也只是個「彈丸之地」。而這一彈丸之地，也是硬生存於世界的夾縫之中。至今還分散在世界各地的猶太人，更是生活在其他民族的隙縫中。然而，猶太人的奮鬥精神和生存能力以及他們的智慧，是人類社會所熟知的。希特勒殘暴地屠殺猶太人，不允許他們生存在德國的隙縫中，自然也包含着對猶太人的恐懼。二十世紀中國人最崇拜的馬克思、愛因斯坦，都是猶太人。可是，他們也只能在隙縫中生存，所以都曾被擠到國外去流亡，自稱「世界公民」，其實，他們也只是在另一個地方找一棲身的隙縫。這種特殊的地位，使他們表現出超人的大智慧。所以我說知識分子是隙縫人，並不是氣餒的話，而是承認和面對一種真實的存在，然後去創造更有意義的存在。

承認自己是隙縫人，還有益於自己的品行和文章。既然承認自己是隙縫人，就不會自以為高人一等，嘲笑別人在夾縫裏求生，文章自然就平和一些，少點老爺太太的腔調。人貴自知之明，能夠自我認識，能知道自己乃是隙縫人，自然就不會相信那些烏托邦，也不會飛揚跋扈，自然也不會有那麼多激昂慷慨的空洞之氣。我相信，承認自己乃是在夾縫中求生的人類的一員，自己無法擺脱人類這種生存的總方式，一定會比中心人和自以為是中心人的非中心人清醒一些，謙虛一些，理性化一些，也一定會安於處在歷史的角落，樂意充當歷史的配角，從而從容、安靜地自我調整和自我思索，做出一些有別於「氣的更切實的工作。

有別於「氣」也就是有別於情緒化的東西，可能正是結結實實的智慧。何況，承認世界上只有隙縫而沒有金光大道，在任何國家任何地區都沒有這種任意馳騁的大道，反而會認真地想出一條可走的路，有別於他人的切實可行的路。

說知識者是隙縫人，並不是說知識者在隙縫中注定像螞蟻一樣，只會求生，不能求勝。其實，知識者雖然身在隙縫，但心還是可以馳騁四面八方的。他們可以透過隙縫看到大千世界，可以在隙縫中思想、玄想、幻想、冥想，可以找到廣闊的思維空間。所以知識者雖然是隙縫人，但往往又是博大的思想者。知識者對於隙縫外的一切，包括對縱橫捭闔的帝王將相，也可以做出精彩的歷史評判，其精神力量絕不在專制者之下。所以，有智慧的人，還是寧可當隙縫人的，決不會認為自己注定是螞蟻。

前幾年，我和許多朋友喜歡講多元化，反對一元獨斷。現在想起來，所以喜歡多元，其實也有私心，因為知道在多元的競爭中，就可以給自己和其他喜愛獨立思索的朋友多一些思想的隙縫。知識者其實是很怕某種思想獨尊的一統天下的，一旦世界像一塊鐵板，知識者哪裏還有存身之地呢？這一點又和有雄心的政治家發生衝突。雄心勃勃的政治家常常為了天下的大一統，不惜進行流血戰爭，而知識者決不會喜歡大一統的政治霸權和文化霸權，他們知道，這種霸權意味的是甚麼。

以我自己的經驗來說，承認自己是隙縫人之後，心裏平靜多了。承認在夾縫中掙扎奮鬥仍是人生的常態，就不會想入非非。以往我常把社會人生想得太理想，以為生活真的是「金光大道」，這樣，就缺少挫折與失敗的心理準備；現在明白了，反而不易氣餒，真的可以「不屈不撓」了。

後記

劉再復

《人論二十五種》是我到海外之後完成的第二本書稿。第一本是域外散文集《漂流手記》。《手記》多數是散文，也有些雜文，而《人論》則全是雜文，即所謂文明批評與社會批評。寫的主要是中國的社會眾生相，但也波及人類的普遍弱點。我在開始發表時就說明過，這些文章雖有鞭撻，但也有理解、同情和辯護，並無惡意。

具有喜劇性質的雜文，大約有諷刺、幽默、滑稽等風格。我自己比較喜歡幽默，因為它不像諷刺那樣帶有攻擊性，也不像滑稽那樣只是嘲弄自己。前者往往太激烈，有如戰士；後者往往太卑微，有如戲子。我既不是戰士也不是戲子，只想超越一些，把抨擊對象的荒謬和自己的缺陷，都作為鑒賞對象，描述出來，讓讀者與我共賞共笑。嘗試着寫點幽默，也是人生一快事。

恰好在去年的今天，我發表了《人論二十種》的第一篇稿子。一年來，我除了對原已寫成的二十論進行潤色之外，又寫了另外五種，所以現在的書名是《人論二十五種》。

人論種種，首先得到《明報月刊》潘耀明先生的欣賞，陸續連載。現在又得牛津大學出版社珍惜，及時出版。四海茫茫，知音難求，能不感謝乎？

一九九二年五月二十二日
於美國科羅拉多大學

再版後記：直面自身

劉再復

一

《人論二十五種》出版僅半年，又能再版，真使我高興。

這自然沒有當年《性格組合論》的那種「轟動效應」，但是，它卻仍然找到許多知音。我早就說過，我的書不求「萬人之愕愕」，寧求「一人之嘖嘖」，能找到心靈的相通者就好。書出版之後，我收到大陸許多朋友的來信，他們都不是愕愕者，而是徘徊於經濟大潮流岸邊的孤獨者。

我的人生空間主要是精神空間。這個空間才真正神妙無比。在這裏，我有許多永恆的嗜好形而上的朋友，這些朋友，有的是死了二百年，甚至兩千年的詩人學者，有的則是現在還充滿思考活力的思想者。讀他們的書籍和文章，就能和他們做一次批判性的對話，倘若現在還活着的，他們也會讀我的書和文章，也會做批判性的對話。這種批判性的對話，不是那種庸俗的政治喧囂，而是充滿友情的爭辯和精神對流。在《人論二十五種》出版之後，我收穫的正是這種對流。

在此次精神對流中，我首先聽到的是感慨。朋友們不是感慨我的四海漂流，而是感慨世事的嚴酷與滄桑終於把我的文字從熱情變為冷峻；而且感慨，這種冷峻的文字，在魯迅當年是希望「速朽」的，但它卻在我的筆下頑強地繼續滋生，並且在新的文化土壤中發出與頌歌不和諧的聲音。這的確令人嘆息。

然而，不得不寫着應該「速朽」的文字，是因為歷史重複，荒唐在不斷複製，「古已有之」的東西在不斷地以新的形式在「循環」。傀儡現象，人性閹割現象，屠嬰殺子現象，精神淪喪現象等，早就有了，但今天還在重複。歷史既然頑固地做着圓圈遊戲，本該「速朽」的文字就會頑強地再生，真沒辦法。有一位朋友告訴我：你的「點頭人」，就是古代的「啄米雞」，主子撒下一把米，牠自然就連連點頭，點頭便能豐衣足食，步步高升。他還介紹我看看去年《讀書》雜誌第十期丁聰先生的漫畫《啄米雞》，畫下載有陳四益的《啄米雞》一文：

來少保微時，木訥少文，人皆輕之，唯支機與之交厚。少保偶有所議，機必點頭稱是，無少違。少保貴，舉機為諫議。

機為諫議，無所建言。廷議，上有所言，必點頭稱是，深合上心。屢遷入閣。

一日，遊上苑。上曰：「朕幸上苑，花須連夜發。」機曰：「是，是。」乃至，花未發。上曰：「時未至耶？」機又點頭稱是。上怒：「卿但稱是，孰是？」機惶恐點頭曰：「是，是。臣當孰是，臣當孰是。」上一笑而罷。

時人詠機曰：「得道劉安力，度關趙客謀。平生精絕處，只吃不搖頭。」因號機為「啄米雞」。

這種「啄米雞」古已有之，但是當代的啄米雞之多則令人感慨。描述這種現象容易漫畫化，則又非描述不可，就是因為在這種現象裏正是靈魂的普遍失落，精神的普遍虛空，人成了空殼，政治成了啄米政治和點頭政治，面對着它，除了用冷峻的文字，別無他法。

二

我很高興，朋友們除了感慨之外，還注意到我在批判社會的時候，也直面自身。有一位年輕朋友來信說：「我印象最深的是《分裂人》、《隙縫人》諸篇，大約是從中見到自己的影子吧。不單如此，從魯迅始，中國最有批判性的文化性格都是以直面自身的『分裂』和『隙縫』之處境為起點的。在一個變形的時代中，一切都很完美，或自行完美的人格，倒讓人可疑。『反抗絕望』，在我看來，是以認識自身的不可克服的矛盾和悖論為起點。可惜的是，中國的文士感覺都太良好，而中國的『革命者』又都相信只有自己掌握了真理。」朋友這一理解是深刻的。

還使我感到欣喜的是除了國內年輕朋友的理解之外，國外的朋友也同時注意到了我的直面自身。德國的馬漢茂教授在今年四月間，帶着一批學生到意大利去閱讀和翻譯《人論二十五種》和《漂流手記》，譯後告訴我：「《人論二十五種》中最後一篇《隙縫人》我最喜歡，它描述的不僅是中國知識者的生存狀態，也是世界各國知識者的生存狀態。」因此，他希望《人論二十五種》的德文版，能把《論隙縫人》從最後一篇調放到第一篇的位置上，以起「引論」的作用。我自然同意，並感謝他能有這樣的見識和理解「直面自身」的價值。

在《人論二十五種》中，我不僅在《論分裂人》、《論隙縫人》中直面自身，而且在《套中人》等許多篇中都承認自己是其中的一個角色。我在拷問一種淪落的靈魂時也拷問着自己分裂的內心。

李澤厚在讀了這本書之後對我說：「這可能是你所作的書中最有特色的一種。」而且他還說，書中許多單篇發表時他就讀過。但此次集合起來讀就更好，意思更完整。

單篇發表《畜人》、《忍人》、《倀人》時，我曾顧慮過，這些篇目着意揭露人性的醜陋、殘忍和卑鄙，敍述的是一些集合着人類惡劣品質的惡人，如果高明的鑒賞者只讀過這幾篇，就會以為我是以大眾的善惡道德原則去切近人情，或者說，這些形象本身就是某種道德概念的化身。而這，並不是我的意圖。這幾年，我對懺悔文學的思索，恰恰是希望擺脱從外在的善惡世俗角度去把握人性，而從人的內心衝突和靈魂對話的角度去把握人性。我相信，只有那種反映出人的有限性同絕對道德律令衝突的作品，才具有人性的深度。《人論二十五種》，從某些單篇，也許看不到這一點，但集合起來看，大約會看到我的這種精神追求，即會看到我在揭示人類的種種有限性時，自己也無法擺脱這種有限性的緊張與衝突，也看到我在描述人性之醜惡時對自身無法克服的矛盾也懷着焦慮。正是這樣，我才向讀者説明，寫作主體並非超人，而是徬徨中的隙縫人。世界那麼混沌，隙縫人也不完美。

三

與上述諸友的反應風格不同，有許多朋友則只希望我再寫幾類他們關心的人。並説《人論二十五種》裏遺忘了幾種現在大陸繁殖得最快，數量也很大的人，例如假人、賴人、歹人等。「假人」一詞，我在研究現代文學時就注意過，一九二三年，徐志摩就用這個概念批評過創造社諸子，指射創造社作家缺少真性情，喜歡故作激烈狀。成仿吾為此非常生氣，曾回一槍。徐志摩的批評並非全無道理，但用「假人」

的概念似乎過重。其實假人應當是指那種總是戴着假面具生活的人。例如六七十年代文學作品中那種高大完美的英雄就都戴假面具。社會生活倘若不正常，政治壓力過重，人們就不得不用兩副或兩副以上的面孔生活，即不能不戴上面具，說假話，賣假藥，做假人。這種人在中國的確不少，使得有些作家不得不呼籲「說真話」。說真話，本是平常事，現在變成需要大聲疾呼，可見假人太多。當然，講點假話不一定都是假人，假人也不一定說的句句是假話。《紅樓夢》中的王一貼，他是賣狗皮膏藥的江湖醫生，算是個假人，但他對真人——賈寶玉卻不說假話。他告訴賈寶玉說：「如果我有真藥，還不吃了做神仙呢，有真的會跑到這裏來混?!」而當代的假人卻大有進化，對真人也說假話。而且假藥上貼的全是時髦「主義」的標籤。這種人在經濟大潮中正在大量繁衍，而我竟忘了列為一種，實在是疏忽。

還有賴人，也是朋友提起的。這種人就是人們通常說的無賴、潑皮、流氓等，是不是包括方興未艾的「痞子」，尚可討論。因為痞子沒有攻擊性、侵略性，只有看破一切，對一切都採取玩玩、耍耍、混混的態度，而流氓、潑皮、無賴，則有攻擊性。我曾寫過《潑皮》一文，介紹《水滸傳》中的牛二。這位牛老二，就很有進攻性，如果不是他一再向楊志挑釁，死皮賴臉地往楊志身上貼，楊志是不會宰了他的。這種潑皮在當代中國的確很多，商界、政界、文化界裏都有。魯迅在世時曾發現，在中國畸形的社會裏，產生兩種數量很大的人物，一種是奴才，一種是流氓。所以他的雜文從種種視角刻劃了這兩種人。可惜這兩種人在他死後照樣傳宗接代，不斷發展。專制一嚴酷，奴才就多，而流氓則有所收斂，而專制一放鬆，流氓就多，連原先最正經的奴才也帶潑皮無賴氣。在經濟革命浪濤中，潑皮們生逢其時，紛紛做財大氣粗的弄潮兒，正在大顯身手。他們正在腐蝕奴才，和奴才聯手渾水摸魚。但這種人賺了錢之後，從此不再耍賴，做正經的中產階級。觀照賴人的發展，確實是了解當代中國社會的一大題目，我竟也未列入二十五種之中，這是又一缺陷。

至於朋友們提議寫「歹人」，即為非作歹的壞人，我原先是想到的，但始終沒有寫，因為寫了畜人、忍人、倀人、閹人等之後，發覺自己對人性的絕望驟增，倘若再寫「歹人」，將更加絕望。這種「歹人」一肚子都是壞水，一袋子都藏着奸計，鼠頭賊腦，人面狗心，如細細刻劃出他們的惡毒，又「消毒」無力，恐怕要影響少年兒童們生的樂趣，所以還是不寫為好。

朋友們還建議我寫一些很有趣的人，如屄人、藥人、瞽人等，這些寫起來確實有味，但我正在思考別的問題，暫時還不能着手，待來日空閒時再給他們畫像。不過，倘若要寫《人論二十五種》續篇，我將會更用心地寫些現代商品社會高度發展中出現的一些畸形人，如馬爾庫塞（Herbert Marcuse）所寫的「單面人」（One Dimensional Man）；又如卡繆所寫的「異鄉人」，這種人的社會歷史文化內容更為深廣，通過某一人性類型的揭示，可以更深地了解現代文明社會的一面。

一九九三年五月十五日
於瑞典斯德哥爾摩大學

論中國文化對人的設計

劉再復
林崗

一、序論

國民性是文化烙於整個民族的性格外觀，任何對國民性問題的真正思考都自然而然地與一定的傳統文化相聯繫。文化塑造性格，性格映照出文化特性。在中國近代史上，中國人的國民性受到深切的關注和嚴肅的思考，它從人的角度反思傳統文化，並通過這種反省開始「人的現代化」的艱巨工程，即重新塑造民族性格。只要中國從古代到現代的歷史性轉變沒有完結，對國民性的討論和反省就將會繼續下去。因為實現「人的現代化」，是整個轉變期裏的一個重要環節。「五四」是一個光輝的時代，那時先覺者們運用新的觀念參照系統深刻地反省自己的文化傳統，對國民的劣根性痛下針砭。他們的反思共同構成中國歷史上僅見的「人的自覺」的思想文化高峰，他們坦率的自我反省精神一直激勵着後人的努力。今天，正當我們痛感「人的現代化」工作進行得不充份，不徹底，以致因此付出沉重的代價的時候，來回顧和討論五四時期對國民性的反省和批判，並不是沒有意義的。

二、批判理性的成長

對國民性的思考反省，標誌着中華民族經過長久的苦難與挫折終於使自己的自我批判精神和批判能力臻於成熟。雖然在「五四」時期這種批判理性獲得最完整的形態和最充份的表現，但它並不始於「五四」，它既是傳統社會危機的產物，也是中國和西方發生衝突之後，回應西方挑戰過程的產物。從歷史發展的意義上説，「五四」時期思想文化界熱烈而集中地反省傳統文化和國民性問題，並不是一個偶發的事件，而是有着長久的歷史因緣。

西方勢力叩開中國大門，結束了清帝國的閉關封鎖狀態，並導致了一系列的急劇變化。在這裏與我們所討論的問題有關的有兩點：第一，西方對中國的一系列打擊和滲透，包括軍事、政治、外交、思想文化諸方面，大都以西方的勝利和中國的默許、接受和失敗而告結束。這種強烈地顯示出來的「生存優勢」的懸殊對比，無情地宣告一個事實：中國落後了。第二，中國和西方有各自不同的價值觀念體系，西方的滲透，在客觀上提供了一個觀察本民族文化的巨大參照系，就像有了一面鏡子，可以面對着這面鏡子，映照出自身的形象。意識到落後，意識到危機，並有了觀察的參照系，便直接導致批判理性的覺醒。不論個人還是民族，如果對自己的存在狀態永遠自滿自足，就不會去改變它。任何改變（包括思想和行動），都產生於主體對自身存在狀態的焦慮和危機感。但焦慮和危機感並不能保證有效而深刻的反省，自我意識的深度還有賴於優良的工具。蒙上塵垢的鏡子照不出清晰的形象；身處山中，就無法認識廬山真面目。近代中國的歷史變化，恰好滿足上述兩個條件並促成它們的成熟。

中國和西方的交通和接觸並非始於近代，但只有到了近代，中國才開始對自身存在狀態作出了認真嚴肅的反省；而只有到了「五四」時期，這種反省才推進到傳統文化和國民性的深度上。

遠在明朝萬曆二十八年底（一六零一年），利瑪竇幾經周折，好容易得到皇帝的准許，進京獻上天主聖像、聖母像、天主經典、自鳴鐘和五洲圖。據《利瑪竇中國札記》[1]稱：萬曆皇帝只對歐洲的風土人情、婚喪寶物感興趣，他對那張五洲圖預示的世界交通接觸的時代即將到來這一點毫無反應。他同神父們的接觸是間接地通過太監傳話進行的。萬曆想見利瑪竇一面，而終於沒有行動，他派了兩個畫師畫了兩幅神父的身像。利瑪竇此後在北京住了十年，但與萬曆皇帝從未謀面。萬曆帝堅持他的規矩，不在太監和妃子之外的人前露面，堅持他自萬曆十七年（一五八九年）開始的頑固的孤寂生活。利瑪竇在北京進行的傳教和傳播西方學術、文化的活動，也只引起徐光啟、李之藻等少數上層士大夫的關注。十六世紀中葉，歐洲正在進行轟轟烈烈的宗教改革活動，而利瑪竇西來，整個大明王朝不過像一顆小石子投進一溝死水，泛起幾絲漣漪而頃刻復歸死寂。

乾隆五十七年（一七九二年），英國使臣馬戛爾尼來華，請求准許留人長住中國以「關照」貿易。乾隆敕諭斷然拒絕，理由是：「此則與天朝體制不合，斷不可行。若爾仰慕天朝，欲觀習教化，則天朝自有禮法，與爾各不相同；爾國所留之人即能學習，爾國自有風俗制度，亦斷不能效法中國，即學會亦

1 《利瑪竇中國札記》中譯本，第四卷、第十二章，中華書局，一九八三年。

屬無用。」[1] 從根本上排斥不同文化接觸的必要性。鴉片戰爭以前，雖然歐洲進步日速，中國傳統文化於明、清兩朝已呈萎縮衰落之象，但那時的中、西交通並沒有使中國人感到危機，關起門來做皇帝尚屬可能。由於這種歷史條件的限制，無從促成對自己傳統進行反省審視的思想潮流。

中國人開始自我反省，多少看到自己的弱點與落後面，是經歷了一系列失敗之後才逐漸產生的。一八四零年以後，中國與列強直接軍事交鋒，進行了兩次鴉片戰爭。但均以失敗告終，特別是第二次鴉片戰爭，英法聯軍攻陷北京，洗劫京城，焚毀圓明園，清室鼠竄熱河。這一系列的慘敗導致了割地賠款和《南京條約》、《天津條約》和《北京條約》等不平等條約的簽訂。一八五一年洪秀全於廣西金田起義，領導太平天國與清廷進行了長達十三年的激烈戰爭，連年的戰火使全國首富的江淮地區滿目瘡痍。連續的挫敗，內憂外患的局面，迫使一部份士大夫和官僚正視目前的困境，他們幾乎不約而同地認為中國在技術、器具方面落後了。他們反省的集中點落實在經濟、軍事實力上，冀圖以實力自強。《南京條約》簽訂後五年，魏源作《海國圖志》，究索全球地理沿革，他在「原敘」中首倡「師夷長技以制夷」的原則。在鎮壓太平天國「叛亂」中，曾國藩、李鴻章等都直覺到「夷」的槍支火炮的厲害，「實非中國所能及」[2]，於是就要「資夷力以助剿濟運」[3]，「師夷智以造炮製船」[4]。後來，張之洞把這種採用西洋技術、機器以至富強的主張概括為「中學為體，西學為用」。所謂「中學」，就是孔孟六經和傳統典章

1 《清實錄》，一五一四卷。
2 《李文忠公全集》朋僚函稿，第二卷。
3 《曾文正公全集》奏稿，第十五卷。
4 同上。

文物制度，而「西學」就是「夷」的長技，即船堅炮利。在這個思想背景之下，產生了長達三十多年的洋務運動，出現了第一批近代企業。這個運動的根本意向是實力自強，權採「洋鬼子」的長技以把「夷」逐出「天朝」的疆域，以恢復「我朝」的「德化」狀態，依靠技術和實力向古老的傳統回歸。他們對自己的反省是非常表面化的，與幾乎同時的日本明治維新時代的口號「文明開化」相比，「中體西用」的洋務思想確乎淺陋不少。它拒絕承認自己的思想文化傳統和典章制度已經不適應世界潮流，僅僅把失敗歸結為軍事、經濟實力不如人，同時僅僅認為西方的長處只有「奇技淫巧」。「夷」挾持船炮這類魔術式的「奇技淫巧」侵犯自己的禮儀之邦。正是由於這樣，他們貶稱西方人為「夷」，辦洋務又叫「夷務」，骨子裏透着對西方的鄙視和自己的孤傲。也就是説，他們光從與列強實力較量的懸殊對比中，直觀地看出表面的國力差異。至於如何產生出這種國力差異，西方如何創造出強盛的實力，中國又如何未能使國強民富，他們並未深慮，國力差異遮蓋下的關鍵性問題，都不約而同地被忽略了。因此，鴉片戰爭和洋務運動時期的自我批判精神，是很不充份的，它過於直觀而又過於表面。

國門既然打開，西方勢力和思想文化就不斷滲透，這勢必引起更多的思考和反省。甲午海戰之前，人們對自己和對西方的認識就逐漸超出洋務運動的水平，像王韜這種西化程度比較深的知識分子，就已經主張學習歐美諸國實行代議制，開國會，准許言論自由。鄭觀應於光緒十九年（一八九三年）作《盛世危言》，批評洋務運動，鼓吹議會制度，以圖擺脱清室的專制統治。即使洋務派的首領李鴻章，也意識到傳統倫理的缺陷，並在私下指出自古相傳的君臣、父子、夫妻、兄弟、朋友的五常倫理，已不適於「大地交通，國家種族之競爭愈烈」的時代，「吾之古倫理，愈不適應於世，而吾人猶泥之。此地方之所以不發達，邦國之所以日受人侮也。」他還看到西人以個人與邦國之關係為重，「此實吾國向者之倫理所不及也。」[1]這種新的眼光和思考批判精神，由於甲午戰爭的慘重失敗而大大推進一步。歷史似乎是這樣的：甲午的失敗導致洋務運動的破產，而洋務運動的破產又證明洋務思想有問題。先覺者們拋棄洋務思想，繼續尋找真理。他們一致得出結論，中國在制度上落後了。

例如，一八八八年，康有為上清帝第一書，還只是提出「變成法」、「通下情」、「慎左右」三條模糊主張，但在一八九五年五月至六月的接連三次上書中，就形成了包括改變政治體制和教育體制在內的全面變法設想。變法的核心內容是用君主立憲制代替皇權專制。其後孫中山領導同盟會主張革命，以共和代替清室專制。雖然維新派和革命派對如何改造中國的途徑有分歧，但他們認為當時的制度已腐爛、需要改變是一致的。在他們各自的文章、論著中，詳細地分析了舊制度的弊病，可以說維新派和革命派是殊途同歸的。維新派和革命派對傳統的自省意識主要表現在政制方面，針對中國落後的政制而提出改革的方案。康有為的旗幟是「變法」，所謂「變法」，即改變「成法」，改變既成的規章制度；孫中山同盟會「驅除韃虜，恢復中華，建立民國，平均地權」十六字綱領，也表現了以三民主義為指導進行政制革命的思想。但兩者都幾乎沒有注意到伴隨政制的改變需要有一個思想、觀念的啟蒙，制度更新的同時需要有一個「人」的更新。毫無疑問，他們比洋務思想要健全而深刻得多，這既表現在對中國的認識，也表現在對西方的認識。不像洋務派那樣固守「中學」，不敢變法，他們敢於改變對社會進步而言是比較關鍵的制度，同時，更加積極主動地向西方學習，意識到西方的進步並不只是技術、實力，他們的文物制度也要比清朝統治優越。西方技術、經濟的進步，關鍵由於他們有優越的制度。所以康有為

1 《李鴻章家書》，見《諭玉侄》，第一一頁，中央書店，民國二十五年版。

要虛君，立制度局，搞君主立憲。而孫中山受到林肯民有、民治、民享的思想影響創立「三民主義」，要搞民主共和。由此可見，自我批判意識的普遍高漲必然帶來認識上的改變，而認識的深化又推進了中國的近代化進程，維新派和革命派的反省是近代批判理性成長的第二個階段。

但是，維新和革命的勢力都遭到無情的失敗，戊戌維新僅維持了一百零三天，終於以康梁亡命日本、六君子就義而結束。十三年之後的辛亥革命，也只是趕走了皇帝，換皇帝專制為軍閥專制，共和的旗幟不過是一塊斑駁陸離的洋布。更為沉痛的失敗引起更加深沉的思考，批判理性借着失敗而更趨成熟，先覺者們再次被迫面對現實。戊戌維新失敗後三年，梁啟超作《新民說》。他痛省過去，超脫「某甲誤國，某乙殃民，某之事件，政府之失機，某之制度，官吏之溺職」[1]等等多帶指責性的議論，發現官吏的不良與政府的無能同國民的文明程度很有關係，種瓜得瓜，種豆得豆，在喪權辱國的時候怨天尤人是沒有用的，惟有多反省自己：為甚麼沒有文明程度高的國民？他得出結論說：「苟有新民，何患無新制度，無新政府，無新國家。非爾者，則雖今日變一法，明日易一人，東塗西抹，學步效顰，吾未見其能濟也。夫吾國言新法數十年而效不睹者何也？則於新民之道未有留意焉者也。」[2]陳獨秀於《新青年》一九一六年一月號發表一文，取名《一九一六年》，於新年來臨之際寓除舊佈新之意，他同樣把人的自新擺在第一位。「蓋吾人自有史以訖一九一五年，於政治，於社會，於道德，於學術，所造之罪孽，所蒙之羞辱，雖傾江漢不可浣也。當此除舊佈新之際，理應從頭懺悔，改過自新。」「吾人首當一新其

1《梁啟超選集》，第二零七頁，上海人民出版社，一九八四年。
2 同上。

心血，以新人格；以新國家；以新社會；以新家庭；以新民族」[1]。陳獨秀幾乎重述了梁啟超《新民說》的根本思想，不過說得比梁啟超更沉痛、更動情。一九零七年，魯迅作《文化偏至論》，批評晚清以來見物不見人的「武事」救國論和「製造商賈立憲國會」之說，主張興邦國，其根本在於讓人「發揚踔厲」。西方之富強，以實力炫耀天下，這只是「現象之末」，其「根柢在人」，「首在立人，人立而後凡事舉；若其道術，乃必尊個性而張精神」[2]。魯迅這篇文章，從總結歐美富強之道的角度，鮮明提出人的自新問題。一九一八年，孫中山辭去大元帥之職，潛心於「孫文學說」，總結失敗的原因，他也沉痛地說，「文奔走國事三十餘年，畢生學力盡萃於斯，精誠無間，百折不回；滿清之威力所不能屈，窮途之困苦所不能撓。」終於推翻滿清，「不圖革命初成，黨人即起異議，謂予所主張者理想太高，不適中國之用。」「此革命之建設所以無成，而破壞之後國事更因之以日非也。」[3]這在於革命志士「多以思想錯誤而懈志也」。所以，孫中山針對「知易行難」的傳統，反其道揭出「知難行易」的思想主張。從維新失敗到五四前夕，來自各個方面的嚴肅思考，都一致認為中國的思想、觀念落後了，人的文明程度落後了。思想、觀念的落後、人的落後，造成了戊戌維新的失敗，造成了辛亥的失敗，造成了海通以來喪權辱國的嚴重局面。

只有到了這個時候，批判理性才真正成熟起來，它超越洋務思想要求的技術、器具更新的層次，也超越維新和革命尋求的制度，政治變革的層次，而進入觀念、思想的層次，進入人的重新塑造所要求的

1 《獨秀文存》，卷一，第四三頁，亞東圖書館，民國十二年版。
2 《魯迅全集》，第一卷，第五七頁，人民文學出版社，一九八一年。
3 《孫中山選集》，上卷，第一零四頁，人民出版社，一九五六年版。

精神世界全面改觀的層次。從某種意義上說，中國的現代化是需要在技術、體制、觀念這三個層次展開進行的，無所謂哪一個重要，哪一個不重要。但是只有批判理性發展到這第三階段之後，這三個層次的改革才會進入健全的階段。因為鴉片戰爭所宣告的是中、西衝突和競爭時代的來臨，作為後進的這一方面，如果自身並未獲得現代意識，批判理性並未進入思想、觀念的層次，就不會真正地認識自己，也不可能真正地認識西方，於是就不能把握技術、體制層次的改革。像洋務運動那樣，對西方技術文化進行機械式的割裂，用官商式的舊辦法來搞近代工業，其結果不可能不走上歧途。或像維新和革命那樣，離開現代的人去作體制的改革，也許制度的形式改變了，舊內容依舊保留下來；名字改變了，內面還是一樣。換湯不換藥。批判理性的成熟使歷史進入一個輝煌的時期，一個全面啟蒙的時期。批判理性以新的思想、新的觀念觀照古老的傳統，把那些不適應現代化的「國粹」拿出來解剖亮相，批評古老的傳統文化，批評聖人和聖人之徒，批評國民的劣根性。所以，五四時期思想文化界對國民性的反省和批判，是在鴉片戰爭以來批判理性逐步成長並達到新的覺悟這一背景下產生的。它的根本任務是面向民眾進行全民族的啟蒙。理所當然，傳統文化與國民性成為關注的焦點。

批判理性從萌芽到成熟，經過了六十餘年漫長的歲月。這未嘗不可以說長了一點，付出的代價也過於沉重。中國人總是在慘重失敗之後才會產生有限度的覺悟，覺悟程度的高低也是與失敗的慘重程度成比例的。小失敗，則小覺悟；大失敗，則大覺悟；舉國危機，亡國之禍臨頭，才有根本的覺悟。從歷史上看，中國人也許是一個不太善於吸取教訓的民族。正因為這樣，失敗和批判理性的成長才結下不解之緣。這是我們通觀近代批判理性成長時得出的看法。其次，每一次反省，不論深刻與否，都為歷史貢獻了新內容。有對洋務思想的反省，才有促成近代工業發展的洋務運動；有對維新和革命思想的反省，才有變法和革命；有對民族文化和國民性的反省，才有近代的啟蒙和現代意識的確立。愈是深刻的自省，它所導致的貢獻便愈有長久的價值。五四時期對國民性的反省，幫助我們認識自己，也認識西方，在反省和批判中表明的現代意識——主體價值觀，其深遠的意義將為愈來愈多的人所認識。這場文化啟蒙深刻性與偉大歷史意義，是與批判精神聯繫着的。從這個意義上說，中國的現代化將伴隨着不斷、持續的自我反省和自我批判。歷史已經把它們放在一起了，不管我們願意不願意，它們既是過去，也是現在和將來。

三、禮治秩序和主奴根性

一九二一年胡適給《吳虞文錄》作序，把吳虞比喻為「中國思想界的清道夫」，這個比喻也適合於五四時代的先覺者，如魯迅、陳獨秀、胡適、李大釗、周作人等等，他們在那條有着數千年歷史的傳統大路上，不管那些在歷史迷霧中撞來撞去的人們理解或不理解，便從西方借來銳利的批判工具，奮力地清除歷史的垃圾。他們清除的第一批傳統渣滓是甚麼呢？毫無疑問，是千百年因襲重負下國民的主奴根性，或者稱為主人——奴隸根性。所謂主奴根性是指傳統文化抹煞、拒絕承認人的個性、主體性、人格的獨立地位之後帶來的國民劣根性。它們形成了可怕的惡性循環，一方面逆來順受，自甘於屈辱卑賤而不自知；另一方面，一朝得勢，即以貴凌賤，以強凌弱，加倍壓迫自己的同胞。這是失去了「人」之後的「普遍沉淪」，在這種劣根性之下，「人」徹底地消溶盡淨，只剩下主人或奴隸，奴隸或主人，但沒有真正意義的「人」。

一九一五年，陳獨秀在《新青年》發刊詞《敬告青年》中，向新時代即將來臨的青年提出六大任務，號召他們從六個方面向舊時代反抗，六條之首是「自主的而非奴隸的」[1]，以自主的個人向奴隸意識宣戰。他說：「忠孝節義，奴隸之道德也；輕刑薄賦，奴隸之幸福也；稱頌功德，奴隸之文章也；拜爵

1 其餘五條分別為「進步的而非保守的」、「進取的而非退隱的」。「世界的而非鎖國的」、「實利的而非虛文的」、「科學的而非想像的」。

賜第，奴隸之光榮也；豐碑高墓，奴隸之紀念物也。以其是非榮辱，聽命他人，不以自身為本位，則個人獨立平等之人格，消滅無存，其一切善惡行為，勢不能訴之自身意志而課以功過；謂之奴隸，誰曰不宜？」在為創造「絕無奴隸他人之權利，亦絕無以奴自處之義務」的社會而鬥爭的時候，青年們應該「我有手足，自謀溫飽；我有口舌，自陳好惡；我有心思，自崇所信；絕不認他人之越俎，亦不應主我而奴他人；蓋自認為獨立自主之人格以上，一切操行，一切權利，一切信仰，惟有聽命各自固有之智能，斷無盲從隸屬他人之理。」這種反對奴役他人，反對以奴自處，高揚個人獨立人格的主張，實在是針對國民的主奴根性而發的。

既為主人，高人一等，固然就是橫行無忌，虐殺無辜；而自為奴隸，麻木無知，甘心情願處於非人的地位和處境。無論為主為奴，它們都是最典型的對「人」的撲殺、壓縮、抑制。在一個由主人與奴隸組成的世界裏，是不允許真正的「人」存在的，在一個瀰漫着主奴根性的氛圍裏，是不允許個性精神存在的。這種劣根性只認識兩類怪物，一類主人，一類奴隸，就是不認識真正意義的「人」。正是在這種意義上，五四時代先覺者們對主奴根性的反省和批判，形象地把它比喻為「吃人」。當然，「吃人」在個別場合，也指古代中國殘酷而野蠻的風俗，但更多的場合是指對獨立人格和個人精神性的否定、拒絕，同時這種否定和拒絕也可以是吃人行為。或者兩者在消滅人的一點上相通，故取而喻之。對「吃人」的刻劃和控訴，無疑魯迅是最深刻的。他在小說、論文、雜感中，對「固有之精神文明」的種種「吃人」作了精彩的刻劃和深入的抨擊。他從三個層次上展開「吃人」——被食，弱小無辜橫遭淩踐，哀告無門，食人者「吃人」；「吃人」——被人食者也食人，自己既是被壓迫的對象，同時又去壓迫更不如己者，既是被吞噬者，又去吞噬比自己更弱者，即《狂人日記》上的「我亦吃人」；「吃人」——自食，對自我精神性的自我壓抑，自我撲滅。這種不假外求，自我碾滅的自食，是中國人最可怕的「吃人」，也是主奴根性深入骨髓，化為集體無意識的表現。「吃人」的方法雖有種種，但它的根本目標卻不變：取消「人」，讓人變成奴隸，或主人。

食人者吃人。魯迅在《狂人日記》中，創造了一個有高度象徵性的藝術境界，狂人以變態眼光觀察到家庭中的親人、相識者如何要準備謀劃把他吃掉。大哥、陳老五、佃戶、趙貴翁，甚至於趙貴翁的狗，無不藏着一顆昏暗漆黑的食人之心。這個被魯迅虛構出來的家庭，鎮日裏只有一件事，就是如何吃人。狂人對這種社會環境有極深戒備和敏感的直覺，「我翻開歷史一查，這歷史沒有年代，歪歪斜斜的每葉上都寫着『仁義道德』幾個字。我橫豎睡不着，仔細看了半夜，才從字縫裏看出字來，滿本都寫着兩個字是『吃人』！」[1] 狂人所生活的那個小家庭，就是傳統中國大社會的縮影和象徵。就像那個小家庭要吃掉與他們不一樣的狂人一樣，大社會也要盡力撲殺個人的主體性和人格，揃滅「不一樣」而同歸於「一」，除掉「大不敬」而同歸於「順」；發「狂」者都在應該被食之列。魯迅後來說他寫《狂人日記》的意圖是暴露家族制度的罪惡，這是很貼切的解釋。中華帝國的支柱就是宗法家族制度，魯迅用了很簡單的「吃人」兩字，就把它的本質形容出來。除了小說，魯迅還在他的許多論文、雜感裏控訴權勢者對弱小不幸者的摧殘。寫於《狂人日記》之後四個月的《我之節烈觀》，魯迅對中國歷史悠久並且愈演愈烈的反人道、滅絕人性的節烈風俗提出激烈的批評。強迫女子節烈，一成烈女，立即樹碑坊，入志書；無論從哪方面說，這種作法都是毫無人性的，但正是這種慘無人道的風俗在中國冠冕堂皇地「發揚光大」

1 《魯迅全集》，第一卷，第四二五頁，人民文學出版社，一九八一年。

了二千年，不斷得到權勢者的維護和褒揚，不斷得到無聊文人的稱讚，它充份體現了無視人權、壓抑人性，不惜以弱小者做殉葬的卑劣國民性——「主人意志」，也就是「吃人」。魯迅說，要求女子節烈是「世上害己害人的昏迷和強暴」，「製造並賞玩別人苦痛的昏迷和強暴」。「社會上多數古人模模糊糊傳下來的道理，實在無理可講；能用歷史和數目的力量，擠死不合意的人。這一類無主名無意識的殺人團裏，古來不曉得死了多少人物；節烈的女子，也就死在這裏。」[1] 在中國文化裏，把人設計成主人和奴隸，沒有了「人」，那它對人的非人道的摧殘，必然是百倍地嚴重的，強迫女子節烈，大力表彰節烈，不過是畸形表現而已。

被壓迫的人也去壓迫別人，被別人吃的也去吃別人。自己是更強者的奴隸，又是更弱者的主人，大家滿足於出奴入主或出主入奴的境地，不能逃脫，也不想逃脫。這是魯迅以銳利的批判目光告訴我們的「吃人」種種之二。他在《燈下漫筆》中說：「我們自己是早已佈置妥帖了，有貴賤，有大小，有上下。自己被人凌虐，但也可以凌虐別人；自己被人吃，但也可以吃別人。一級一級的制馭着，不能動彈，也不想動彈了。」[2] 魯迅引《左傳》昭公七年「天有十日，人有十等。下所以事上，上所以共神也。故王臣公，公臣大夫，大夫臣士，士臣皂，皂臣輿，輿臣隸，隸臣僚，僚臣僕，僕臣台。」並深刻地評論：「但是『台』沒有臣，不是太苦了麼？無須擔心的，有比他更卑的妻，更弱的子在。而且其子也很有希望，他日長大，升而為『台』，便又有更卑更弱的妻子，供他驅使了。」[3] 主人和奴隸沒有絕對的分野

1 《魯迅全集》，第一卷，第一二四—一二五頁，人民文學出版社，一九八一年。
2 同上，第二一五—二一六頁。
3 同上。

和界線，全看所面對的對象，身為人，既有表現其奴性的時候，也有表現其主性的時候，就是沒有表現其為「人」性的時候。國民落入這種可怕的境地，互相殺戮，互相吞噬，成了名副其實的「殺人團」。所以，《狂人日記》後部份寫狂人的覺悟。大哥要「吃人」，自己不幸生長於這「吃人」的家族，於是「我未必無意之中，不吃了我妹子的幾片肉，現在也輪到我自己……」。「四千年來時時吃人的地方，今天才明白，我也在其中混了多年」[1]。沒有人能逃得出主人——奴隸的惡性循環之中。每一個人既是屠戶，也是牲口，既殺人，也被殺，總之沒有一個人能逃得出這個屠場。主奴根性加給了國民沉重的歷史負擔。狂人「有了四千年吃人履歷的我」的意識，代表了偉大的覺悟，預示着毀壞這屠場，掀掉這「人肉筵席」的艱巨工程的開始。

「吃人」種種之中，最殘暴的，莫過於自食。無論被別人「吃」，或去「吃」別人，都是以身外之人為對象的，而「自食」則以自己為對象，自我毀滅。它是在更深層次上的「吃人」，因為在四千年來時時「吃人」的地方，吃來吃去，習焉不察，將外在的野蠻習慣積澱於自身，化為自覺行動，實際上在進行自我摧殘的時候反而熟視無睹，視為理所當然。人在被「自食」之後，完全喪失精神性，變成高度麻木無知、逆來順受的木偶。這種藝術形象，在魯迅筆下，最動人心魄的就是《祝福》中的祥林嫂。她一生備嘗艱辛，守寡之後被迫出來做傭人，又被原婆家的人劫去賣入深山，好容易經營起小家庭，生下一子，但男人死於病，兒子死於狼，再度被迫出來做傭人。這非人的人生不但沒有引起她的抗爭，相反在她的精神世界翻不出半點不平的波瀾，恰像一溝死水。她能做到的不過是咀嚼她的悲哀，「我真傻，真

1 《魯迅全集》，第一卷，第四三二頁，人民文學出版社，一九八一年。

的」，不斷地講給那些玩賞她的悲慘身世的人聽。用辛辛苦苦一年勞動得來的工錢，捐一條門檻，「給千人踏，萬人跨」，贖清所謂死丈夫的「罪名」。甚至在她生命走到盡頭的時候，她所關心的只是「人死了之後有沒有魂靈」。自己過着被侮辱被損害的一生，結果反倒自認得了非死不足以洗清的罪狀。祥林嫂的死，固然有環境壓迫的因素，但更重要的是她自身與環境的壓迫有着認同。她選擇自殺來結束生命，這不過是早就開始的精神自殺的必然結果。祥林嫂沒有「人」的意識，一切強加給她的重負，她都把它轉化為自己的義務，好像這一切是與生俱來，天然合理似的。在時時「吃人」的國度，有祥林嫂這樣的性格，可以說是必然的。在每個人的身上，或多或少都有一點「祥林嫂的影子」，多少都存在自我奴役。沒有自我意識，放棄自己的應有的權利，不追求應該追求的東西，一切聽憑外界的安排，心安理得，實際上過着螻蟻式的人生。這也就是魯迅在《墓碣文》中說的「抉心自食」。自己本有心而不悟其價值，反而將它挖而食之。外加的束縛尚可以解放，而心靈的束縛無從解放，因為它取消自我，從而取消被束縛的前提，以奴自處而不認其為奴。所以《墓碣文》當中的我繞到墓後看見的死屍，是「胸腹俱破，中無心肝。而臉上卻絕不顯哀樂之狀」。[1]「自食」式的「吃人」最可怕在於讓人結束其為「人」，把外在規範變成內在欲求，把外在束縛變成心靈束縛，把砒霜當成白糖。

魯迅對國民的主奴根性——「吃人」作了深刻的暴露，他的見解，代表了五四時代先覺者們的認識。他一針見血地指出這種國民性的實質是「沒有爭到過『人』的價格」。[2]在排除了「人」的中國歷史，

1《魯迅全集》，第二卷，第二零二頁，人民文學出版社，一九八一年。
2《魯迅全集》，第一卷，第二一二—二一三頁，人民文學出版社，一九八一年。

便交替形成了兩樣時代，「一、想做奴隸而不得的時代；二、暫時做穩了奴隸的時代」。[1]

五四新思潮的倡導者們在反思國民性，批評國民的主奴根性的同時，探討了形成這種國民性的歷史文化的原因，他們毫無例外地把批判矛頭指向禮治秩序，當時有「吃人的禮教」的說法，把「吃人」與禮教聯繫起來。因為孔子是禮治秩序的主要闡述者，當時又有「打倒孔家店」的口號。實際上五四新文化運動就是以向禮治秩序挑戰為開端的。陳獨秀發表《憲法與孔教》、《孔子之道與現代生活》，認為孔子之道不合現代生活，三綱五常扼殺人權，反對將「孔教」定為「國教」；吳虞發表《家族制度為專制主義之根據論》、《吃人與禮教》、《儒家主張階級制度之害》等文，指出禮治秩序對人性的壓抑；李大釗發表《孔子與憲法》、《自然的倫理觀與孔子》等文，認為孔教是「專制政治的靈魂」。禮治秩序或者說孔教，在五四時期，幾乎成為專制的代名詞。有了專制，才有各種形式的奴役，才有人的奴化或主化。當然，在那個時候，他們使用的概念，有的並不準確，某些論證也欠周密，特別是由於孔子和禮治秩序有過不尋常的聯繫這一歷史原因，他們的批評常常指向孔子，因而顯得偏激。但是，在總的傾向上，他們從歷史文化的角度指出主奴根性的原因，指出禮治秩序對「人」的壓縮、抑制，無疑是正確的。站在今天的角度，我們認為，禮治秩序是一種對人的設計方式，它顯示中國文化的某些特徵，實際上並不能把它簡單地和封建制度等同起來，它比封建制度更內在、更深層。正因為這樣，當革命把封建制度推翻，建設起新制度之後，禮治秩序並不隨之消失，它還以各種方式滲透入新制度之中，就像影子死死追着本物。因此，在我們重新認識主奴根性的時候，也需要重新認識禮治秩序，這樣才能對這種國

1《魯迅全集》第一卷，第二一二—二一三頁，人民文學出版社，一九八一年。

民性給出更恰當的解釋。如果說五四時代先行者對禮治秩序的分析更多地從具體制度着眼，我們今天則更多地考慮文化的深層這一問題。

文化可以看作是對人的設計，不同的文化有不同的設計。也就是說，按照甚麼方式來塑造人，在不同文化裏有不同的取向。中國文化對人的設計，有幾個重要的方面或特點，其餘我們在後面還要提到。這裏首先指出的重要方面就是禮治秩序。禮治秩序要抽象地給予明確的定義，是比較困難的，我們還是從具體的分析入手，探討它的具體規定性，搞清楚它如何達到對人的個性、主體性的壓抑，如何實現對人的控制，它如何導致主奴根性。

許多研究者都指出中國文化強調人倫關係，似乎中國文化就是人倫文化，而禮治秩序實際上就是對人倫關係的一種規定。的確，離開對中國式的人倫關係的究察，就無法理解中國文化。而孔子所代表儒家學派，幾千年來反覆論述、強調的就是人與人之間的關係，「禮」、「仁」、「孝」、「忠」等範疇所闡釋的就是人倫關係。但疑問正是從這裏開始。為甚麼如此講求、強調人際關係，似乎是溫情脈脈的文化，恰好完成了對人的個性、主體性的全面抹殺？為甚麼似乎最重視人的文化，恰恰是最無視「人」的文化？這說明儒家說的「人倫」有它特殊的含義，禮治秩序對人倫關係的規定，有它的特殊之處。本來人倫關係的基本含義是指人際之間的感情交流，它首先表現在個人生活的小圈子內，比如夫妻之間、父子之間、朋友之間等等。人與人的感情交流在有人的地方就有，並不為儒家獨佔，實際上如果儒家講的是感情交流意義上的人倫關係，它早就不是儒家了。儒家闡發的人倫關係的特點在於，以感情交流中的人際關係為基點，賦予它們尊卑名份的意義，一方面將倫理權力化，另一方面是將權力倫理化。這樣人倫就不是純粹感情的人倫，而是尊卑名份的人倫。通過人際關係的尊卑名份的規定達成禮治秩序。所以，歷代聖人和聖人之徒所講求的人倫大義，其感情因素是微不足道的，感情在他們的人倫學中被擠到一個卑微的角落。他們是借夫妻、父子、兄弟、朋友、君臣等不待生而有的關係確定各自的「名份」，給每個人一個必須守的位置。實際上他們賦予人倫關係新的含義、東方式的含義——尊卑名份。所以，在中國，人倫可以構成一種秩序，可以作為社會——群體控制的工具。這在基督教文化圈裏是聞所未聞的。

人怎樣在人倫的關係網絡中體認自己的尊卑名份呢？這就要通過後天不斷地習禮、知禮。「非禮勿視，非禮勿聽，非禮勿言，非禮勿動」。（《論語．顏淵》）禮之用也大矣，《禮記．曲禮上》：「道德仁義，非禮不成；教訓正俗，非禮不備；分爭辨訟，非禮不決；君臣上下父子兄弟，非禮不定；宦學事師，非禮不親；班朝治軍，涖官行法，非禮威嚴不行；禱祠祭祀，供給鬼神，非禮不誠不莊。」因為禮在傳統中國不是用來培養人際親情，而是確認每一個人所處的地位，給每一個來到這個社會中的人編派角色。所以，從知禮、習禮中得來的，不是對對方的溫馨的人情，而是對自我、個性，慾望的約束、抑制。吳稚暉《朏盦客座談話》談到中西禮的差別時說，「中國之禮，似乎定名份之意較多，彼人（指西洋）之禮，似偏重於協情感」。[1]這的確道出了禮教的實質。所以，聖人或聖人之徒論禮，非但不強調人際親情，恰恰相反，是盡力排斥它們。在中國禮、樂並稱，禮以定名份，樂以疏導人情。把本來應以協調感情的禮轉化成強制性規範，把親情色彩從禮中驅逐出去，而讓樂完成本來應該由禮所完成的功能，讓在禮治秩序中備受壓縮的人際親情在「樂」中得到發洩，得到暫時的寄託。孟子說：「恭敬之心，

1 《吳稚暉先生文存》，上海醫學書局，民國十四年版，下冊。

禮也。」「辭讓之心，禮之端也。」[1] 恭敬和辭讓都是從克制自己的角度講的，恭敬以待人，辭讓以對己。無論恭敬還是辭讓，都不是從真正感情交流出發的，而是對別人尊卑名份的體認。這就是孔子說的「君子有三畏，畏天命、畏大人、畏聖人之言」。（《論語．季氏》）要敬畏對方，貶低自己，才能意識到自己所處的角色。所以，古人認為孝行有愛與敬之分，以愛孝易，以敬孝難。像「孝」這樣對父輩的行為，如果出於人格平等之上的感情，它就是愛的方式之一。但儒家之禮，就是要排斥這樣的感情，它要把親情化為強制規範。要徹底放棄自己的獨立人格，無條件隸屬於父，就是說，以對父輩的敬畏中意識到自己的卑微，這才是儒家倡言的孝之本義，去掉了親情，只剩下隸屬。所以，毫不奇怪，「君要臣死，臣不死不忠；父要子亡，子不亡不孝」。君可以為臣綱，父可以為子綱，夫可以為妻綱。既然人際關係可以言甲為乙綱，此為彼綱，可以言人格的隸屬，這種人倫關係，何情之有？何愛之有？既生而為人子，只是愛父母，遠遠不是孝，要從敬畏父母中放棄自己的人格，唯父、母之意志是從，這才是真正的儒家之孝。《論語．學而》：「其為人也孝弟，而犯上者，鮮矣；不好犯上，而好作亂者，未之有也。」由此看來，「孝」所代表的，並不是子輩對父輩的親情，而是子輩的尊卑名份。一直要孝到不懂得自己的權利，孝到對既成秩序的主動默認，這才是孝。所以，中國的「孝道」通於「治道」，歷朝統治者以孝治天下。人人都成為孝子，自然就沒有人「犯上作亂」了。

禮治秩序是這樣一種秩序，它以人倫關係（君臣、父子、夫妻、兄弟、朋友五倫）為基礎，把強制性的規範（尊卑名份）灌注入這種關係中，從而確定在人倫關係中處於不同位置的個體的責任義務，即

1 《孟子》，見《告子上》和《公孫丑上》。

父慈，子孝，兄良，弟悌，夫義，婦聽，長惠，幼順，君仁，臣忠等為人的「十義」。（《禮記．禮運》）禮治秩序是在重新塑造，重新解釋人倫關係中實現的。《禮記．禮運》明確說，人有喜、怒、哀、樂、懼、愛、惡、慾「弗學而能」的七情，「舍禮何以治之」？「故聖王修義之柄，禮之序，以治人情」。人情又是聖王之田，即禮治秩序的出發點，「修禮以耕之，陳義以種之，講學以耨之，本仁以聚之，播樂以安之」。總而言之，禮治秩序的總體特徵是在人倫關係中強制注入尊卑名份的外加性內容，使人際親情轉化成等級的責任義務規定。在這種人倫關係中，是看得出貴賤差等的。經過「禮化」的這種人倫關係就成為構成秩序的網絡，由禮而達於治。《禮記．祭統》：「凡治人之道莫急於禮。」《禮記．經解》：「禮之於正國也，猶衡之於輕重也，繩墨之於曲直也，規矩之於方圓也。」又：「孔子曰，安上治民，莫善於禮。」儒家所論述的人倫關係，是有自己鮮明特徵的，決不等同於我們平常理解的人際關係。儒家是講人倫的，但這種人倫恰好抹煞、壓抑了「人」，在這個意義上說，把儒家之道理解為人本主義，人文主義思想的看法，未嘗不是對儒家的人倫察焉未深而生的誤解。

由於禮治秩序的根本性質，它必然是一種取消個性、主體性，否定個人獨立利益的東方秩序。禮治秩序從兩個方面實現取消個性，人的主體性。第一，禮治秩序只承認人倫關係網絡的存在，而根本否認個人可以獨立於這種人倫關係之外（比如，人與人的關係，除了人倫之外，是否還存在一種權益關係？在這種關係中，每個人都是獨立的），每一個個體都是被人倫關係規定的。因此，禮治秩序根本不把個人的一生看作由自己來組織，自己來負責的自我實現的過程。相反，個人離開了被規定、被組織，簡直就無異於禽獸。《禮記．曲禮上》：「人而無禮，雖能言不亦禽獸之心乎？」在禮治秩序裏，個人永遠是被規定、被證明、被定義的對象，它永遠不能獲得主動性。「仁」，從人，從二，即表示只有在人倫網絡中，才能確定一個人。個人永遠不能成長壯大，得到人格的獨立。禮治秩序中的個人，就像小孩，永遠處於兒童時代，被管教，被護理，所有的一切都是長輩規定給他的；就像孩子不能獨立一樣，禮治秩序下的個人也不可能獨立。從這點看，禮治秩序確實有將成人兒童化的傾向。[1] 在這點上，如果把禮治秩序和加爾文新教的教義對比一下，對個人的不同理解便馬上顯示出來。新教認為，每一個人的「信仰得救」均是個人的事情，你的一生就是最好的證明。你得救，別人幫不了忙；不得救，別人也不能拯救你。生命在你手上，就要讓你自己完成。恰好與新教教義相反，禮中的個人，不過是人倫網絡中的一個交點，比如幸而為人父，或者不幸而為人妻。這個交點一旦從網絡中撤出，就化為子虛烏有；個人一旦從人倫中撤出，就化為禽獸。其次，禮治秩序將人的個性、主體性消融在貴賤有差，尊卑有等的名份之中。人倫關係網絡雖然可以催眠「主體」，麻木「個人」，但個人也會時而覺醒，時而抗爭，不管環境多麼惡劣，個人或多或少，總是會為自己的利益和幸福而鬥爭的。對待這種個性、主體性的覺醒和表現，禮治秩序早就準備好對策：記住你的名份。人倫關係結成了一張禮的網，個人想從這張網中逃跑，這張網就要將他網住；他要反抗，就要將他勒死。因為個人是被打上某種名份烙印的，只有禽獸才沒有這烙印，現在居然有人不安守自己的名份，從理論上說，他就是禽獸，勒死禽獸，那完全是應該的。只要我們翻開史書查一查，看看歷代知書守禮之士用甚麼手段去對付那些敢於追求自己幸福的女性，用甚麼手段去對付來自各方面的「異端」，就可以明白名份之殘酷和血腥。在這個禮儀之邦，居然保持着剝皮實草、騎木驢、油炸、炮烙等世界上最殘酷的刑罰，也許不是偶然的。因為「犯上作亂」的並不是人，

1　關於中國文化成人兒童化傾向，參閱李亦園等編著：《中國人的性格》；孫隆基：《中國文化的深層結構》。

而是禽獸。在禮治秩序之下，個人的個性、主體性被納入人倫網絡，個人取得某種名份的規定。於是，它倒不再代表自己，而是被貼上標籤，別人也按這標籤去認識他，或者是父，或者是臣，或者是子，總之不是「人」，不是具有主體性的個人。他的一生一世，就得按照被規定好的名份行事，按照強加給他的標籤去顯示自己。於是「人」被塑造成名份的系列，就像產品系列一樣，唯獨沒有屬於他自己的個性。因為所有屬於他的東西，已經被當成「人欲」，由「天理」加以徹底消滅。

在中國社會裏，個人的主體性價值和個性的價值既然得不到肯定和規定，既然被消融在禮治秩序中，消融在貴賤有差的人倫網絡中，個人就只能按照一定名份規定給他的責任義務行事。假如規定他為父，為官，他就可以支配和役使在他之下的子和民；假如規定他為子、為民，便只有服從任何形式的役使和支配；假如既為人子又為人父，那就要看具體對象決定行為了，這時主性和奴性就兼而有之。任何異議的提出和個性表現，都為禮治秩序所不能容忍。正如魯迅所說的，「兒子有話，卻在未說之前早已錯了。」[1] 五四新思潮的倡導者們，對禮治秩序和國民主奴根性的聯繫，作了很深入的揭示。胡適《藏暉室札記》一九一四年六月七日記：「吾國之家族制，實亦有大害，以其養成一種依賴性也。吾國家庭，父母視子婦如一種養老存款（oldage pension），以為子婦必須養親，此一種依賴性也。子婦視父母遺產為固有，此又一依賴性也。甚至兄弟相倚依，以為兄弟有相助之責。再甚至一族一黨，三親六戚，無不相倚依。一人成佛，一族飛升，一子成名，六親聚噉之，如蟻之附骨，不以為恥而以為當然，此何等奴性！真亡國之根也！」吳虞《說孝》一文，詳細剖釋了儒家「孝」這個範疇的實質，論證它在社會中如

1《魯迅全集》，第一卷，第一二九頁，人民文學出版社，一九八一年。

何實現對人的控制和壓抑，統治者忠孝並用，君父並尊，「以遂他們專制的私心」。他說，「麻木不仁的禮教，數千年來不知冤枉害死了多少無辜的，真正可為痛哭呀」！[1] 魯迅曾經把舊中國形象地比喻為安排人肉筵宴的廚房，而以禮治秩序為代表的「中國的文明」，則是「安排給闊人享用的人肉的筵宴」，這一切「使人們各各分離，遂不能再感到別人的痛苦；並且因為自己各有奴使別人，吃掉別人的希望，便也就忘卻自己同有被奴使被吃掉的將來。於是大小無數的人肉的筵宴，即從有文明以來一直排到現在，人們就在這會場中吃人，被吃，以兇人的愚妄的歡呼，將悲慘的弱者的呼號遮掩，更不消說女人和小兒。」[2]

因為在傳統文化對人的設計意圖中，根本上缺乏對個人的個性、主體性價值的真正重視和強調，把自我和主體消融在禮治秩序之中，就形成國民主奴根性這種卑劣品格。這種失去自我和主體之後的悲劇性沉淪，在一治一亂交替出現綿延二千年之久的封建王朝的歷史上得到充份的表現。一方面是轟轟烈烈的騷動、農民起義、吊民伐罪、「湯武革命」、毀壞已成的秩序，重新分配權力和財富；另一方面，又是死一樣的凝固。這一切的騷動並沒有帶來不同往常的結果，它只不過是舊秩序的重建。舊主人被清算，然後來了一批新主人；舊奴隸做了主人，又製造出一批新奴隸，就是不能在這些革命中產生「人」。暫時做穩了奴隸的時代和想做奴隸而不得的時代的這種惡性循環，彷彿像孫悟空翻筋斗，十萬八千里，終不出如來佛手心。這個如來佛，就是禮治秩序。傳統文化對人的設計的這種大失敗，魯迅在小說《阿Q正傳》中有精彩的刻劃。第七章寫到阿Q要「革命」去了，他心目中的「革命」是甚麼呢？其實也簡單

1 《吳虞文錄》，卷上，第一七頁，民國十二年，亞東圖書館版。
2 《魯迅全集》，第一卷，第二一七頁，人民文學出版社，一九八一年。

得很：「東西，……直走進去打開箱子來：元寶，洋錢，洋紗衫，……秀才娘子的一張寧式床先搬到土穀祠，此外便擺了錢家的桌椅，——或者也就用趙家的罷。自己是不動手的了，叫小D來搬，要搬得快，搬得不快打嘴巴。……」此外，還有殺趙太爺、假洋鬼子和娶吳媽之類。這種被稱為阿Q式的革命，命固然是革了，但實質不過取而代之。考其革命的起因，是奴隸讓主人壓迫得受不了，於是起來反抗。但這種反抗，不過是去掉主人而為之。一旦做起主人，就需要一批新奴隸，無論從主人還是奴隸方面看，都不過是一輪新的循環。奴隸的反抗，或稱為「革命」，之所以不能產生新的歷史意義，是因為主奴根性不可能導致任何真正的革命意識，它只能產生取代意識。不論甚麼形式的取代，都是以默認禮治秩序為前提的。禮治秩序是永遠合理的，只不過在這個秩序中人們扮演的角色有經常變換的必要罷了。民諺中「皇位輪流坐，今年到我家」，反映的正是取代意識。只要禮治秩序不改變，無論「誅一夫」也好，「救民於水火，解民於倒懸」也好，到頭來的結果還是「有一夫」，還是民落入水火，民陷於倒懸。

壓縮自我，抑制主體的禮治秩序及其主奴根性，正在成為走向現代化的巨大障礙。正如筆者上面認為的那樣，禮治秩序並不純粹是一個封建制度的問題，它所顯示的是中國文化的特徵。它與封建制度有重合的一面，但也有非重合的一面。那種倫理權力化的頑固惰性，並不隨着我們的革命推翻封建制度而消失得無影無蹤。相反，它還會以各種形式融化在我們的新制度中，繼續拖住活人前進的步伐。禮治秩序的核心精神，並不是以它的具體行為為標誌，如葬禮、冠禮、祭禮、士相見禮等等，而是將人倫關係權力化、名份化。只要使感情交流帶上其他功能，巧妙地利用人倫關係，就可能構成近似的禮治秩序。由於長久的歷史影響，這傾向在今天也還是存在的。比如，各項制度的設立，總是體現出這樣的意圖：在制度這部大機器中，個人都是各司其職的「螺絲釘」。於是，總是正面宣傳「螺絲釘」精神，將它美化為革命的精神。主體的價值被大機器埋沒，個性意識被「螺絲釘」化。在政治氣候反常的情況下，對「螺絲釘」精神的宣揚往往結合着對個人利益的無理侵犯和對人的權利的殘酷剝奪。「文化大革命」就是最好的證明。產生這種悲劇的根由還是在於忽視主體，無視個性。這說明，即使在今天的情況下，禮治秩序的陰影還是頑強地存在着，阻撓着主體性力量的發揮和實現。現代化決不僅僅意味着經濟實力的增強，它還包含着人的全面發展，個人得到充份尊重，主體的價值得到充份肯定的問題，而禮治秩序是和這種現代精神背道而馳的。所以，對於我們來講，儘管推翻了封建制度，依然面臨一個文化的重建的問題。需要醫治我們的文化病象，而禮治秩序和主奴根性就是頑疾之一。

四、解脫之道與阿Q精神

鬼魂顯靈把事實真相告訴哈姆雷特之後，哈姆雷特強烈地希望為父復仇，殺死邪惡、陰險、刻毒、淫亂的叔父克勞狄斯，但是在正義召喚他復仇的關鍵時刻，哈姆雷特猶豫不決，延宕再三。一個簡單的行動性問題在他那裏變成一個宇宙性問題：對生命本身的嚴肅思慮，「活着還是死去，這就是問題。」一人就是這樣，生活就是這樣，當主觀意志及其當前目標受到外在阻擋和障礙時，就會產生痛苦或煩惱這種精神現象。這是任何人都要面臨到的。不過，在哈姆雷特那裏，他並沒有迴避復仇願望未能實現時的痛苦，而是以對生命終極目的的無限究索來延續不能解脫的內心衝突，直到一場誰也沒有預料到的悲劇來臨時同歸於盡，精神上的痛苦才與生命一起結束。叔本華說，「大自然的內在本質就是不斷的追求和掙扎，無目標無休止的追求掙扎；那麼，在我們考察動物和人的時候，這就更明顯地出現在我們眼前了。欲求和掙扎是人的全部本質，完全可以和不能解脫的口渴相比擬。但是一切欲求的基地卻是需要，缺陷，也就是痛苦；所以，人從來就是痛苦的，由於他的本質就是落在痛苦的手心裏的。」[1] 對於意志欲求受阻、受抑而產生的精神上的痛苦和煩惱，只要不把它誇張為生活的本質，那至少可以承認，它是人類相當普遍的精神現象。因為很簡單，人類的意志欲求，總是要大於他們已經實現的目標，受阻受抑

1 《作為意志和表象的世界》，第四二七頁，中譯本，商務印書館，一九八二年版。

是永久的，實現才是暫時的。正如一句格言說的那樣，人只能做他想做的，不能要他想要的。從這種意義上說，人類確如叔本華說的那樣，人是落在痛苦和煩惱裏的。因此，在不同民族的哲學思想、宗教觀念、生活方式、風俗習慣裏，必然有重要的一部份是針對痛苦和煩惱而發的。它教導或啟發一種方式幫助人們解決精神上的痛苦，或安頓人們的情志。梁漱溟談到何為宗教時，指出宗教兩大特點，其中之一是，「宗教必以對於人的情志方面之安慰勖勉為其事務」，[1]的確，如何安頓人的騷動不已的情志，如何解決痛苦和煩惱，這在各個民族文化裏都是相當重要的議題。也就是說，文化對人的設計的一個重要方面，就在於它提供一種方式安頓人的情志。

中國傳統文化提供了甚麼樣的方式來安頓中國人的情志呢？也許它包括了好幾種方式，有着比較豐富的內容。限於和題目的關係，筆者不能一一論及。在這裏所討論的是一種影響深遠的所謂東方式的解脫之道。雖然不能說阿Q性格本身直接就等同這種解脫之道，但它們實在有一脈相承，暗中通貫的方面。尤其是在傳統文化日漸萎縮，生存境況日漸惡化，挑戰越來越嚴峻的條件下，這種安頓情志，解脫痛苦和煩惱的方式，就愈加塑造了國民阿Q式的卑劣性格，愈加促使阿Q精神滲入中國人的人生。在這種歷史條件下，東方的解脫之道實際上已走上了阿Q的道路。

阿Q的一生是徹底大失敗的一生，從他在未莊出現，被地保叫到趙太爺家，吃了趙太爺一個嘴巴的時候起，一直到在公堂上劃了圓圈抬出去「大團圓」為止，他的一生備受損害與欺凌，可是令人驚訝的是他並沒有意識到這一點，每一次實際上的失敗他都能翻為心理上的勝利。他愈敗愈勝，靠的是一件

1 《中國文化要義》，第一零五頁，路明書店，民國三十八年。

法寶——精神勝利法。阿Q以失敗為勝利的行為和心理在《阿Q正傳》中，魯迅作了生動深刻的刻劃，為了説明的方便，在此僅舉兩例。有一次，阿Q跟未莊的閒人打起來，「被人揪住黃辮子，在壁上碰了四五個響頭，閒人這才心滿意足的得勝的走了，阿Q站了一刻，心裏想：『我總算被兒子打了，現在的世界真不像樣……』於是也心滿意足的得勝的走了。」與敵手相逢，力量不支而遭敗績，這是不奇怪的。而暫時敗績並不等於永無希望，有出息的做法應是總結失敗的教訓，再接再厲，一直把對手打倒。可是阿Q不希求向外伸展以遂己志，而是返求諸己，認為甚麼就是甚麼，將被捱打的痛苦忘去，將敵手認作兒子，自己就是老子，於是就心滿意足於主觀幻想裏的優勝。後來，閒人不准他説兒子打老子，而要他説人打畜生。阿Q似乎山窮水盡了，他雙手捏住了自己的辮根，歪着頭，説道：「打蟲豸，好不好？我是蟲豸——還不放麼？」閒人給他碰了五六個響頭，以為他這回遭了瘟，「然而不到十秒鐘，阿Q也心滿意足的得勝的走了，他覺得他是第一個能夠自輕自賤的人，除了『自輕自賤』不算外，餘下的就是『第一個』。狀元不也是『第一個』麼？『你算是甚麼東西』呢？」阿Q有了這等克服怨敵的妙法之後，便成了永遠得意自足的英雄，對待人生的厄運和悲哀，他永遠地是兵來將擋，水來土塞，可是他擋兵之將和塞水之土並不是物質性、行動性的東西，而只是自己主觀心理的個人認同，即俗語裏所謂説甚麼是甚麼之類。我們認為，精神勝利法或阿Q精神顯示了安頓情志、解脱痛苦的方式，這種方式對外界任何刺激的回應都不變，即精神逃入。從求生存，求發展的角度説，這種精神逃入是以喪失對環境的正確評價能力為代價的。達到了阿Q境界，就得徹底麻木自己的感覺，沒有痛苦，也沒有煩惱，就像人服用了麻醉劑一樣，但在人類的生存鬥爭中，這種幻想的勝利，往往招致更悲慘的失敗，乃至毀滅。

阿Q不過是一個文學形象，它是魯迅的藝術概括，內中自然有誇張和漫畫化的筆法。一般的國民未必都能修煉得如阿Q似的出神入化的地步。但小說一九二一年在《晨報》副刊登載的時候，頗引起騷動，就有人疑神疑鬼地認為是攻擊他。魯迅在《阿Q正傳的成因》一文中，曾引高一涵當時的評論：「我記得當《阿Q正傳》一段一段陸續發表的時候，有許多人都慄慄危懼，恐怕以後要罵到他的頭上。並且有一位朋友，當我面說，昨日《阿Q正傳》上某一段彷彿就是罵他自己。因此便猜疑《阿Q正傳》是某人作的，何以呢？因為只有某人知道他這一段私事。」這位朋友不打自招式的疑神疑鬼固然是因為他不該把藝術認作人身攻擊，但這種坦白也從一個側面說明小說觸及他的靈魂，描出他的內心世界，他也有與阿Q相通的地方。的的確確，阿Q這個形象是建立在對國民性格深刻觀察與理解基礎上的。魯迅為我們貢獻一個阿Q，簡直就是貢獻給我們一項他對中國的發現。過去國民或多或少按照阿Q的方式生活而不自知，現在終於有一面鏡子可以照一照往日的尊容。魯迅後來在俄譯本《序》中說，寫《阿Q正傳》的意圖，是要畫出一個像壓在大石底下的草一樣已有四千年之久的「沉默的國民的魂靈」。從閱讀反應和評論看來，魯迅的意圖是達到了。正因為阿Q與國民魂靈有那麼多相通之處，所以，人人才從小說中看出自己。人人都有阿Q的一點影子，或多或少，程度有別而已。在中國大量民諺、俗語、笑話、史實可以作為證據，從中看出阿Q的影子。例如，或被搶，或被偷，丟了一筆錢財，人們就會說這是「散財消災」；吃了虧而又無從伸冤時，就有「君子報仇，十年不晚」的說法；和仇人罵街而勢不壓對手時，就有「雞不和狗鬥，好人不和惡漢吵」。又如，民間有個笑話，說丈夫被惡妻打得鑽入床底，惡妻手執木棍喝道，「出來」，丈夫在床底縮成一團高聲應道，「男子漢大丈夫，說了不出就不出」。彷彿他在聲勢上壓倒惡妻。又如，中國傳統上有許多避諱，明明死了，卻說「仙去」；明明被逐，卻說「巡狩」。避諱中的一部份就是出於自我安慰，而阿Q也是避諱的，他頭上有癩瘡疤，於是諱「亮」「光」「明」

等等。宋朝徽欽二帝，分明被金人俘虜，史官卻說「北狩」，去北方打獵了。而徽宗《燕山亭》明明說：「天遙地遠，萬水千山，知他故宮何處？」據說晚清戰敗議和時，洋人都被從旁門領進來，這叫沒他們的面子。還有魯迅在《隨感錄三十八》說的一種論調，「外國也有草舍、娼妓、臭蟲」，也是屬於精神勝利一類。的確，阿Q精神瀰漫了這個歷史悠久的文明古國，它幾乎是中國人生的無處不在的象徵。我們上面列舉的實例，不過是種種式式的阿Q相的九牛一毛。

所謂精神勝利或精神逃入實際上隱含了這樣一種宇宙觀、人生觀：我們對周圍世界的看法或價值判斷只取決於我們內心的自己同自己達成的契約，它不存在客觀意義上的絕對性。只要我們不執着於客觀性和絕對性，克除我執，我們就能從為周圍世界所苦惱的狀態中解脱出來，由改變自我認同的「契約」進而改變了世界在內心中的形象，於是就改變了世界。簡言之，世界上本無所謂絕對的實，實是由名去名它的，改變了它的名，就等於改變了它的實。這種觀念由一代又一代的中國人承認、闡述、執行，由外在的認識行為積澱入潛在的文化心理，不斷地在下一代重演。到阿Q身上，不過是最具有悲劇性的集合罷了。這種克除我執，泯滅客觀性，由改變名稱而改變事實，達到自我安慰的「妙法」，就像一條文法規則，不論在哪一層次的人生「語句」，都會出現。儘管它在某些很有修養的人身上可以寫出很有詩意和美感的「句子」，但卻在許多人身上，造出了自我否定，自我麻醉的醜陋不堪的「句子」，因為這條文法規則在本質上是「烏龜哲學」和「鴕鳥哲學」。

在古代中國的傳統思想中，最先闡述這條「文法規則」的思想家，當數先秦時期的老子和莊子，後來佛教禪宗更為深入地討論了同樣的問題。佛教在中國流行，距老莊時代已有數百年，它們之間並沒有相承關係，但兩者對人生的看法如此相似，提倡對痛苦和煩惱的回應方式如此相似，實在值得我們好好深究。在《莊子》首篇《逍遙遊》中，莊子虛構了兩個寓言，暗喻兩種生活態度。第一個蜩和學鳩的寓言，牠們生活視野很有限，執着於自己小圈子的生活，把一個小小天地看得充實自足。牠們盡着能力飛，碰到樹木就停下來，有時氣力不足，連樹都飛不上去就投落地面。第二個是大鵬的寓言，由鯤而鵬，扶搖直上九萬里，浩浩飛往南海，完全超脫了狹隘的限制。和蜩、學鳩的生活方式完全相反，大鵬生活在無限、高邁的世界中，所以蜩和學鳩根本不理解大鵬南圖的舉動。莊子通過這兩則對比強烈的寓言暗示這樣的看法：執着於自己的意志欲求就會限制自己的目光，這樣生活是無知的，因而也是可笑的；只有擺脫意志欲求的束縛，才能獲得身心解放，才能看到另一個宇宙。在莊子看來，為意志欲求激勵起來而追求和執着的人生就是為物所役的人生。因為人的意志和欲求是人作為主體介於客體時產生的正常反應，它是一定要聯繫到客觀活動或客觀事物的。就是說，意志和欲求實際上即是參與，即是主體對客體切入、作用、活動。莊子就認為這是物役，人被物牽着走。執着和參與的人生，在莊子那裏就成了悲劇。《齊物論》曾這樣形容人生，「一受其成形，不亡以待盡。與物相刃相靡，其行盡如馳，而莫之能止，不亦悲乎！終身役役而不見其成功，苶然疲役而不知其所歸，可不哀耶！人謂之不死，奚益！其形化，其心與之然，可不謂大哀乎？人之生也，固若是芒乎？」人一受形有身，就注定要介入和參與，就注定要與外物摩擦，就像上足發條的鐘，注定不能遏止，滴滴答答走到生命的盡頭，這無休無止的與物相刃相靡的人生有甚麼意義？為了甚麼目的呢？莊子以他極為深邃的智慧向人生發問，他要向實際上不能解釋的人生打上問號。我們不來討論莊子這種大悲大哀的人生觀有甚麼價值，只想指出一點：他把主體的介入與參與本身看成就是悲劇，主體的意志欲求就是悲劇之源，這種人生觀導出的荒謬多於啟示。雖然莊子承認意志和欲求屬於正常，就像人的五官、四肢，是被賦予的，但他同時把正常當作危險，把賦予認作枷鎖，健全本身就是不幸。在《莊子》寓言和比喻裏，肢體殘缺不全的人，往往智慧極高，正因為他的形體殘缺，不為世用，然後才得到「全」。相反，形體健全而汲汲於用世，四出奔走，與物「相刃相靡」，則沒有好結果。這些寓言和比喻隱含他的世訓：「全」則「殘」；「殘」則「全」，人呵，你要好好收束意志和欲求。

人有意志，有欲求，簡言之有自我，是很痛苦的，在一系列執着、介入、參與的活動實踐中，會激起無窮無盡的苦惱、悲哀、憂患，追求中的人生便是折磨中的人生。有甚麼辦法從苦惱、悲哀、憂患中解放出來呢？有甚麼辦法擺脱折磨獲得安頓呢？老、莊、禪宗的藥方都是一樣的——放棄自我，克除意志，泯滅欲求。老、莊很崇尚自然，但老、莊的自然不同於物理的自然界，它只是自然狀態。像自然萬物那樣，按自然律默默地生，默默地長，默默地死。不相「刃」，也不相「靡」，進入化境。《老子》第五章，「天地不仁，以萬物為芻狗」，「不仁」就是無心，人要順從自然，就是要克去這個「心」。讓利害心，賢愚心，是非心，好醜心，渾然不存，庶幾變為無「心」的自然。所以，從自然之道往下向人生落實，自然而然派生出「清心寡欲」「虛靜」「無為」的人生方式。老子深知「吾所以有大患者，為吾有身；及吾無身，吾有何患？」這個「身」，筆者認為並非身體性的身，而是意志、欲求、自我等精神性的「心」。附帶説明一點，老、莊及禪宗都不否定生命，它們放縱身體性的身，老子講「貴身」、「愛身」；莊子講「養生」、「不以害其生」；禪宗也只是「心齋」，並不要求「身齋」，在世俗人生的紅塵裏，同樣能「涅槃」，能夠「大徹大悟」。《莊子．齊物論》，借體道之士南郭子綦之口説出「吾喪我」。「我」克除自我，打破自我中心，使心如死灰。於是就能與萬物神遊，「安時而處順，哀樂不能入也」（《莊子．養生主》）。自我、意志、欲求把人生領入無窮盡的奮鬥、創造，經過無休止的歡樂、悲苦、哀痛，道家要人解脱，就要像王陽明破心中賊那樣去破自我。《莊子》裏著名的莊周夢蝶的寓言就體現「破心中賊」的精神。人夢蝶還是蝶夢人兩不分，是人是蝶兩不知。更準確地說，把作為主體的人降低、壓抑、貶斥到「物」的水平，同無意志的「物」一樣，文雅的說法是主體消融於客體。所以「喪我」之後，又稱「物化」，不存在主體性，不存在自我，完全順應自然，篤守虛靜。克除自我，泯滅欲求之時，就是「物化」之日。人與物此時此刻的區別，僅僅在於人能移動位置和進食。

和老、莊的認識一樣，佛哲學也認為「自我」是痛苦的根源。有意志、有欲求而又能意識自身的人必然要與否定意志、否定欲求的老、病、死這種擺脱不了的有限性發生激烈衝突，產生無窮痛苦，無盡煩惱，永遠被生之火燒烤着。佛哲學中有「九識論」。所謂「識」，即識別、認識之識。「九識」是基於人的「心」的結構而來的。眼、耳、鼻、舌、身共為五識，綜合這五識得來的感覺的為第六識，即意識。進一步給前六識定向、定勢，使個體萌生我之為我的第七識，即末那識，也就是自我意識。此外，還有積存無窮劫「宿業」的第八識，即阿賴耶識以及蘊藏無量慈悲和無窮力量的第九識，即佛識。末那識使個體產生物我分，產生善惡取捨，於是就有「我愛」、「我癡」、「我慢」、「我執」這四煩惱。本來是寂靜、安寧的世界，硬是讓末那識搞得沸沸揚揚，熱鬧不堪。「萬法本閒而人自鬧」。[1]「一切法皆從心生。心無所生，法無所住」。[2]「一心不生，萬法無咎」[3]。對世界的看法、價值判斷以及人生的憂患煩惱都是由於人有了自我意識，作為主體參與、介入而產生的，由此而生分別法，萌揀擇見。

1《五燈會元》，卷二，南陽慧忠國師，中華書局一九八四年。
2《五燈會元》，卷三，南嶽懷讓禪師，中華書局一九八四年。
3《五燈會元》，卷十九，經山宗梁禪師，中華書局，一九八四年。

人一旦這樣做就失落了世界本來面目而增生無窮痛苦。解脫的唯一途徑就是捨棄自我。「至道無他，唯嫌揀擇見，但莫憎愛，洞然明白」，[1] 能否除分別法，捨揀擇見，泯愛惡心，關鍵在於心，亦即能否真正做到捨棄自我，從意志衝突，感情激盪中撤出來。所以禪宗主張「即心是佛」，你的心就是佛，能否使心生佛性，修定入禪，全在於你的自我。佛教的解脫就是一場對自我的宣戰，佛教徒通往天堂的天路歷程就是捨棄自我的歷程，儘管他們修行的方法各有不同。

無論老子的「渾其心」也好，莊子的「吾喪我」也好，禪宗的「頓悟」也好，其根本精神是要求人們泯滅主體性，捨棄自我，同歸於「物化」。這種種東方解脫之道在漫長的古代世界能否安頓人們的情志，以及它們在未來世界中將佔有甚麼位置，我們先不討論。我們所注意的是在這張藍圖設計之下的人，會形成甚麼性格，換言之，它對國民性產生甚麼影響。老、莊和佛教禪宗倡言的解脫之道，不像禮治秩序這樣直接塑造人，它對人的設計和塑造主要是作為思想方式、人生態度、價值取捨而發生潛移默化作用。這條「根」比較穩而不見，因而也更見得深廣和頑固。

主體、意志、自我、欲求一方面是痛苦和煩惱的根由，另一方面又是價值選擇唯一可靠的根據。茫茫渾沌的世界，樹立起主體，有了參照，才可以作為人的認識對象，生分別法，萌揀擇見，然後有知，可以言識；面對充滿騷動和衝突的世界，樹立起主體，才能賦予行為和事物的善惡，才能判別行為和事物的利與害，然後有擇善除惡，趨利避害的標準。選擇出於判斷，正確的選擇出於正確的判斷，正確判斷本身就是以主體為參照的，離開了主體，離開了自我，也就談不上客觀，無所謂對象，更構不成

1 《五燈會元》，卷一，僧燦信心銘，中華書局，一九八四年。

判斷。高等動物雖有發達的神經系統，但牠們始終不能將自己從自然界中提升出來，更不能將個體從群體中提升出來，牠們的行為方式都被先驗地決定於本能結構。人表明了他是主體，他才能把對象看成客體。如果我們泯滅自己的主體性，把對象當成「道可道，非常道」，與世界渾沌一團，那就永遠不會下正確判斷。正是主體性意識的光芒照亮了無知的原始和混沌。另一方面，雖然何者為善，何者為惡，何者為利，何者為害，沒有絕對不變的標準，但主體卻能提供選擇的出發點。因為任何善惡利害只有聯繫到主體欲求才能有清楚的界限。主體根據有利於生存，有利於發展的原則來權衡取捨，標準寓於主體之中。只有明確地意識到自己的利益，意識到環境的挑戰才能保衛自己的利益，迎接挑戰。一句話，根據主體欲求來選擇，改進自己的生存境況。主體意識發達的文化，一方面充滿衝突、對抗，普遍存在着追求解脱而又得不到解脱的焦慮；但另一方面，又充份發展起科學和技術，不斷改變生存條件，促進文化向更高的水平進化。主體欲求，自我意識這種偉大的進步意義和作用，正是解脱之道看不到和缺乏的。

喪失主體欲求，泯滅自我意識，或許可以自我安慰，或許可以安頓情志，或許可以再也感受不到造物施與人的痛苦與悲哀。但它的代價是沉重的：喪失對環境刺激的正常評價能力。一旦喪失正常評價能力，其行為方式和思想方式或多或少，就有阿Q相和阿Q味。因為東方解脱之道既然要克除主體欲求，那就必然不能依求生存、求發展的原則認清客觀的挑戰。既然泯滅自我意識，那就必然同歸渾沌。將所有差別吞圇圇棗、爛煮糊塗麵；此亦一是非，彼亦一是非。好像世界的真實狀態是由自己主觀隨意確定的。得到精神上解脱（即麻醉）的同時，陷入自欺欺人。趙太爺的兒子中秀才，阿Q毫無根據地認本家，僅招來一個大嘴巴；明明自己很窮，偏要「我們先前——比你闊的多啦！」這些近似兒戲和無聊的思想和行為就很典型地表現他無正常評價刺激的能力。無視客觀性，「精神逃入」的麻醉劑注入了阿Q體內，自然而然使他生活於「常樂」的幻想天地。他把幻想的，僅僅屬於他自己的，當成真實的，屬於所有人的。既然「境」由「心」造，「法」由「心」生，那「心」所不造，則無「境」；「心」所不生，則無「法」；就順理成章，水到渠成。實際上，「境」和「法」都是存在的，解脫的妙門在於將己所不見，則以為無，既然為無，就不需要奮鬥，不需要回應挑戰。老子「知足常樂」的樂，不是在行動中獲得成功的樂，而是自欺欺人，以「不足」的「足」為樂，就像阿Q以「二十年之後又是一條好漢」來安慰自己之即將被處死。除卻主體性的「心」，就生出「自欺」的「心」，抱自欺為天下式，直到進入墳墓。錢鍾書《管錐編》第二冊論《老子》，引嚴復評點：「『非洲鴕鳥之被逐而無復之也，則埋其頭目於沙，以不見害者為無害。老氏『絕學』之道，豈異此乎！』摭拾西諺，論允喻切。竊謂黑格爾嘗譏謝林如『玄夜冥冥，莫辨毛色，遂以為群牛皆黑，』亦可借評。」「若鳩摩羅什所言『心有分別，故鉢有輕重』，因果顛倒，幾何不如閉目以滅色相，塞耳以息音聲哉？」國民閉目滅色相，塞耳息音聲，其由來也久，其積習也重。

任何東方式的解脫或多或少都是自我麻醉，自欺欺人，就是說解脫之道的價值取向和思想方式與阿Q精神具有深層的同一，以無視客觀性達成解脫。每日憂衣憂食在紅塵中勞碌奔波的芸芸眾生，受莊禪式的價值觀人生觀的滲透影響，但又無過「隱士」或僧侶生活的可能性，於是只好在「紅塵」中解脫，在謀衣謀食的人生戰場上無視現實，無視客觀性，他們的行為方式就要露出阿Q相來。俗語「關起門來做皇帝」，此之謂也。清初李漁在小說《鶴歸樓》[1]中寫了一個短故事，與魯迅完全相反，他把解脫之道認作處世不二法門來提倡。故事寫一個闊人出門在外，歇息飯店，當時正值暑天，他臥於紗帳中聽着

1《李笠翁小說十五種》，浙江人民出版社，一九八二年版。

帳外蚊聲如雷，想起在家有丫環打扇驅蚊，惡聲不入於耳，就不覺怨恨起來。但同房的一個窮漢，沒有紗帳，連單被也不見一條，被蚊蟲叮不過，在闊人的帳外如囚犯一般跑來跑去。闊人見此，甚為憐憫。不想窮漢自認福人，「快活」叫不絕口。闊人不解，窮漢告訴他：「想到牢獄之中，罪人受苦的形狀，此時上了押床，渾身的肢體動彈不得，就被蚊蟲叮死，也只好做露筋娘娘。要學我這舒展自由，來往無礙的光景，怎得能夠？所以身雖勞碌，心境一毫不苦，不知不覺就自家得意起來。」李漁大發感慨，評點道：「若還世上的苦人都用了這個法子，把地獄認做天堂，逆旅翻為順境，黃連樹下好彈琴，陋巷之中盡堪行樂，不但容顏不老，鬚髮難皤，連那禍患休嘉，也會潛消暗長。」李漁無意中說了「這個法子」（即精神勝利法）的秘訣，就是一個「認」字，無論客觀情形是甚麼，只要你肯「認」，它就「是」你所「認」的樣子。天堂和地獄的差別，不過一個「認」字。其實，李漁無須用一個假設的「若」，國民對「這個法子」已經輕車熟路，「文法規則」已經深入人心。他的虛構本身，就折射着這種國民精神。將軍「屢戰屢敗」，就把它改成屢敗屢戰，彷彿就是勇猛無敵。生活匱乏，而有菜色，就來幾場「憶苦思甜」，彷彿現在比先前闊多了；民生凋敝，經濟不振，就想一想世上「三分之二」如何在水深火熱中掙扎，彷彿自己已在天堂。自欺之中，又多一重幸災樂禍的卑劣念頭，也許是「這個法子」翻出的無窮花樣。阿Q一生，只有一瞬間不自欺，也不欺人，那就是劊子手已經將槍舉起之時，想喊「救命」。但太遲了，來不及說出口，就一命嗚乎了。現實擺在面前，不去正視，不思改進。像那個窮漢，想出如此低劣的法子還在那裏叫「快活」，不改造生存條件而以幻想改變世界，最終埋葬自己。阿Q精神就是這樣，面對外界的刺激，面對現實，不是由主體清醒冷靜地判斷客觀情況，不是選擇行動以實現主體欲求，實現自我，而是逃回內心，自足自樂。它關心的不是回應挑戰，而是怎樣自家作樂。簡言之，怎樣瞞和騙。施於個人，就是麻木得連正常的感覺都沒有，像阿Q，活着的殭屍；施於社會，就是殘賊眾生，愚弄人民。魯迅在《論睜了眼看》一文中沉痛地寫道：「中國人的不敢正視各方面，用瞞和騙，造出奇妙的逃路來，而自以為正路。在這路上，就證明着國民性的怯弱，懶惰，而又巧滑。一天一天的滿足着，即一天一天的墮落着，但卻又覺得日見其光榮。在事實上，亡國一次，即添加幾個殉難的忠臣，後來每不想光復舊物，而只去讚美那幾個忠臣；遭劫一次，即造成一群不辱的烈女，事過之後，也每每不思懲兇，自衛，卻只顧歌詠那一群烈女。彷彿亡國遭劫的事，反而給中國人發揮『兩間正氣』的機會，增高價值，即在此一舉，應該一任其至，不足憂悲似的。」[1]

精神勝利法的枯枝敗葉，孕育於中國文化的深根。從歷史發展看，這條根越到晚近，就越發出更多的枯枝敗葉。污垢經過數千年的積澱，正在當代歷史上顯出它的沉重。遠在國小民寡的封閉天地裏，即使不足，也來「知足常樂」一下，或許無傷大雅。若酒食供足之時，也來「天地與我並生，萬物與我為一」一下，固足為美談。但在國力衰落，門戶洞開，面臨文明之間的競爭和挑戰的當今世界，任何自欺和麻木，都會生出嚴重的後果。李漁的那個窮漢，最多不過叫一夜「快活」，而阿Q「二十年之後又是……」的念頭一起，就是命盡之時。賦閒居家，不憂衣食，不憂寒暑，這時候順應自然，篤守虛靜，或者阻礙不大而簡直有益，但像魯賓遜一樣流落孤島，在必須奮鬥求生存的時候，任何「物化」的念頭都會引人入死路。在今日世界，中國在外來衝擊下，正面臨方生方死的文化改造和重建時期，傳統的思想模式和價值觀念——解脫之道——不能及時被清除，於是在這嚴峻的環境下沉渣泛起，這是不奇怪

1 《魯迅全集》，第一卷，第二四零頁，人民文學出版社，一九八一年。

的。歷史發展也有令人困惑不解之處：早期就已鑄定的思想模式和價值觀念，一直要到晚近的歷史時期才家醜外揚。

中國的先賢先哲似乎過份關心個體人生的痛苦和煩惱，因而構造出以泯滅自我，取消主體意識為中心的東方解脱之道。他們過份着重痛苦和煩惱施與人生精神上的負擔，而忘記了正是痛苦和煩惱本身也是人生向上進取的起跑點。自然界的發展進化也證明了這一點。激烈的生存競爭和自然選擇使大地上出現有完善神經系統和奔跑能力的哺乳類，而神經系統越完善在生存競爭中越居優勝地位。神經系統的成熟使動物個體能夠將外界刺激分成肯定和否定的兩種，從而趨利避害，在自然界獲得更大自由度。對生物進化來説，具有「分析」刺激的神經系統的成熟，是一個劃時代的進步，它使哺乳類比一般脊椎動物高出一個級別。因為它們能夠通過自身有機體的成熟和環境構成更高級的適應關係。這種能力本身是選擇的（肯定進化）而不是反選擇（否定進化）的。如果有某個個體神經系統損壞，喪失「分析」刺激的能力，那它注定做天敵食料必死無疑。假如人類遠祖古猿學會解脱，真正解除了驚恐、畏懼等情緒，喪失了「分析」刺激的能力，那麼在冰河時期到來，森林面積迅速縮小之際，就不會主動走出大森林，也就沒有今天的人類。同樣道理，痛苦和煩惱對人類也具有雙重意義，一面是精神負擔，另一面是正確選擇的基礎。人類今天創造了偉大的文明，但究索它的進化歷程，每一步都是對嚴峻挑戰的創造性回應。火的發明，石器鐵器的發明，乃至近代電子，信息技術的發明，都是環境壓力下危機的產物。難以想像，如果人類不能正視「危機」，不能正視正在來臨的挑戰，會創造出如此燦爛的文明。在無盡的大痛苦大煩惱中闖過危機，在無盡的大痛苦大煩惱中走出一條通往生存和發展的路，在無盡的大痛苦大煩惱中創造出更好的生存環境。從這個意義上説，東方解脱之道是反選擇傾向很強（否定進化）的文化。它完成個別人的生命，給個體自足的歡樂，平靜地度過有限的一生，而抑制和阻礙民族的進化。除了不斷給別人製造出一些笑料之外，很難想像李漁筆下的窮漢和魯迅筆下的阿Q會有任何改進環境的能力。由這些人組成的社會必然是萬年如斯，毫無生氣，毫無活力的社會。中國社會發展停滯，未嘗與這條「根」無關，卑劣的國民性就是見證。

從價值取向和理論重心看，儒與莊禪大不相同，或竟可以說兩個極端。但從文化整體對人的設計看，則有異曲同工之妙。如果說禮治秩序從強制的外在規範方面取消、壓縮、抑制主體性和自我的話，莊禪式的人生觀則從內在人生方面取消、壓縮、抑制主體性和自我。來自外面的壓力使人喪失獨立人格，對個體來說，根本就不存在可以由個人組織和實現自己生命過程的文化環境和社會條件；來自內面的壓乃使人喪失主體意識，對個體來說，根本就沒有個人組織和實現自己生命過程的主體能力。人在這種意圖的設計之下，真正是無所逃於天地之間，真正是「天網恢恢，疏而不漏」。對主體性和自我的一致撲殺，是儒道的共通之處和共通的設計意圖。所謂儒道互補，也是在這點上獲得最融洽的默契。殊途同歸，千慮一致，都是要取消「人」。

五、傳統倫理學與私人本位性格

如果人可以看成有「心」、「身」兩面性的話，禮治秩序和解脱之道便起着模塑「心」的功能，而傳統倫理學則起着模塑「身」的功能。這裏所説的「心」主要指人的精神性因素，也就是「靈」的部份；而「身」主要指人的物質性因素，也就是「肉」的部份。每一個個人要在社會上生存，都必需和物質條件相聯繫，擁有屬於個人的私人利益。但是，每一個「己身」又不可能單獨存在，必然和「他身」相互纏繞，發生多重關係，怎樣在道德上調節「己身」與「他身」的關係，怎樣看待「己身」處理私人利益，從而達成人際關係的全面協調，這不能不是倫理學的任務。從表面看來，中國傳統十分講求倫理道德，素來有「禮儀之邦」的名聲。禮義廉恥、忠孝節義等道德範疇非常發達，從孔、孟直到程、朱的著作裏俯拾皆是。歷代統治者都要強化道德意識，或者簡直標榜以「孝」治天下；倫理學中「克己」和「恕道」兩端都是要人收束己身的；孤立一人的時候就「克己」、「修身養性」，與他身發生關係的時候就講「恕道」，推己及人。這個倫理學的架構是很完整的，目標是很遠大的，而且有至少二千多年歷史實踐，讓傳統倫理作充份的表演。那麼在中國人能夠自我反省的時候，是怎樣評價在數千年道德陶冶之下國民的德行修養呢？

他們的看法似乎和傳統倫理學指向的目標有較大的差距。這些啟蒙者都沉痛地發現，他們面對的是冷漠、自私、缺乏同情心、缺乏理解心，缺乏對公共事務熱情的國民。遠在五四之前，梁啟超就指出過這一點，他在《新民説》第五節《論公德》裏，就説中國人私德發達，束身寡過，獨善其身之士多，而敢為公益事業奮鬥盡力的人少。「我國民所最缺者，公德其一端也」。「欲為本群本國之公利公益有所盡力者，彼曲士賤儒，動輒援『不在其位，不謀其政』等偏義，以非笑之、擠排之，謬種流傳，習非勝是，而國民益不復知公德為何物！」[1] 應當指出，梁啟超在這裏談的還是比較皮相的，他僅僅指出一個外觀，不如他在《説幼稚》一文分析得深刻。在這篇文章裏，梁啟超有感於國民的幼稚，通過對兒童性格觀察分析，針砭國民性。他説，「偏狹自私，又稚子之通性也。幼而闊達，時或有聞，然千百中不易一睹矣。其在常兒，則以偏心為常態，稍激即怒，毫不容忍，而自私之心亦最盛。手持一物，親愛見索，未易讓也。」[2] 這是因為兒童只知有己，不知有人，極端的個人主義。「故幼稚之國民，捨個人主義外更無他物也。」[3] 這裏所説的個人主義，應當理解為自私自利和私人本位。

五四時代，啟蒙者對國民的私人本位性格的批評更加尖鋭，陳獨秀的隨感錄中有一篇《卑之無甚高論》。他寫道：「中國人民簡直是一盤散沙，一堆蠢物，人人懷着狹隘的個人主義，完全沒有公共心，壞的更是貪賄賣國，盜公肥私，這種人早已實行不了愛國主義，似不必再進以高論了。」[4] 陳獨秀遣詞，未免感情色彩過烈。但是，在那樣一個特別需要聯合行動的時代，國民又無那種根本覺悟，革命者有格外的痛苦感，是可以理解的。孫中山奔走革命三十多年，他十分了解視野只在一己最多不過一家的國民，在不少講話中批評各人顧各人的一盤散沙的國民性格。與革命家抽象概括不同，魯迅的批評多從

1《梁啟超選集》，第二一三、二一四頁，上海人民出版社，一九八四年。
2《飲冰室合集．文集》，第十一冊，上海中華書局版。
3 同上。
4《獨秀文存》，卷二，第一二五頁，上海亞東圖書館，民國十五年。

具體着眼，或者剖析人的靈魂，或者勾勒令人難以忘懷的場面，或者結合自己的人生經驗。他的批評永遠閃爍着智慧的光彩，顯示出動人力量。魯迅在《〈吶喊〉自序》裏，談到他為甚麼要棄醫從文，提到一件對他影響深遠的事：有一回看幻燈，畫片上日軍砍殺替俄國做偵探的中國人，周圍圍着許多神情麻木，來賞鑒這示眾盛舉的中國人。在以後魯迅小說中，便常出現己身之外，漠然不動情的國民形象。阿Q被抬上無篷車，街的「兩旁是許多張着嘴的看客」，臨死的阿Q說句話，螞蟻似的人群中便有看客喝彩「好!!!」，那聲音像「豺狼的嗥叫一般」。[1] 在《阿Q正傳的成因》一文中，魯迅又從當時新聞中錄下一個殺頭的場面，類似於阿Q的就刑。如果寫成小說，「許多讀者一定以為是說着包龍圖爺爺時代的事，在西曆十一世紀，和我們相差將有九百年」。[2] 小說《藥》寫的也是殺頭。不過這卻是革命者的頭顱，他的血被「別的事情，都已置之度外」的華老栓用來治兒子的癆病，而看殺頭的一群看客照例「頸項都伸得很長，彷彿許多鴨，被無形的手揑住了的，向上提着。」[3] 魯迅總是忘不了殺頭，大約殺頭是一個表現自私冷漠的國民性的最充份的場面。殺頭，有之，已屬不幸，但更不幸的是在中國居然可以當成古董似的供看客們玩賞，過癮和作樂。人心與人心，間隔着不能逾越的牆，痛苦和悲哀不入於他人。魯迅的描寫，出色地勾勒出中國式的未開化的利己主義的特點，它主要表現為毫無公共心和正義感，每人都有一個自己的天地，難與別人溝通。在謀取個人利益時，完全不問正義，像華老栓那樣，革命者的血可以入藥，如果是官高權重者，那「公家」就是自己，可以玩法妄為。這種私人本位性格或未開化的

1 《魯迅全集》，第一卷，第五二五、五二六頁，人民文學出版社，一九八一年。
2 《魯迅全集》，第三卷，第三八二頁，人民文學出版社，一九八一年。
3 《魯迅全集》，第一卷，第四四一頁，人民文學出版社，一九八一年。

利己主義，並不表現為在法律限度內正面追求個人利益，而是以一己的直接利害為標準處理與周圍世界的關係，超越一己圈子以外的事情，冷漠處之。因此，當自己需要作樂時，別人之被殺頭，可以成為取樂的對象，需要治病時，他人之血可以入藥；需要財、物、金錢的時候，公家的就是自己的。魯迅說過：「中國公共的東西，實在不容易保存。如果當局者是外行，他便將東西糟完，倘是內行，他便將東西偷完。」[1]這種利己主義表現在與「公」的關係時，特別令人可怕，國民根本不能理解所謂「公共所有」的確切含義。不能染指的時候，「公」不存在；能染指的時候，「公」就等於私。民諺「各人自掃門前雪，休管他人瓦上霜」表現的就是未開化的利己主義的國民心理。陳西瀅說：「中國人的毛病就是他們太聰明了，……中國人最初不管鄰家瓦上霜，久而久之，連自己門前的雪也不管了，如果有人同住的話。所以，軍閥政客雖然是少數，小百姓雖然受盡了苦，卻不肯團結起來反抗他們」[2]。

在中國，一個一個的「己身」居住一片土地，心靈相通的程度極低，「國」並不是近代意義的國，它只不過是相同或近似的文化區域。對於單粒的沙，群體的沙是無所謂的；對於「己身」，「國」不是不存在就是它等同於「己身」。所以，在中國修身通於治國。

說來真是令人難以置信，道德倫理是教人做仁民愛物的仁人君子的，而私人本位或未開化的利己主義則是只知有己，不知有人的，兩者居然會有微妙的聯繫，正是中國式的道德加強或暗中助長了中國式的利己主義。數千年來根深蒂固深入人心的私人本位性格的國民性的形成，「仁義道德」固不能辭其咎。它施與國民性的影響，不在於它表面倡導的言詞教訓，而在於它整個架構的深層法則。傳統倫理學給人

---

1 《魯迅全集》，第三卷，第五六七頁，人民文學出版社一九八一年。

2 《西瀅閒話》，見《管閒事》，新月書店，一九二八年版。

最明顯的外觀是對個人德行自我完滿的孜孜講求。朱熹《大學章句序》：「大學之書，古之大學所以教人之法也。」如筆者上面論述的那樣，人的「心」遭到整體的壓縮、抑制和撲殺，個體不能獲得組織、安排、支配自己生命歷程的條件與能力，人的精神性就處於未成熟狀態，一如人的未成年。這個時候，來自外面的指導、教育、訓示就特別重要，就像父母督導兒童那樣。如果不是通過道德規範緊束人「身」，而是讓人慾橫流，很可能就不成其為世界了。以道德規範約束、壓制一個一個的「己身」，以及把倫理架構放在整個文化中極重要的地位上，這一切都說明對「身」的模塑，是和對「心」的模塑緊密聯繫在一起的。所以傳統倫理學提出的最重要、最關鍵的範疇就是修身，這包括窮理、正心、修己、治人之道等一系列修養內容。《大學》：「古之欲明明德於天下者，先治其國；欲治其國者，先齊其家；欲齊其家者，先修其身；欲修其身者，先正其心；欲正其心者，先誠其意；欲誠其意者，先致其知。致知在格物。」正心、誠意、致知、格物都屬於個人德行修養的範圍。因為所格之物毫無例外是「天理」，即外在性規範，所以最後的落腳點「致知在格物」，實在就是將外在規範轉化為內在的主動欲求。這個過程統而言之，就是修身。所以「自天子以至於庶人，壹是皆以修身為本」。（《大學》）傳統文化以修養「己身」為倫理學基本出發點，這種狀況最明顯地表現於「倫」字的詞義，中國社會被稱為人倫社會，「倫」是甚麼意義呢？按《爾雅》的解釋，「倫」就是波紋，石子投下水形成一圈圈擴散的水波。每一個「己身」就是一塊石子，把自己投入社會裏，泛起一圈圈的「倫」，而同「他身」發生關係。就是說，倫理學的架構與人倫社會的結構是同構的，所不同的是倫理學架構是社會結構的理論映照。費孝通將傳統中國的這種社會結構稱為「差序格局」。進一步說，傳統倫理學同社會結構的規定不謀而合；永遠認定「己身」是中心，於是「己身」的修養就處於非同小可的地位。興之，可以舉國，亡之，可以喪國。「一家仁，一國興仁；一家讓，一國興讓；一人貪戾，一國作亂；其機如此。」（《大學》）《中庸》裏講：「為天下國家有九經」，其首就是「修身」，「知所以修身，則知所以治人；知所以治人，則知所以治天下國家矣。」在傳統倫理學中，「己身」是一個中心，通過這個中心衍射出與家、國、天下的關係。這種由「己身」而至於其他事物的架構，同私人本位以及未開化的利己主義是一致的，就是說，它們的深層法則是一樣的；雖然私人本位所表現出來的行為和倫理學追求理想的人有很大距離，甚至常常是背道而馳的。

歷史的發展、演變常常和人預想的目標不一樣，人預想的目標往往落空。傳統倫理學想培養「仁人君子」的宏願在歷史上也落空了。不但落空，而且正是它的深層法則，培植並助長了私人本位的意識；不斷的「修身」，卻喚起人們對「身」的無窮興趣，對身——私人利益的追逐。「己身」恰像皮球，倫理學愈借助道德規範的力量壓抑它、打擊它，它反而由於這種力量彈得愈高。在好的情況下，這種倫理學頂多能培養出一些「獨善」的人物，在壞的情況下，滿口的仁義道德，恰恰掩護了男盜女娼。而無論哪一種情況，都浸透着強烈的私人本位意識。從國民性的角度，完全可以說千百年來的歷史是傳統倫理學破產的歷史，是傳統倫理學大失敗的歷史。因為它實際上並沒有完成它企圖完成的塑造健全性格的終極目標，相反卻導引出病態的性格——私人本位性格及其惡劣的表現：未開化的利己主義。

以修養「己身」為中心的傳統倫理學，本身就具有空想性，對個人德行的自我完滿抱有過高的期望。胡適曾經指出過它的烏托邦性，「古代的社會哲學和政治哲學只為要妄想憑空改造個人，故主張正心，誠意，獨善其身的辦法。這種辦法其實是沒有辦法，因為沒有下手的地方。近代人生漸漸變了，漸漸打破了這種迷夢，漸漸覺悟改造社會的下手方法在於改良那些造成社會的種種勢力——制度，習慣，思想，教育等等。」[1] 德性修養一方面是社會灌輸和教育的，另一方面它必須伴之以接受者的主動和自覺。但是，困難正出在這裏，任何人都不能保證每一個人都會自覺接受外在規範，都能在生命過程中主動地將外在規範化為內在欲求。在中國這樣一個過份道德化，道德意識過份高漲的社會，不幸疏於防微杜漸的制度設防。因為人性都是善的，只要在一生中將天生的「善性」發揚光大，就會十分圓滿而無懈可擊。在這樣的文化環境中，每一個人的一生都是修身養性的一生，由識字開始直到生命結束所讀的書不離四書五經。退一步說，即使人性都是善的，每個人都能修煉成「正人君子」，那麼這種「修」出來的「身」也是有重大缺陷的：很難擺脱「己身中心主義」來處理與「己身」有關的事情。「己身」的德行雖然無比堅定，但卻是束手無策的。丈夫死了，女人便去守貞；強盜、兵匪來了，女子趕緊投河、上吊，謂之「節烈」。「節是丈夫死了，決不再嫁，也不私奔，丈夫死得愈早，家裏愈窮，她便節得愈好。烈可是有兩種：一種是無論已嫁未嫁，只要丈夫死了，她也跟着自盡；一種是有強暴來污辱她的時候，設法自戕，或者抗拒被殺，都無不可。這也是死得愈慘愈苦，她便烈得愈好」[2]。女子講「節烈」，男子講「名節」，「士可殺，不可辱」。陸秀夫背負趙昺投海，據説從者有數萬人。方孝孺要向建文帝盡忠，永樂來了，他「死則死耳，詔不可草」。這種行為雖然從道德律的角度説，是無可非議的，因為出於良心的主動。但從民族自我進化意義上，這行為卻是自殺性的。雖然很壯烈，骨子裏卻浸透着自私。它是「一事當前，先替自己打算」的另一種版本。它打算保存的不是民族的有機體，而是透入骨髓的「私德」，亦即道德性的「己身」。這種形態的私人本位性格，未嘗不可以稱做「道德自私主義」，它也是「開化

1 《胡適文存》卷四《非個人主義的新生活》，上海亞東圖書館，民國十四年。
2 《魯迅全集》，第一卷，第一一七頁，人民文學出版社，一九八一年。

最早，道德第一」的中國的土特產。

「修身」「克己」的倫理學，還導致私人本位性格的另一種惡劣表現形態——未開化利己主義。道德、倫理所涉及的是人際關係，涉及「己」與「他」。但是，在道德領域又往往是「己」「他」不分：你中有我，我中有你的。「己」的利益，可以巧妙地通過「他」來實現，「我」的利益，可以通過「你」來實現。這時候，「他」就是「己」，「你」就是「我」。雖然可以確定一種德行，卻不能找到評價這德行的客觀標準。因此，對於人際關係，有時必須講權益，不能講道德，道德評價不能代替一切，必須有限地使用。但是，在一個撲殺了「心」只剩下「身」的文化裏是不可能做到這一點的。社會的控制只有通過「修身」「克己」才能進行。但在一個過份道德化的社會，就會出現很可笑的場面。人人都來講道德，人人都未究心明性，實際上都把道德當作衣食飯碗，當作遂私慾再好不過的工具。魯迅在《犧牲謨》一文中，對借道德來謀私利的偽君子給了辛辣的諷刺。文中的「我」是專靠講求「君子憂道不憂貧」的「精神修養」，而養得胖頭胖臉，外觀闊綽。用他的話說：「我為的是要到各處去宣傳。社會還太勢利，如果像你似的只剩一條破褲，誰肯來相信你呢？所以我只得打扮起來，寧可人們說閒話，我自己總是問心無愧。正如『禹入裸國亦裸而游』一樣，要改良社會，不得不然，別人那裏會懂得我們的苦心孤詣。」[1]像「我」這樣的偽君子，就是俗話說的「得了便宜又賣乖」的人。明明是一個唯利是圖的小人，居然可以從道德裏找到為自己辯護的理由。而文中的「你」已經九天沒有吃飯，只剩下一條褲子，「我」即在「可敬可敬」之餘封之為模範人物，「你瞧，最高學府的教員們，也居然一面教書，一面要起錢來，

1 《魯迅全集》，第三卷，第三三三頁，人民文學出版社，一九八一年。

他們只知道物質，中了物質的毒了。難得你老兄以身作則，給他們一個好榜樣看，這於世道人心，一定大有裨益的。」既為了成全「你」犧牲的美名，「機會湊得真好：舍間一個小鴉頭，正缺一條褲……」。非得把最後僅剩一條褲「犧牲」出去，否則「犧牲」的「晚節」盡廢。「犧牲」的方式還有講究，「我」知道坐人力車「不人道」，「我」又不能代為拿走，這樣顯得自私自利，只好叫你「爬去」，「爬呀！朋友！我的同志，你快爬呀，向東呀！……」如果僅僅認為魯迅這篇文章諷刺的是虛偽，那是不夠的。正通過這諷刺暴露出傳統道德的深刻矛盾性：在取消人的權益前提下高談「克己」「為公」，結果名義上「克己」，實際上「克他」；名義上「為公」，實際上「為己」；道德美名不免墮落為衣食飯碗，百倍加劇人類的利己慾。天下最醜惡的私慾都可以借來東方道德的美名為己張目。正因為這樣，朱熹苛待老母親，可以說是為了「節儉」；迫害歌女，可以說這是「正風俗」；而他老先生要納尼姑做妾，又可以美其名曰「孝」，曰「傳宗接代」。唐代張巡守城，殺妾以饗軍士，史官讚曰「忠義」。如此踐踏人權的野蠻利己主義，竟可以獲得道德的美名。這恐怕不光是人利用了道德的問題，而是中國傳統道德本身從出生那天就帶有了不合理，它簡直就是鼓勵人們自私，一句話，放縱小人，難為君子。在這種道德薰陶下，孕育成眼光短淺和「貪婪」這種國民性的「最大的病根」[1]是不難想像的。

傳統道德還有一重不可克服的矛盾：它一方面要身「修」，要己「克」，而實際上變成「遂身」和「縱己」，因為它用地位、名譽、金錢來鼓勵、刺激人們「修身」「克己」。這就違反了道德律根本要求：自覺地放棄自己。一個身修得最好的人，比如說在老母墳墓邊住滿三年的人，社會就會報以「孝子」

1《魯迅全集》，第十一卷，第四零頁，人民文學出版社，一九八一年。

的名譽，接着就被朝廷徵去做官；一個遁居山林或都市的無私無慾的「隱士」，反而會做到比原來大得多的官；一個烈女，會得一座牌坊，她的家屬就能沾光；一個堅持不懈去參加考試的貢生或舉人，有可能因誠心而得到舉人或進士的功名。這種以物質來刺激人們行善的怪事，在中國比比皆是，翻開史書，數不勝數。既然不但賣力可以混口飯，而且賣德也可以發筆財，何不走這條終南捷徑呢？就這樣，在中國德行和財色貨結成了親密的兩兄弟，「酒色財不礙菩提路」。哪裏有德行，哪裏講「仁義道德」，哪裏就有升官、發財、放縱聲色。一個要處處「修身」，「克己」，處處壓抑人們物質慾望的社會，一個不靠肯定人的權益，不靠健全制度來維護人們物質利益的社會，它有甚麼辦法促使每個人都「克己」呢？除開物質利益它無法設計出其他手段。但這樣一來又違反了道德律的初衷。道德不但沒有助人為善，反而啟人向惡，啟人向虛偽的利己主義——未開化的利己主義。

傳統倫理學除了講求「修身」「克己」「寡慾」的個體修養一面以外，還希冀個體將這修養由己及人，外推於「他身」，由此實現人際關係的全面協調。這就是孔孟之道中的「恕道」，「夫子之道忠恕而已」。人與人之間可以推己及人，所依賴的是甚麼呢？傳統倫理認定這是人的「惻隱之心」或「不忍之心」。孟子說：「所以謂人皆有不忍人之心者，今人乍見孺子將入於井，皆有怵惕惻隱之心。非所以內交於孺子之父母也，非所以要譽於鄉黨朋友也，非惡其聲而然也。」（《孟子．公孫丑上》）將這種「惻隱之心」發揚光大，又可通於「治道」，「人皆有不忍人之心。先王有不忍人之心，斯有不忍人之政矣。以不忍人之心，行不忍人之政，治天下可運之掌上。」（《孟子．公孫丑上》）被聖賢先哲講得神乎其神的「恕道」究竟是甚麼呢？如果不加仔細甄別，很容易將它認作基於人格平等的超越血緣認識的人道感情。其實並不是這樣的。同在「恕道」之下，任何一個「己身」的「怵惕惻隱之心」是可大可小的，全在於特定對象同「己身」的親疏程度：親則大，疏則小。孟子講齊宣王以羊易牛的故事，就將「恕道」解釋得很清楚。臣下要用牛做犧牲，牽牛過齊宣王的堂下，王即令以羊易牛。孟子以為這就是「仁術」。並不是牛大羊小，吝惜大的，易之以小，而是因為「見牛未見羊也」。見牛，則「不忍其觳觫」；不見羊，則何妨由他人殺之。「恕道」的根本要求是「老吾老，以及人之老；幼吾幼，以及人之幼」（《孟子·梁惠王上》）。吾老及吾幼是擺在第一位的，人之老，人之幼則是一個「及之」的問題。「己身」在這種「恕道」中，就像一盞燈，血緣親疏的程度就是距離，親密的，離得近，就可以照得亮點，疏遠的，離得遠點，便照得不那麼亮；太遠，則無由及之。所以東方的「恕道」，與「非吾族類，其心必異」的觀念，「東夷」「南蠻」「西戎」「北狄」的觀念毫無矛盾，就像孟子說的「見牛未見羊」。它是很明顯地沿着「己身」→「己家」→「己宗」→「己族」的路線外推的。所以墨子提倡「兼愛」，不分血緣親疏，孟子即破口大罵他是「禽獸」，因為無君無父。孟子不曾跳出血緣的圈子來看待普遍的人類感情。整個傳統倫理也有排斥寬宏博大的超血緣的愛的傾向。即使萬幸能在「恕道」的恩澤下，也看不出被恩澤者所具有的人格獨立性。不是大家都是人，因而需要創造和建設一個人道的社會。而是因為我比你優越，比你格高一等，所以來可憐你、救你，不忍你的「觳觫」。「父母官」，「大救星」、「伯樂」等觀念體現的就是奔走無告的弱小者對「恕道」可憐巴巴的等待。

「恕道」的根本發出點是「己身」，以「己身」為中心評價人際關係，以自己為圓心，以血緣親疏為半徑來展開人皆有之的「惻隱之心」。這種倫理學的最大弊病也在「己身中心主義」。因為血緣感情是比較狹隘的感情，血緣親疏的外推就很有局限性，在這種血緣意識濃厚的文化環境之下，很難真正超脫「己身」。雖然可以「一表三千里」，但三千里外的表親也跟不認識差不多。國民性的病象之一就是「己身中心主義」的深入骨髓。這也證明着「恕道」的失敗，證明着依血緣親疏作外推的有限性。在治世，政治清平，衣食不憂，它最多只能維持「雞犬之聲相聞，民至老死不相往來」的小農生活秩序。在亂世，兵荒馬亂，以血緣為紐帶的人際關係暫時解體，每個人赤裸裸的「私」就暴露無遺。這時候根本用不着外推，也不可能外推。「恕道」解體，「己身」高揚，於是就無所不用其極，於是就上下其手，於是就我的是我的，你的也是我的，未開化的利己主義瀰漫全民族。[1] 政治上的一治一亂，同國民德行上的「四海之內皆兄弟」與「人心不古」成為絕妙的配合，形成中國獨有的奇觀。治世來了，就「四海之內皆兄弟」，亂世來了，就「人心不古」，永遠是這樣的一張一弛。治世一經過去，「兄弟」之間就要反目，「四海」就要沸沸揚揚，「人心」就要「不古」，禮義之邦彷彿要進入野蠻世界。最後由承天啟運的「聖人」出來收拾殘局，社會又重新進入「皆兄弟」的時期。

不過，即使在「四海之內皆兄弟」的時期，也是要具體分析的。在大多數場合，只不過是誇張的說法。《禮記·禮運篇》說的：「大道之行，天下為公」的社會，只不過是遙遠的種族追憶，從來沒有實現過。血緣根基之所以能夠外推，由己及人，是因為裏面有一重「恩」和「報」的關係，自己的身是出於別人的身。在血緣的範圍內，不論親疏，都有一共同的血脈，有一種生物性的共同利益。現在我們且不說生物性的利益共同性會隨親疏程度迅速遞減，即使在十分密切的情況下，它也是充滿利害和交換的。比如「孝」。兒子要「孝敬」雙親，按傳統倫理的講法，就是因為「身體髮膚受諸父母」，在親的膝下長三年，所以要守三年之喪。這種「老吾老」，實則就是報恩；而「幼吾幼」，則因為傳宗接代，為祖上「報

1 參閱梁啟超《新民說·論私德》，中有「中國歷代民德升降原因表」。

恩」，自己日後也好有「成龍」之子來養老。魯迅在《我們現在怎樣做父親》一文，尖銳地批評傳統的血親意識，「抹殺了『愛』，一味說『恩』」，「不但敗壞了父子間的道德，而且也大反於做父母的實際的真情」。「他們的誤點，便在長者本位與利己思想。」[1]即使「兄弟」們在進行推己及人，躬行聖人定下的準則，但在「及」之間，在躬行之間，對於「己身」來說，它依然浸透了功利性，它只是「私德」的發揚光大，只是「克己」的勝利。就是說，在最好的時候，「己身」最完善狀態，不過達到功利境界，並未進入天地境界，並未懂得真正的「愛」。所以，就算在「皆兄弟」的時期，似乎人人皆是堯舜，但這同公德心的普遍低落並不矛盾。公德所涉及的是個人同比較抽象的組織、團體的關係。這同推己及人——「己身」推及具體的「他身」——的私德，是有區別的。在中國一方面可以人人都是君子，另一方面愛護公物，公共場合講衛生的訓練又可以極差。熟人好友之間可以表現得十分謙讓、協洽，但在公共場合則視陌生人如路人，冷漠、麻木。更有甚之，為公共利益奮起帶頭抗爭的少數人，最後往往成為祭壇上的「犧牲」。獻祭過後，眾人便將他們「散胙」。「群眾，——尤其是中國的，——永遠是戲劇的看客。犧牲上場，如果顯得慷慨，他們就看了悲壯劇；如果顯得觳觫，他們就看了滑稽劇。北京的羊肉舖前常有幾個人張着嘴看剝羊，彷彿頗愉快，人的犧牲能給予他們的益處，也不過如此。」[2]先烈的血白白地流，國民的心，依舊冷漠。總而言之，無論國民德行修養的漲落，它始終籠罩着傳統倫理學的陰影：己身中心主義。

五四時代新思潮倡導者一面抵制國民私人本位性格，一面提倡用人道主義的愛來改造國民性格。周

1 《魯迅全集》，第一卷，第一三二、一三三頁，人民文學出版社，一九八一年。
2 同上，第一六三頁。

作人一九一八年作《人的文學》一文，針對「人」的傳統的缺乏，批評中國文學缺少人格平等，人的尊嚴等思想觀念，他認為「中國文學中，人的文學本來極少」。他還從純文學中列舉十類「非人的文學」。這當然不是指傳統文學不描寫人，而是指描寫人的時候恰好缺乏「人」的觀念。中國文學在寫人的時候，往往對人停留在可憐、同情、憐憫的程度，停留在「悲天憫人」、「博施濟眾」的程度，很少看見人道的光彩。文學傳統的缺陷，同倫理學傳統的缺陷是一樣的。為着建設新文學，就要提倡「人」的觀念，輸進人道主義。他說，「我所說的人道主義，並非世間所謂『悲天憫人』或『博施濟眾』的慈善主義，乃是一種個人主義的人間本位主義。」[1] 魯迅更加明確地提倡「離絕了交換關係、利害關係的愛」[2]，對生命有大愛，有超越血緣意識的人道之愛，才能體察人類的悲歡，才能深刻地體察人類的生存境況。魯迅認為「創作總根於愛」[3]，魯迅本人的創作，正是深根於這種人道之愛，是新文學史上人的文學的真正實績。

但是，正如上文分析的那樣，中國是一個血緣根基深厚的國度，血緣意識的包容性在文化衝突的近代，已讓位給它的排它性，就是說血緣根基外推時的狹隘性和有限性由於不同文化的交流衝突，這樣的特定時代而更加明顯地表現出來。它對超越血緣意識的人道感情常常表現出陌生和不理解，往往把人的問題回歸到一個具體的小圈子內來審視，用血緣親情來代替或阻止普遍人格的提出，因而就在新的歷史條件下迴避了現代化過程中的重要問題——人的問題。它的外在概念框架雖然有了重大變化，

1 《中國新文學大系》，見《建設理論集》。
2 《魯迅全集》，第一卷，第一三三頁，人民文學出版社，一九八一年。
3 《魯迅全集》，第三卷，第五三二頁，人民文學出版社，一九八一年。

並且借助於近代西方提出的種種分析系統，但它的深層結構或深層法則依然未變，透過它新穎的語辭外表，我們依然清楚地看到它古老的內容——根基深厚的血緣意識。伴隨着中國近代歷史，血緣根基與近代人道主義的衝突不可避免地展開，這種衝突從一個側面表現了不同文化交流，接觸時那種難以迴避的痛苦現象。不過需要指出的是，人道情感的超血緣性和人格平等的觀念，在各種文化交匯，人類的星球愈變得狹小，愈加需要和平相處和發展人類協作的今天，它對人類的生存和發展具有重要價值。

六、教化政治與面子問題

如果我們可以把政治理解為在某種秩序下的運行和統治的方式的話，那麼特定的運行和統治方式終究會對人的行為模式施加某種影響，進而鑄成國民性格。公共生活中表現出自信和充滿奮鬥的性格大半由於政治的開放性而提供可能，相反死氣沉沉和默不作聲則多少要聯繫到政治的封閉性。筆者在這裏無意於分析傳統政治的全部，僅僅想通過勾勒一個大致的輪廓，理解國民行為外觀：面子問題。

關於傳統政治的性質，向來存在兩方面相互反對的意見。認為它是民主性政治。主要理由是源遠流長的民本思想和御史制度。認為它是專制政治。主要理由是皇權的專橫獨斷。在這裏我們更願意採取教化政治的說法，傳統政治既不民主，也不專制，而是爸爸式的政治。民主要在承認人人都有不容侵犯的獨立權益時才能出現。專制是對民主的反動，你雖然曾經有權，但現在被剝奪。在中國歷史上，這兩種情況似乎都未曾出現。「民為貴，社稷次之，君為輕」。和唐太宗「民猶水也：水能載舟，亦能覆舟」。似乎說的是民心向背與「坐龍庭」大有關係。用政治學術語說，就是民心向背同合法性的關係，但這並不等於說承認人民本來有權。既然從未有權，何來被剝奪後的專制呢？民主和法制都是西方政治學術語，借用來分析中國的傳統政治，當然並無甚麼不可，但它們的運用卻只能獲得比較表面甚至只是比喻的意義。要回到從實際出發的理解，還需要使用自己的概念。

在禮治秩序一體化的中國，治家和治國具有驚人的一致性。管理全社會的共同責任是：忠、孝、節、義觀念的強制灌輸，尊卑名份的天然規定，對「異端」和「謀為不軌」的嚴密防範，分別由家長和「擴大化」的家長——父母官來完成。這就規定了行政系統的教化性質。從歷史上看，秦漢以後操縱龐大行政運轉體系的百官，是由遠古時期部落首領和他的管家們治理部落演化而來的。隨着不斷地兼併和融血混合，得勝的部落越滾越大，「家」越來越大，由家而族，由族而國。在這個滾雪球式社會演變過程中，維繫社會的禮治結構基本不變，只是隨着疆土的不斷拓寬而擴大它的範圍。家長演變成皇帝，家臣即家庭的大總管演變成行政系統的百官，而孫字輩的在任何場合都相當於黎民百姓。在漢代，皇帝以下的官職叫丞相，《說文》：丞，「翊也，翼也，猶輔也。」從文意看，丞就是代表皇帝，向皇帝負責的大總管，即副皇帝。在各霸一方的混亂時代，「丞」就是私職的管家。大一統政府出現，由私而公，「丞」就變作百官之首，皇帝之下的公職。這個演變經歷了長期的歷史過程。由於中國獨特的家、國同構，給公職性的行政系統烙上了深深的教化的烙印。它既有專橫獨斷的一面，也有溫情脈脈的一面。因為兩副面孔都是教化必需的，具體問題在於家長是一個甚麼人以及他在具體場合需要表現出哪一副面孔。

在教化政治下，每個人都是教化者或被教化者，或兩者兼而有之。面對「父母官」，你就是子民，但在家裏，你可能就是父親。教化政治根據甚麼原則來維繫社會呢？很明顯，不是根據近代意義的法律，也不是根據「家法」意義的法，而是根據禮治秩序規定給每一個人的尊卑名份。你是否按照「忠」去履行臣的義務？是否按照「孝」去履行子的義務？是否按照「順」去履行妻的義務？如果有違應該嚴守的名份規定，就在教化之列。就是說教化政治永遠依賴禮治秩序中的具體名份來進行，反過來說，尊卑名份規定永遠依賴教化政治才深深地刻在每一個人的心頭。就這樣，在這種社會中，每一個人除了他自己之外，任何時候任何場合都被披上一張可大可小、可伸可縮的「皮」，這就是永遠屬於你，像陰影一樣跟隨你的名份。你在禮治秩序中的地位有變化或你面對地位不同的人物，你自己的名份就會忽大忽小，忽伸忽縮。為官有為官的名份規定，讀書人有讀書人的名份規定，為人妻有為人妻的名份規定，各不相同。一旦臨到具體場合，就會表現出來。這張「皮」，就是面子。一個人的面子，首先是他名份地位的外在表徵。其次，才是因為這張「皮」披得太久，變成自尊心的變態表現。

既然禮治秩序下的統治方式不是按照法律原則進行的，而是按照名份原則進行的，那麼表徵人的名份的面子就有可能代替法律來參與人事衝突。面子成為東方式的法律。誰的面子大，誰就有法，口大為王。在反省和批判國民劣根性的思潮中，魯迅、林語堂都曾著文嚴厲批判這以面子代法律的國民劣根性和社會弊病。林語堂這樣談到面子：「中國人的面子，倒是容易舉幾個例子而難於下一界說。例如首都官吏，可以用每小時六十哩速率開駛汽車，而交通規則限定每小時只許五十哩為最高速率，這就是有面子。倘若他的車子撞倒了人，當警察前來，他寫意意從小皮夾掏出一張名片，優雅地微笑一下，一聲不發的撥開機輪，駛開去了，那他的面子才大得了不得。倘逢警察不願給他面子，假裝不認識他，這位官老爺乃開口打其官腔，詢問他認識本人的老子否？說罷，歪歪嘴，吩咐車夫開車，那麼他的面子更大了。再倘使這警察堅持須把這車夫帶入局，於是這官員打個電話給警察局長，局長便將車夫開釋，而下令把那小警察革職，因為他有眼竟不識泰山，於是他的面子真是大得和『天官賜福』一樣了。」[1] 在傳統社會，面子又和特權結合起來。有權，即表其名份地位高，本身就是教化政治中的教化者，當然面子就不同一般。窮鄉僻壤的農村，一般來說，豪紳鄉愿們最有面子；市鎮上則是「父母官」和地方名達最

1 《吾國與吾民》，第一七七頁，中譯本。

有面子；在首善之區，當然就是皇帝、皇室和閣老們最有面子。有面子的人，常常利用自己的面子比別人的面子大謀取個人私利。有了面子像當了父母一樣，可以任意苛待兒孫，而面子小的人就毫無辦法，因為秩序是靠名份規定下來的。除非面子用得太多、太濫，激起了民憤又危及統治，否則是很難處理的。面子除了用於謀私，還用於武斷訴訟。費孝通《鄉土中國》[1]一書很詳細考察鄉間民事訴訟的解決辦法。整個過程根本就不是按照法律程序，斷定誰是誰非；而是請了當地有面子的豪紳來主持，他也照顧到訴訟雙方的面子，常常是盡量不讓雙方傷面子，各打幾十大板，訓誡一通就算了結。明恩溥在《中國人的性格》一書第一章「面子」中就說：中國人常常在訴訟中花去很長的時間研究一個如何能不傷面子的辦法。從法律的觀點看，訴訟涉及的是利益問題，應該用法的手段解決。但在有教化傳統的中國，往往把利益問題轉化成道德問題，訴訟變成教化，斷定變成面子的研究。面子大的自然就佔便宜，面子小的只好自認倒霉。就這樣，自稱為民作主的衙門出於教化子民的職能需要，不得不以面子原則處理利益衝突，往往使孤兒寡母奔走無告的弱者含冤叫屈於前，面子和特權的結合又大大加劇這種不平。教化子民的職能實際上是表面文章，官府與豪紳統治下的子民無面子——名份地位低下，沒有權利——大大地被他們魚肉欺淩，教化變成實際上的掠奪。更為可悲的是在教化政治下不可能有人跳出它的框架用新的政治理想改造它，只能寄希望出現「父母官」，出現包龍圖、海瑞式的人物整頓綱紀。一句話，出個好爸爸。但現實往往以百倍的殘酷來報復人們廉價的善良。暢想無涯的時候往往就是最無能為力的時候，包龍圖越多地出現在字裏行間和舞台上的時候，就越是貪官污吏無法無天，百姓水深火熱的時候。

1 參閱《鄉土中國》「無訟」，生活．讀書．新知三聯書店一九八五年版。

教化似乎是個好名稱，但同法律比較卻顯示出古典同現代的差別，由面子原則向法律原則的過渡，就是古典向現代的過渡。甚麼時候國民身上披了幾千年的這張「皮」撕爛丟去，人人都沒有了面子，法制就可以說是健全的了。

任何人都有自尊心，這是屬於他自己的內在人格。但人既然被規定了名份地位，披上了禮治秩序加於他的「皮」，這自尊心便顯得格外不同。在普通的人事交往待人接物之中，不同的「名份」碰在一起，「皮」的大小伸縮立刻表現出來，稍有差池，行為與「名份」不符，就丟臉。自尊心在這一場合，已屬變態。在講「名份」的社會，人的自尊意識都很發達，可惜並不尊重實際情形，而只注重實際情形對於自己「名份」的是否符合。在等級制度發達的文化，人們的行為方式，總是很講面子的，這大概是中西通病。但因為中國的禮治秩序更加嚴密，人的「名份」隨着地位升沉起降忽大忽小；所以國民的面子就更有彈性，圓機活法，神秘莫測。特別當實際地位跌落到原來的名份以下，而當事者硬要按照原來的名份規定行事的時候，這種行為方式就顯得滑稽可笑。它也是國民自我欺騙的一種方式，這就是通常說的死要面子，魯迅塑造的孔乙己就是自尊心變態，死要面子的人物。他讀過幾本「之乎者也」，「但終於沒有進學，又不會營生」，弄到將要討飯的地步，可是這幾本之乎者也的教養已規定他是不同於普通人的讀書人，他也自認為是高人一等的讀書人。於是名份化成面子，而實際地位又落到面子以下。他的行為方式就是「站着喝酒而穿長衫」。「穿的雖然是長衫，可是又髒又破，似乎十多年沒有補，也沒有洗。他對人說話，總是滿口之乎者也，教人半懂不懂的。」[1] 聖賢先哲當初發明思想設計制度的時候，大約

1《魯迅全集》，第一卷，第四三五頁，人民文學出版社，一九八一年。

以為給每一個規定名份，人人都按名份規定的去做，天下就要太平，萬民就要享福。所以孔子要「必也正名乎！」正了「名」，復於禮，「天下歸仁焉」。但沒想到「名」雖正了，實際情形卻經常變化，「名」與「實」分離，人反為「名」所累。國民被「名」所累大概是比較嚴重的，被面子所害也是驚人的。孔乙己窮得走投無路去偷東西，被人家指出，他就不服氣：「你怎麼這樣憑空污人清白……」，「甚麼清白？我前天親眼看見你偷了何家的書，吊着打。」孔乙己便漲紅了臉，額上的青筋條條綻出，爭辯道：「竊書不能算偷……竊書！……讀書人的事，能算偷麼？」[1] 平心而論，孔乙己一半死於窮，一半的的確確死於那張無形的臉皮。臉皮就像厚厚的皮囊，包住了孔乙己的大腦，割斷了他與外界的正常聯繫，他不是生活於實際生活裏，而是生活於「名」裏，終於死在「名」裏。

古人說過：「禮者人情之偽。」通過「禮」來確定安排社會秩序，必然就時時講究「正名」，見「名」不見人。人人去爭「名」，失卻了「名」就失卻了人，於是面子就同虛偽文飾聯繫起來。吳稚暉引西洋人「遮救體面」(to save the face) 四字來評論民國初期我國的外交內政，以「實利可捐，而面子必爭」為原則。「其始則可以假借，其實則可以拋棄，惟其名不可不居。欲居其名，初可故意放任，而後乃以代價易之，所謂遮救是也」[2]。魯迅則將面子比喻為「中國精神的綱領」。「只要抓住這個，就像二十四年前的拔住了辮子一樣，全身都跟着走動了。相傳前清時候，洋人到總理衙門去要求利益，一通威嚇，嚇得大官們滿口答應，但臨走時，卻被從邊門送出去。不給他走正門，就是他沒有面子；他既然沒有了

1 《魯迅全集》，第一卷，第四三五頁，人民文學出版社，一九八一年。
2 《吳稚暉先生文存》，見《朏庵客座談話》，上海醫學書店民國十四年。

面子，自然就是中國有了面子，也就是佔了上風了。」[1] 對「名」的重視達到了迷信的程度，以致不惜犧牲實際利益去將就那個空洞的「名」。在沒有甚麼實際利益可以奉獻的時候，就在紙面和形式上玩一點小花招，像做戲一樣，虛戲百出。民國以來的歷史，就有許多例子證明。梁山泊上的好漢們劫富濟貧幹得乾淨利索，但一到開宴會排座次就犯怵了，為甚麼呢？這就是因為面子上的事情不好辦。誰先誰後，意味着誰的面子小，誰的面子大，性命攸關，含糊不得。在日常生活裏，常常看見幾張不同的「面子」碰在一塊就形同演戲的情形。小説的描寫和刻劃，有時也折射着國民的精神。林語堂有一段話總評面子的無所不在而又神秘的特點：「它（指面子）好像是榮譽而不是榮譽，它不能用金錢購買卻給予男男女女一種實質的光輝。它是空虛而無實際的，而卻是男人家爭奪的目標，又有許多婦女為它而死。它是不可目睹的，但是它卻存在而展開於公眾之前。它存在於太空之間，其聲息似可得而聞，且其聲崇高而充實；它不負公理上的責負，卻服從社會底習俗，它耽擱訴訟，拆散家產，引起謀殺和自盡。但它也常使人經過同鄉人辱罵之後，勉力自拔於流浪無賴的惡行；它的被珍視，高於塵世上一切所有。它比之命運，恩典，更有勢力，而比之憲法更見重視。它常能決定兵家之勝負而毀壞整個政府機構。就是這空洞的東西，乃為中國人所賴以生活者。」[2] 尊嚴同名譽的概念，只能從人格裏面產生。在整體設計上取消主體價值，抹殺獨立人格的傳統文化，真正的「人」不可能萌芽成長。尊嚴和名譽與面子無關，尊嚴和名譽不論任何時候，任何場合都是不變的人格的自我珍重，面子則是被「名份」規定的自尊意識的扭曲，隨着「名份」高低大小不同，面子也跟着變化。正如魯迅説的「每一種身份，就有一種『面子』」。

1 《魯迅全集》，第六卷第一二六頁，人民文學出版社，一九八一年。
2 《吾國與吾民》，第一七七—一七八頁。

「車夫坐在路邊赤膊捉虱子，並不算甚麼，富家姑爺坐在路邊赤膊捉虱子，才成為『丟臉』」[1]。自尊意識被「名份」扭曲，「人」隱到面子之後，終於被面子埋葬，人就成了面子的奴隸。人的存在和顯示，不是為了自身價值，而是為了屬於外在規定的面子。當實際和面子相差不遠的時候，即孔乙己不至於討飯，洋大人不至於闖總理衙門的時候，雖然人人都掛着一塊面子，還可以得過且過。但實際和面子拉大了距離時，那就醜態百出。為「名份」所束縛，為「面子」所奴役，任憑如何掙扎，如何表現，都無異於自殺。

一個現代化的社會離不開法律，十年浩劫給我們民族的慘痛教訓之一就是需要健全民主和法制，但是民主和法制決不僅僅意味着制度形式和法律條文的定形，它還包含國民長期的訓練。一個真正確立自己的主體價值和具備獨立人格的人才可以說完成了這種訓練。也就是說，在那些掌握了自己命運的人面前，民主和法制才能化為有效的工具和制度，否則它徒具形式。在邁向現代化的艱難歷程中，每一個人多多少少都會遇到來自內心的障礙，這就是千百年沉重的傳統因襲——被扭曲的自尊意識——面子。也許我們生活在這樣的文化環境中覺察不出問題的嚴重性，但只要面對我們正在創造的選擇，面對新的原則，我們便會意識到實際上自己被一個頑固而落後的傳統所奴役，所掌握。它就是面子，就是被名份扭曲的自尊心。長期的教化政治薰陶下的因襲勢力，不是數十年工夫就能清除盡淨的。我們知道，教化政治的存在前提是國民主體性的喪失，就是說，它面對的是處於某種程度上的人格未成年狀態的國民。由於文化設計上的原因，他們未能掌握自己的生命，不能自我組織。因而需要規定某種名份，就像父母給

1 《魯迅全集》，第六卷，第一二六頁，人民文學出版社，一九八七年。

孩子規定種種活動範圍和活動規則，否則他們就不會活動，就會無所適從。因而在中國文化中，就排斥了同意契約的權力而採用教化權力。面對未成年的孩子，父母需要不斷地叮囑、訓誡、規勸、誘導。同理，教化政治也需要對被教化的國民不斷地訓誡、疏導、幫助。這些訓誡、疏導、幫助，一方面來自行政系統的持續努力，另一方面來自溶化在國民血液中的與生俱來的「名份」規定，它是靠風俗、習慣來維持的。來自這兩方面的「教化」足以反襯出國民的被掌握狀態。他們的人格是未成熟的，無論主、客兩方面都失去主體性，嚴格地說，他們被「名份」死死奴役住了，被面子「鎮」住了。這樣的性格劣根性，即使有了民主形式和法律條文，也是要被蛀空的，國民也是不會運用的。我們很難設想父母把一切都交給未成年的孩子會出現多麼嚴重的後果，也很難設想未成年的孩子會要求擺脱父母的監護。面子原則之下的國民被動性和人格平等原則之下的國民主動性是截然不同的。它們從人的角度，顯示了教化政治與民主法制政治的區別。越過面子的障礙，這是現代化過程中國民無可逃避的自我更新任務之一，而擺脱教化政治的陰影，則是現代化過程中無可逃避的民族自我更新的任務。

七、幾點分析

一九一九年，胡適發表《新思潮的意義》，他這樣總結說：「新思潮的根本意義只是一種態度。這種態度可以叫做『評價的態度』，……尼采說現今時代是一個『重新估定一切價值（Transvaluation of all Values）的時代』。『重新估定一切價值』八個字便是評價的態度的最好解釋。」[1] 胡適說出了新思潮意義重要的一半，但也忘記了另一半。我們應該補充他忘記了的那一半。任何價值的估定，都取決於估定者所持的尺度，沒有尺度便沒有價值，尺度不同，價值便不同。新思潮倡導者所持的尺度不同於古人，於是才能重新估定傳統的價值。這個尺度可說是在重新估定價值中成熟的，它就是主體性價值觀。主體性價值觀包含這樣三層含義：人是作為主體性而存在的，他的自主性只能屬於他自己；主體性意味着人對自我本質的佔有和掌握，意味着發揮個人的獨創性和能動性，因而人的精神個性應當得到尊重和保護；主體性還意味着對個人人格的尊重，因而也就意味着人的尊嚴和人格平等，在這個意義上，主體性與最徹底的人道主義相通。

人作為主體性的存在得到承認和確立，首先就意味着他取得獨立的資格，擺脱奴隸般被規定、被掌握的處境。他的生命是屬於他自己的，別人或者外在性的力量不能對他進行干預和規定，個人最終對

1 《胡適文存》，卷四，第一五二——一五三頁，上海亞東圖書館，民國十四年。

自己負責而不是對別人或外在性的力量負責，個人生命的歷程需要自我組織和自我實現。中國文化對人的模塑裏最缺乏這種主體性精神。筆者在分析禮治秩序和教化政治時就指出過這一點。它的設計意圖是建立在這樣對人的理解上的：人在生理上雖然可以成年和成熟，但他在精神自主性上卻永遠不會成熟，必須要在文化環境上給他設計一個搖籃，讓他生活在這個搖籃中，處於精神被監護被規定的地位，他的大腦和手腳，無例外地被無形的繩索縛起來，直到他的生命終結。具體的文化實施就是禮治秩序的一體化。個人被規定尊卑名份和由他人進行定義，再通過教化政治將人的活動包起來。在這種文化裏，個人的獨立資格是不可思議的，沒有獨立資格的人是被動的，被動的人在精神上是未成年的。五四時代，新思潮的洗禮下，對人的理解，發生了截然的變化。人不但在生理上可以成年和成熟，在精神自主性上也可以成熟。人是主體性的存在，他應該以主體的內在尺度進行生命的選擇。陳獨秀說：「等一人也，各有自主之權，絕無奴隸他人之權利，亦絕無以奴自處之義務。」「解放云者，脱離夫奴隸之羈絆，以完其自主自由之人格之謂也。我有手足，自謀溫飽；我有口舌，自陳好惡；我有心思，自崇所信；絕不認他人之越俎，亦不應主我而奴他人；蓋自認為獨立自主之人格以上，一切操行，一切權力，一切信仰，惟有聽命各自固有之智能，斷無盲從隸屬他人之理。」[1] 五四時代，流行着尼采的名言：「上帝已經死去。」這短短的六個字在中國已經超出尼采原來的含義，而兼含高揚的主體性意識，孔夫子已經死去，數千年來壓抑人，限制人，取消人的那個搖籃已經出現裂痕，勇敢的人必須求諸自己，對自己的生命負責，沒有了上帝的指引，沒有了孔夫子的訓誡，只有你自己。人的主體性意識的萌芽和成熟，標誌着新

1《獨秀文存》，卷一《敬告青年》，上海亞東圖書館，民國十五年。

的思想文化價值觀對人的重新發現，把人從神的懷抱中解放出來，把人從禮治秩序和教化政治中解放出來。一句話，把人從被規定、被限制、被束縛、被壓抑的悲劇性命運中解放出來，真正將人還原為人，還原為充份、獨立、自由、發展的人。

人的主體性不僅包含着「主我」的獨立性和自主性的概念內涵，而且也包含着不可重複，不可替代的個性的概念內涵，因而主體性意識是和普遍沉淪的「群體意識」相對立的。哈姆雷特盛讚人是萬物之靈長，是天地間最高的性靈。人類之所以高貴就在於它有主體性，每一個人都是宇宙，一個屬於他們自己的內宇宙。與人類相比，動物就沒有主體性，也沒有任何自我意識，儘管牠們的個體可以有體格和形貌的不一樣，但牠們不可能有主體性觀念和自我意識，因而也就沒有任何精神性。這就決定動物只能是千篇一律，毫無個性差異的存在。但人類卻不同，自我意識的萌芽和成長使得每一個人都有一雙只有他自己才有的眼睛和只有他自己才有的耳朵。用它去觀察大千世界，用它去傾聽大千世界的音響，都會產生各各不相同的精神活動。個性之不可替代和重複的根本原因就在這裏，人類巨大而無窮盡的精神創造力的基礎也在於此。沒有了個性，就不會有哲學，不會有詩，不會有科學。但是長期以來，人類只是不自覺地運用自己的個性，或者這高貴的個性是在層層重壓的縫隙中生產出來的，在掃蕩、打擊未到的一角頑強地生長和表現出來。主體性是驕傲的，個性是卓爾不群的，它時時刻刻需要反抗「眾俗」，反抗着普遍的沉淪。魯迅在《文化偏至論》中，一方面激烈地批評中國文化對人的個性的壓抑，另一方面對主體性的個性含義作了精彩的解釋。魯迅認為，參與晚清「競言武事」和「製造商估立憲國會」的人，沒有正視人的個性和主觀能動性，一味以為「物質」和「眾數」便能興邦利國。這些人雖有感於外侮，有雄圖大志，但只能鼓動「群體意識」來反抗，反抗中沒有對於個人的根本覺悟，終於不免「飛揚其性，善能攘擾，見異己者興，必借眾以陵寡，託言眾治，壓制乃尤烈於暴君。」[1]魯迅批評他們「緣救國是圖，不惜以個人為供獻。」[2]魯迅這些沉痛的批評，其實是從人的覺悟水平的角度，總結晚清種種反抗歸諸失敗的深層的原因，涉及到中國文化對人的設計上的弱點：不鼓勵反而壓抑人的個性。中國歷史並非沒有反抗，但這些反抗都是少數英雄豪傑帶領「眾數」的反抗。通過一輪運動，將個人納入規範，將個性消融在普遍之中。所以，反抗過後，並無創新，並無迥異於前的創造，而只是陷入一輪新的循環。模仿十九世紀的反抗而不敢肯定人的個性，終於落入「同是者是，獨是者非，以多數臨天下而暴獨持者」[3]的扼殺新生，扼殺創造的可悲局面。即就完成個體性人生這一層次而言，個性同樣不可或缺。生命之所以有光彩，便在於他找到他自己，「張大個人之人格，又人生之第一義也。」[4]魯迅當年就堅定地認準，深邃的精神生活可以提升人的價值，提升生命的價值，因為精神生活追求的獨創性，內宇宙廣闊無垠的自由意識，將永遠促使人生自我超越，不停止在一個平面上滿足於物質性的成功。在這個意義上，個性就是對「庸眾」的抗爭，精神性就是對物質性的反抗。《文化偏至論》所講的「主人」，「根柢在人」的「人」，就是這種飽含深情而卓異的「尊個性而張精神」的人，是與「庸眾」相反的人。正因為主體性意識的覺醒，魯迅在《摩羅詩力説》裏，盛讚拜倫的一生，「如狂濤如厲風，舉一切偽飾陋習，悉與蕩滌，瞻顧前後，素所不知；精神鬱勃，莫可制抑，力戰而斃，亦必自救其精神；不克厥敵，戰則不止。

1《魯迅全集》，第一卷，第四五頁，人民文學出版社，一九八一年。
2 同上。
3 同上，第四八頁。
4 同上，第五四頁。

而復率真行誠，無所諱掩，謂世之毀譽褒貶是非善惡，皆緣習俗而非誠，因悉措而不理也。」[1]魯迅乃至新思潮的倡導者，他們不僅僅強烈地主張和傳播主體性價值觀，他們也是實踐着的人，在其生命歷程中不斷地發揮其個性的人。給我們留下豐碩的精神成果，留下閃爍着個性光輝的論著，便是他們不斷自我超越的最好見證。以致數十年過去了，我們感覺到，五四是一個思想、文化碩果纍纍的時代，也是我們民族思想、文化的一個高峰。這個偉大的時代，是通過他們各各不同的卓異個性得到充份表現的。

主體性意味着對個人的人格的承認與尊重，這是一個真正的起點。有了這個真正的起點，方能推而廣之，承認別人與自己具有同樣的人格，同樣去尊重別人。主體性價值觀的一個深刻含意就是人格平等。人生而平等，這句話很淺，理解它卻很難。一個不尊重自己人格的人，我們很難希望他會尊重別人的人格；一個不愛惜自己生命的人，我們同樣很難希望他會真正愛惜別人的生命；不把自己當人看，就不會把別人當人看，最終別人也不會把他當人。這種主體性價值觀的邏輯也許不符合中國傳統的倫理學觀念，但卻是人道主義的核心。有人說，人是一種道德生物，我們卻要補充：沒有一個尺度就不可能評價人的道德行為，正像不站在同一水平線上就無法判斷高矮一樣。這個尺度就是對個人的人格的承認與尊重。在中國對人的設計的傳統中，就缺乏這樣一個人格的概念。所以郭巨埋兒可以解釋為孝，張巡殺妾可以解釋為忠，女姓裹腳可以解釋為美，寡婦再嫁可以被視為淫，受人的壓迫可以說成盡本份，對人的殘酷剝奪可以說成教化幫助。這就是因為在我們的民族傳統中個人的人格概念並未建立起來，主體性價值觀發育不全。漫長的歷史，不是人的歷史，而是主子或奴才的歷史，正像傳統文學缺乏人的文學

1 《魯迅全集》，第一卷，第八一——八二頁，人民文學出版社，一九八一年。

那樣，歷史也缺乏人的歷史。那種隨處可見，俯拾皆是的貶低人、不尊重人，壓抑人，剝奪人的現象，並非由於聖人先賢定下的道德未曾推廣，並非由於中國人的「修身」「克己」「去慾」的工夫未到家，而是由於我們自己的文化病態，失去讓人站起來的基石：個人的人格。那些不尊重他人，剝奪他人的行為和現象大量發生的最深刻的根源就在於不尊重自己和剝奪自己。在幹着這一切實際上慘無人道的行為時，當事人很可能覺得他是「道德」的，就像為民族做了一件豐功偉業似的。不尊重自己，剝奪自己，便是取消了自己的人格。自己不是「人」，他人在自己眼中自然也不可能是「人」，不是以主子自居就是以奴才自賤。一律沒有人，大量非人道的行為居然可以貼上道德的標籤。與那種古典式的對人的觀念不同，主體性價值觀要求以主體自身為基礎，建立近代的個人的人格意識。它在處理人際關係時，不再訴諸古典式的由己及人的憐憫心的擴張，而是訴諸普遍性的人格概念；自我肯定的同時他人也不證自明地獲得肯定。因而個人的人格肯定，在主體性價值觀中並不是一個純粹的個人性行動，它甚至包含了全人類。普遍性原則需要落實到個體才能獲得生命的基礎，人格意識的萌生首先需要和依靠個體的覺悟。邁出了自我肯定的第一步同時就意味着人道主義觀念的確立，因為它們兩者是相互包容的，就像金幣的兩面。用魯迅的話說，就是「漸悟人類之尊嚴」與「頓識個性之價值」。無論在何種意義上，真正的個人主義與人道主義是不可分割的，既肯定他人也肯定自己，既理解自己也理解他人。於是，人與我的聯繫，不再通過「己身」為中心來評價，而是借助全人類的人道主義原則，全人類的人格平等原則。正是主體性價值觀才啟發了對自由的酷愛，對人類尊嚴的追求和對生命的大愛。人們常常說五四是一個追求個性解放的時代，但卻忘記補充五四也是人道意識普遍高漲的時代。激烈地抨擊吃人的禮教，勇敢地傳播民主與科學的思想，持續討論中國婦女的命運和關懷下層民眾的疾苦，這一切都融鑄了對生命的熱情和貫串着高尚的人道情懷。新文學——人的文學能夠脱離古典文學而成熟，其中重要的一環就是主體性價值的建立導致了人的觀念的改變，人道主義思想在作家中扎根。尤其是魯迅的小説，一脱過去士大夫居高臨下式的憐憫與同情，變為「哀其不幸，怒其不爭」。作家看重人類的尊嚴，於是才有把人當人來寫的文學，揭示出弱小者的悲劇命運；強烈的愛和強烈的責備熔鑄一體，從不平的際遇中提升出人物自身的悲劇性。沒有人的觀念的根本轉變，沒有人道主義意識，文學取得如此震撼靈魂的效果，是不可想像的。反過來我們也可以説，它們的出現標誌着主體性價值觀的建立。

作為新的思想、文化價值體系的主體性價值觀，它實質上是對人在新的歷史條件下的重新認識和重新估價，尤其是對個人在社會和歷史中的位置和作用進行重新思考的結果。在歐洲的中世紀和中國的傳統中，人都是依附性的，它不是依附於神就是依附於禮治秩序，在那時候沒有可能也沒有必要把個人暫時從神或禮治秩序中撤離出來進行思考。在中國要直到五四時代，才出現人的覺醒的偉大希望。但是，這並不是一帆風順的。我們的文化傳統，從來沒有提供過對個人進行重新認識和思考的可能性與基礎，將個人暫時撤離出群體進行規定和認識，從來都是不被允許的。即使講個人，往往也是千篇一律的沒有個性的個人，而且是時時處處能夠「克己」——滅己的個人。換言之，「個人」的概念在中國，不是接近利己，就是「滅己」，主體性價值觀常常遭受誤解或不被理解。魯迅在一九零七年就深感由於文化差異而帶來的隔膜，他這樣説：「個人一語，入中國未三四年，號稱識時之士，多引以為大詬，苟被其謚，與民賊同。意者未遑深知明察，而迷誤為害人利己之義也歟？」[1] 通過文化比較，我們今天很容易認識

1 《魯迅全集》，第一卷，第五零頁，人民文學出版社，一九八一年。

到，在中國對「個人」的種種譴責與批判，實際上並非就是是非對錯問題，而是在譴責與批判之前，早就對「個人」進行了中國式的定義，把它規定為利己和自私。這種情況一再發生，十年浩劫的時候，甚至演變為「狠鬥私字一閃念」，對「個人」進行史無前例的徹底的清算。傳統的文化背景的強力影響，終於使主體性價值觀蒙上了自私和利己的罪名。魯迅早期思想，也被當成個人主義而遭到否定。這種情況反過來提醒我們，傳統文化對人的設計存在着多麼可怕的弊病，以致新鮮的、有價值的觀念和思想找不到自己的立足之處。就像魯迅當年批評的一樣，「固有之精神文明」是一個大染缸，壞東西進來，同流合污；好東西進來，把你染得一團漆黑，搞得你聲名狼藉。現在，當我們民族終於擺脱了頭上夢魘一樣的陰影之後，有可能再次理解主體性價值觀，有可能將這種新的文化素質注進中國文化中去，有可能再次進行文化啟蒙。但是，我們終於不敢說誤解和文化的隔膜不會再次發生，頑強的「深層結構」不會再次表現。可是，我們同樣相信，正是因為如此，我們才會更加深切地感到時代的責任和使命，我們更加確信新生的成長和垂老的死亡是同樣不可避免的。

五四時代對國民性的反省和批判很明確地昭示人們：中國文化中是存在着某些與現代化格格不入的素質，或者說文化的某些基本素質是與現代化背離的。其他層次的現代化撇開不講，與本題有關的人的現代化就是個嚴重問題。在傳統文化對人的設計下，是根本不可能實現人的現代化的。要實現人的現代化，就需要經過主體性價值觀的洗禮，以新的人的觀念代替舊的人的觀念，以對人的新的設計代替舊的設計。但是承認觀念的代替和設計的更新就要發生一個嚴重的問題：在我們的傳統文化當中，哪裏去尋找產生主體性價值觀的思想和觀念資料？哪裏尋覓得到對人的新的設計意圖？我們的傳統是豐富和偉大的，但它卻不得不在近代的人的啟蒙問題上交白卷，尤其令人驚訝的是中國傳統文化對人的設計與近代對人的設計相比，並不是細節上的不同，而是根本意圖的相反。不過問題的嚴重性不僅僅在此，而在於它對中國走向現代化所產生的影響。它至少在人的現代化這個層次，決定中國走向現代化將不採取民族文化復興的形式而採取「被現代化」的形式。所謂「被現代化」並不是說我們民族走現代化道路永遠都是被動的，被推着走的，不會主動迎接現代化挑戰的。我們要說的並不是這個意思，而是說在實現對人的新的設計，實現人的現代化過程中，將不會有傳統思想資料的借鑒，在這方面不存在民族文化作基礎，而要「轉求新聲於異邦」。比如主體性價值觀，構成它各層次的內涵概念，傳統觀念不但借用不上，而且恰相反對。在這種情形下，我們很難設想傳統的復興會有所助益，它的復興只會是「沉渣的泛起」，只會阻礙中國的進步。在這個意義上的「被現代化」就意味着需要給中國文化注入新的思想、觀念，注入新的文化素質，這些都不是它以前具備的。民族雖然主動地追求現代化，但這個進軍過程中卻需要傳統不具備的主體性價值觀；人要獲得的新生不是舊物翻新就能做到的，而要經歷一個重新開始的階段。

我們確認，這種「被現代化」並不僅僅是被意識的觀念，而且也是近代就已開始的實際過程。在近代，新生和舊物的激烈搏鬥，甚至達到如魯迅說的為了更改標點符號和搬動椅子卻要流血的激烈程度。舊事物、舊觀念剛被打退，頃刻間即捲土重來，猖狂反撲。拉鋸式的局面，走兩步退一步的艱難，這一切不僅說明因襲的沉重，也說明傳統文化對現代化的背離。採取了「被現代化」的形式，就意味着每前進一步，都將伴隨對傳統的反省和批判，意味人的現代化將是漫長和艱巨的，意味着思想、文化領域裏的人的啟蒙主題將長期存在。歷程將是艱難的，這不是我們的選擇，那種騷動不已但又推進緩慢，那種新思想、新觀念不斷因誤解而遭到清算和批判而百思不得其解時，不是民族文化的復興而是「被現代化」的形式，也許可以給我們提供解釋和啟示。

五四時期對國民性的反省和批判，對中國文化的重新估計並不是盡善盡美的。也許由於反抗的激情高漲而理論準備不足，因而許多有價值的見解點到而止，沒有繼續發揮，沒有形成比較嚴密的論證。智慧和邏輯沒有得到很好的結合。不過，歷史很可能偏要留下一些前人既經從事但又未曾完成的工作交給後人；開闢了一個方向但路又未走通，需要後人繼續完成。他們的具體工作是可以指責的，但他們開闢道路的勇氣卻是不可指責的。他們重新估定一切價值的勇氣和堅韌反省批判精神，構成了五四精神或五四傳統，這正是我們要繼承和光大的。因為五四精神是和中國的歷史命運聯繫在一起的。只要我們一放鬆對前景的探索，喪失批判勇氣和能力，馬上就會被傳統包圍，馬上就會回到以前的古老的寧靜中去。由於中國傳統文化上的原因，批判的勇氣和反省能力是我們民族在現代化過程中生命攸關的。五四本身就是最好的說明。甚麼時候我們能夠反省，能夠批判，就能夠邁出一大步，就會有思想的收穫。很令人惋惜，五四之後整個民族的反省意識變得低落了，批判能力減退了，以致造成五四傳統的中斷。這個中斷使得我們沒有沿着已開闢的道路走下去，在文化上造成了損失。不過，我們也相信，損失了，歷史將會以另一種方式補償回來。暫時的中斷，必將使人覺得它更加親切和重要；離我們遠了，也才能更加全面地認識它的意義和價值。對中國文化的探索激起了更多的人的興趣，這本身說明了中斷並不是終止，偉大的復興正在到來。

一九八五年十一月

附記：本文主要探討五四時期新思潮倡導者們對國民性的認識。鑒於思想認識的積累和發展，小量文獻引用不限於五四時期，最早有在民國以前，晚的則遲到三十年代。

劉再復著作出版書表（整理：葉鴻基）

序	類別	書名	出版社	出版年份	備注
1	文學理論與批評	《性格組合論》	上海文藝出版社（上海）	一九八六	
2			新地出版社（台灣）	一九八八	
3			安徽文藝出版社（安徽）	一九九九	
4			中國人民大學出版社（北京）	二零零九	
5		《文學的反思》	人民文學出版社（北京）	一九八六	
6			福建教育出版社（福建）	二零一零	
7		《放逐諸神》	天地圖書有限公司（香港）	一九九四	
8			風雲時代出版公司（台灣）	一九九五	
9		《罪與文學》	牛津大學出版社（香港）	二零零二	與林崗合著
10			中信出版社（北京）	二零一一	
11	中國古代文化與古代文學	《傳統與中國人》	三聯書店（北京）	一九八八	與林崗合著
12			三聯書店（香港）	一九八九	
13			人間出版社（台灣）	一九八八	
14			安徽文藝出版社（安徽）	一九九九	
15			牛津大學出版社（香港）	二零零二	
16			中信出版社（北京）	二零一零	
17		《論中國文化對人的設計》	湖南人民出版社（湖南）	一九八八	與林崗合著
18		《雙典批判》	三聯書店（北京）	二零一零	

19	中國古代文化與古代文學	《賈寶玉論》	三聯書店（北京）	二零一四	
20		《〈西遊記〉悟語 300 則》	中國藝文出版社（澳門）	二零一九	
21		《西遊記悟語》	湖南文藝出版社（湖南）	二零二零	
22		《紅樓夢悟讀系列》（六種）	三聯書店（上海）	二零二零	
23		《白先勇、劉再復紅樓夢對話錄》	中華書局（香港）	二零二零	與白先勇合著
24		紅樓四書 《紅樓夢悟》	三聯書店（香港）	二零零六	
25			三聯書店（北京）	二零零六	
26			三聯書店（香港）	二零零八	增訂版
27			三聯書店（北京）	二零零九	
28		《共悟紅樓》	三聯書店（香港）	二零零八	與劉劍梅合著
29			三聯書店（北京）	二零零九	
30		《紅樓人三十種解讀》	三聯書店（北京）	二零零九	
31			三聯書店（香港）	二零零九	
32		《紅樓哲學筆記》	三聯書店（北京）	二零零九	
33			三聯書店（香港）	二零零九	
34	中國現當代文學	《魯迅與自然科學》	科學出版社（北京）	一九七六	與金秋鵬、汪子春合著
35			爾雅出版社（台灣）	一九八零	
36		《魯迅美學思想論稿》	中國社會科學出版社（北京）	一九八一	
37		《魯迅傳》	中國社會科學出版社（北京）	一九八一	與林非合著
38			人民日報出版社（北京）	二零一零	
39			福建教育出版社（福建）	二零一零	

40		中國現當代文學	《論中國文學》	中國作家出版社（北京）	一九九八	
41			《論高行健狀態》	明報出版社（香港）	二零零零	
42			《書園思緒》	天地圖書有限公司（香港）	二零零二	楊春時 編
43			《高行健論》	聯經出版事業公司（台灣）	二零零四	
44			《現代文學諸子論》	牛津大學出版社（香港）	二零零四	
45			《李澤厚美學概論》	三聯書店（北京）	二零零九	
46		思想與思想史	《橫眉集》	天津人民出版社（天津）	一九七八	與楊志杰合著
47			《告別革命》	天地圖書有限公司（香港）（共印八版）	一九九五—二零一五	與李澤厚合著
48				麥田出版社（台灣）	一九九九	
49			《思想者十八題》	明報出版社（香港）	二零零七	
50				中信出版社（北京）	二零一零	劉劍梅 編
51			《共鑒「五四」》	三聯書店（香港）	二零零九	
52				福建教育出版社（福建）	二零一零	
53			《教育論語》	福建教育出版社（福建）	二零一二	
54	散文與散文詩	散文	《人論二十五種》	牛津大學出版社（香港）	一九九二	
55				中信出版社（北京）	二零一零	
56			《漂流手記》	天地圖書有限公司（香港）	一九九三	漂流手記（1）
57				風雲時代出版公司（台灣）	一九九五	
58			《遠遊歲月》	天地圖書有限公司（香港）	一九九四	漂流手記（2）
59			《西尋故鄉》	天地圖書有限公司（香港）	一九九七	漂流手記（3）

60	散文與散文詩	散文	《獨語天涯》	天地圖書有限公司（香港）	一九九九	漂流手記（4）
61				上海文藝出版社（上海）	二零零一	
62			《漫步高原》	天地圖書有限公司（香港）	二零零零	漂流手記（5）
63			《共悟人間》	天地圖書有限公司（香港）	二零零零	漂流手記（6）與劉劍梅合著
64				上海文藝出版社（上海）	二零零一	
65				九歌出版社（台灣）	二零零四	
66			《閱讀美國》	明報出版社（香港）	二零零二	漂流手記（7）
67				福建教育出版社（福建）	二零零九	
68			《滄桑百感》	天地圖書有限公司（香港）	二零零四	漂流手記（8）
69			《面壁沉思錄》	天地圖書有限公司（香港）	二零零四	漂流手記（9）
70			《大觀心得》	天地圖書有限公司（香港）	二零一零	漂流手記（10）
71			《隨心集》	三聯書店（北京）	二零一二	
72			《我的心靈史》	三聯書店（香港）	二零一九	
73			《我的思想史》	三聯書店（香港）	二零二零	
74			《我的錯誤史》	三聯書店（香港）	二零二零	
75		散文詩	《雨絲集》	上海文藝出版社（上海）	一九七九	
76			《深海的追尋》	湖南人民出版社（湖南）	一九八三	
77				新地出版社（台灣）	一九八八	
78				廣東旅遊出版社（廣東）	二零一三	

79	散文與散文詩	散文詩	《告別》	福建人民出版社（福建）	一九八三	
80			《太陽・土地・人》	百花文藝出版社（天津）	一九八四	
81				新地出版社（台灣）	一九八八	
82				廣東旅遊出版社（廣東）	二零一三	
83			《潔白的燈心草》	天地圖書有限公司（香港）	一九八五	
84			《人間・慈母・愛》	人民文學出版社（北京）	一九八八	
85				廣東旅遊出版社（廣東）	二零一三	
86			《尋找的悲歌》	天地圖書有限公司（香港）	一九八八	
87				廣東旅遊出版社（廣東）	二零一三	
88			《讀滄海》	安徽文藝出版社（安徽）	一九九九	
89				福建教育出版社（福建）	二零零九	
90	散文選本		《劉再復散文詩合集》	華夏出版社（北京）	一九八八	
91			《生命精神與文學道路》	風雲時代出版公司（台灣）	一九八九	陳曉林 編
92			《尋找與呼喚》	風雲時代出版公司（台灣）	一九八九	陳曉林 編
93			《劉再復精選集》	九歌出版社（台灣）	二零零二	
94			《我對命運這樣説》	三聯書店（香港）	二零零三	舒非 編
95			《漂泊傳》（海外散文選）	青年書局（新加坡）、明報月刊出版社（香港）聯合出版	二零零九	
96			《遠遊歲月——劉再復海外散文選》	花城出版社（廣東）	二零零九	
97			《師友紀事》（散文精編1）	三聯書店（北京）	二零一零	白燁、葉鴻基編

98	散文選本	《人性諸相》(散文精編2)	三聯書店(北京)	二零一零	白燁、葉鴻基編
99		《讀海文存》	遼寧人民出版社(遼寧)	二零一二	
100		《歲月幾縷絲》	海天出版社(深圳)	二零一二	
101		《世界遊思》(散文精編3)	三聯書店(北京)	二零一二	白燁、葉鴻基編
102		《檻外評説》(散文精編4)	三聯書店(北京)	二零一二	白燁、葉鴻基編
103		《漂泊心緒》(散文精編5)	三聯書店(北京)	二零一二	白燁、葉鴻基編
104		《八方序跋》(散文精編6)	三聯書店(北京)	二零一三	白燁、葉鴻基編
105		《兩地書寫》(散文精編7)	三聯書店(北京)	二零一三	白燁、葉鴻基編
106		《天涯悟語》(散文精編8)	三聯書店(北京)	二零一三	白燁、葉鴻基編
107		《莫言了不起》	中和出版有限公司(香港)	二零一三	
108			東方出版社(北京)	二零一三	
109		《散文詩華》(散文精編9)	三聯書店(北京)	二零一三	白燁、葉鴻基編
110		《審美筆記》(散文精編10)	三聯書店(北京)	二零一三	白燁、葉鴻基編
111		《又讀滄海》	廣東旅遊出版社(廣東)	二零一三	
112		《天岸書寫》	廈門大學出版社(福建)	二零一四	
113		《四海行吟》	中華書局(香港)	二零一四	
114			中國人民大學出版社(北京)	二零一五	
115		《童心百説》	灕江出版社(廣西)	二零一四	
116		《吾師吾友》	三聯書店(香港)	二零一五	

117	學術選本	《劉再復論文集》	天地圖書有限公司（香港）	一九八六	
118		《劉再復集》	黑龍江教育出版社（黑龍江）	一九八八	
119		《劉再復——二〇〇〇年文庫》	明報出版社（香港）	一九九九	
120		《劉再復文論精選》上、下	新地出版社（台灣）	二零一零	
121		《人文十三步》	中信出版社（北京）	二零一零	林崗 編
122		《走向人生深處》	中信出版社（北京）	二零一零	吳小攀 訪談
123		《魯迅論》	中信出版社（北京）	二零一零	劉劍梅 編
124		《文學十八題》	中信出版社（北京）	二零一一	沈志佳 編
125		《感悟中國，感悟我的人間》	人民日報出版社（北京）	二零一一	對話集
126		《回歸古典，回歸我的六經》	人民日報出版社（北京）	二零一一	講演集
127		《高行健引論》	大山文化（香港）	二零一一	
128		《什麼是文學》	三聯書店（香港）	二零一五	
129		《文學常識二十二講》	東方出版社（北京）	二零一六	
130		《我的寫作史》	三聯書店（香港）	二零一七	
131		《什麼是人生》	三聯書店（香港）	二零一七	
132		《怎樣讀文學》	三聯書店（香港）	二零一八	
133		《讀書十日談》	商務印書館（北京）	二零一八	
134		《文學慧悟十八點》	商務印書館（北京）	二零一八	
135		《劉再復片段寫作選集》（四種）	香港城市大學出版社（香港）	二零二零	

編號	叢書	部類	書名	出版社	年份	備註
136	劉再復文集	文學理論部	①《性格組合論》	天地圖書有限公司（香港）	二零二一	
137	劉再復文集	文學理論部	②《罪與文學》	天地圖書有限公司（香港）	二零二一	與林崗合著
138	劉再復文集	文學理論部	③《文學四十講》	天地圖書有限公司（香港）	二零二一	
139	劉再復文集	文學理論部	④《文學主體論》	天地圖書有限公司（香港）	二零二一	
140	劉再復文集	人文思想部	⑤《告別革命》	天地圖書有限公司（香港）	二零二一	與李澤厚合著
141	劉再復文集	人文思想部	⑥《傳統與中國人》	天地圖書有限公司（香港）	二零二一	與林崗合著
142	劉再復文集	人文思想部	⑦《教育論語》	天地圖書有限公司（香港）	二零二一	與劉劍梅合著
143	劉再復文集	人文思想部	⑧《思想者十八題》	天地圖書有限公司（香港）	二零二一	
144	劉再復文集	人文思想部	⑨《人論二十五種》	天地圖書有限公司（香港）	二零二一	
145	劉再復文集	古典文學批評部	⑩《紅樓夢悟》	天地圖書有限公司（香港）	二零二一	與劉劍梅合著

（不包括外文版）

劉再復簡介

一九四一年農曆九月初七生於福建省南安縣劉林鄉。一九六三年畢業於廈門大學中文系，被分配到中國科學院《新建設》編輯部。一九七八年轉入中國文學研究所，先後擔任該所的助理研究員、研究員、所長。一九八九年移居美國，先後在美國芝加哥大學、科羅拉多大學，瑞典斯德哥爾摩大學，加拿大卑詩大學，香港城市大學、科技大學，台灣中央大學、東海大學等高等院校裏擔任客座教授、訪問學者和講座教授。現任香港科技大學人文學部客座教授。著作甚豐，已出版的中文論著和散文集有《讀滄海》、《性格組合論》等六十多部，一百三十多種（包括不同版本）。中文譯為英文出版的有《雙典批判》、《紅樓夢悟》。韓文出版的有《師友紀事》、《人性諸相》、《告別革命》、《傳統與中國人》、《面壁沉思錄》、《雙典批判》等七種。還有許多文章被譯為日、法、德、瑞典、意大利等國文字。由於劉再復的廣泛影響，冰心稱讚他是「我們八閩的一個才子」；錢鍾書稱讚他的文章「有目共賞」；金庸則宣稱與劉「志同道合」。

林崗簡介

林崗，一九五七年生，廣東潮州人，文學博士。一九八零年畢業於中山大學中文系，曾任職於中國社會科學院文學所、深圳大學中文系。現為中山大學中文系教授，廣東省人民政府文史研究館館員，廣東省文藝評論家協會主席（兼職）。從事中國現當代文學研究。與劉再復合著有《傳統與中國人》、《罪與文學》；另著有《三醉人談話錄》、《口述與案頭》、《明清之際小說評點學之研究》、《秦征南越論稿》、《詩志四論》、《閱讀劉再復》等。

「劉再復文集」

www.cosmosbooks.com.hk

書　　名 人論二十五種（「劉再復文集」⑨）
作　　者 劉再復
責任編輯 陳幹持
封面題字 屠新時
美術編輯 郭志民
出　　版 天地圖書有限公司
香港黃竹坑道46號
新興工業大廈11樓（總寫字樓）
電話：2528 3671　傳真：2865 2609
香港灣仔莊士敦道30號地庫（門市部）
電話：2865 0708　傳真：2861 1541
印　　刷 亨泰印刷有限公司
柴灣利眾街德景工業大廈10字樓
電話：2896 3687　傳真：2558 1902
發　　行 香港聯合書刊物流有限公司
香港新界荃灣德士古道220-248號荃灣工業中心16樓
電話：2150 2100　傳真：2407 3062
出版日期 2021年8月／初版

ISBN：978-988-8549-24-5